転生令嬢カテナは異世界で憧れの
刀匠を目指します!
～私の日本刀、女神に祝福されて
大変なことになってませんか!?～
鴉ぴえろ
ill. JUNA

ベリアス・グランアゲート
グランアゲート王国の第一王子。プライドが高く、王家の威光を常に重んじる。神子であるカテナと因縁があり……？
カテナ・アイアンウィル
アイアンウィル男爵家の令嬢。日本人だった前世の記憶を思い出し、今世では憧れだった刀匠の道を志す。
ヴィズリル（ミニリル）
美と戦いを司る女神。日本刀を作ったカテナの前に降臨する。普段は地上に降りることはなく、分身体の「ミニリル」が神託を告げる役目を担う。

レノア・
ポーター
リルヒルテの侍女にして、
近衛騎士を目指す少女。
貴族学院ではカテナの
魔力操作と剣術に惹かれ、
弟子入りを志願する。
リルヒルテ・
ガードナー
ガードナー侯爵家の令嬢。
カテナが王家に献上した
日本刀に一目惚れし、
貴族学院ではカテナに
強い興味を寄せる。

「この刀に込めた銘、その在り方をここに。これが私の一刀だ……！」
「――〝天照〟!!」

転生令嬢カテナは異世界で憧れの刀匠を目指します！

～私の日本刀、女神に祝福されて大変なことになってませんか!?～

鴉ぴえろ
ill. JUNA

*The reincarnated
baron's daughter "KATENA"
aims to be a longing swordsmith in different world.*

story by Piero Karasu　illustration by Juna

CONTENTS

序　章 —— 003

第一章　転生の自覚、今世の始まり —— 006

第二章　刀匠令嬢、邁進中 —— 023

第三章　刀匠令嬢、神子になる —— 043

第四章　刀匠令嬢、王族と相対する —— 065

第五章　刀匠令嬢、研鑽の日々を送る —— 081

間　章　国王陛下の悩みは尽きない —— 102

第六章　刀匠令嬢、神器について学ぶ —— 111

第七章　刀匠令嬢、学院に通う —— 128

第八章　刀匠令嬢、お嬢様と従者に出会う —— 145

第九章　刀匠令嬢、学院で日常を謳歌する —— 166

第十章　刀匠令嬢、見学授業に向かう —— 182

間　章　遥か高みを目指すもの —— 201

第十一章　其は魔を祓い断つ者なり —— 219

第十二章　何のために、その刀を振るうのか —— 242

第十三章　日は沈めど、再び昇る —— 282

序章

The reincarnated baron's daughter "KATENA" aims to be a longing swordsmith in different world.

満月が昇る夜。その下では忌まわしき炎が街に燃え広がっていた。

炎から逃れようとする人がいる。炎を消そうと声を張り上げて指示を出している人がいる。炎によって焼かれて倒れた人がいる。倒れた人を案じるように叫ぶ人がいる。

それは人に仇《あだ》を為《な》すための炎だった。弱者を虐げ、圧倒的な力を以《もっ》て蹂躙《じゅうりん》する。そのために業火は街を焼いていく。

炎を放った理由はただ楽しいから。単純明快にして、それ故に邪悪であり無慈悲。身勝手な欲望によって炎は燃え盛ろうとしている。

このまま行けば災禍の炎は数多《あまた》の無辜《むこ》なる人を呑《の》み込み、多くの悲劇を生み出していただろう。

「なんだ、それは」

――そうなる筈《はず》だった。

「一体、なんなのだ、それは!?」

災禍の炎を巻き起こした、世界に仇為す魔神の信徒。魔族と呼ばれている男は驚愕《きょうがく》と狼狽《ろうばい》から声を震わせながら叫んだ。

彼によって放たれた業火は、街と共に力なき弱者を呑み込もうとしていた。

それがどうしたことか、自慢の炎がたった一人の人間によって制されてしまっている。

しかし、ただ掻《か》き消されるだけなら男の驚きはここまで大きなものにはならなかっただろう。

「なんなのだ！　貴様は！」

もっと多くの業火を。男はただ力を注いで炎を放つ。人を焼き払う時に感じていた愉悦はなく、目の前の信じがたい存在を消し去らんとするために。

だが、自身の炎は目を焼く程の明るい白焔《はくえん》を纏《まと》った一閃《いっせん》によって斬り伏せられる。斬り伏せられた炎は呑み込まれるようにして白焔に取り込まれていくのが見えた。

己の力がねじ伏せられるだけならまだしも、自分の力が相手の力そのものになっていく。まるで不浄が清められて祓《はら》われるかのようだ。だからこそ理解が出来ない。いや、むしろしたくない。

それでも信じたくない存在は、確かな存在感を持ってそこに君臨していた。

「なんだというのだ！　貴様はァッ‼」

男は狂ったように叫んで目の前に立つ存在を睨《にら》み付ける。

まだ年若い少女だ。鉄のような色合いの黒灰色の髪をポニーテールに結んでいる。

自分を見据える瞳は暗い灰みの赤、錆色《さびいろ》と言われる色の瞳が真《ま》っ直《す》ぐに男を見据えている。

そして、もっとおかしな物が少女の手に握られている。それは〝奇妙な剣〟だった。刃は片刃、反りが入った刀身には波打ったような波紋が浮かんでいる。暴虐な男でさえ、思わず美しいと感じてしまう程の一品。

その刃から吹き出すようにして舞い踊る白焔。少女がその剣を振るう度に彼女の炎によって自分の炎がねじ伏せられ、取り込まれていく。

剣を振るうその姿はまるで舞っているかのように思えた。戦いの最中だというのに、彼女の舞に警戒とは別の意味で目を離せなくなりそうな自分を否定出来ない。

そんな感情を否定するように男は首を振る。必死に振り払おうとしたものの中には困惑と恐怖もあった。アレは一体なんだ？　一体どんな魔法を使えば〝同じ属性の魔法〟の力を斬り裂くだけで取り込むなどという芸当が出来る？

「貴様は、一体何者だァ――――ッ!!」

己の快楽のために人を焼き続けた傲慢な男は惑乱したように叫び続ける。

男は知らない。その少女が持つ剣が、異界においてその美しさから芸術品とまで言われた一品であることを。

その武器の名は――〝日本刀〟。

とある異世界の、小さな島国で生まれた至高の一品。

では、日本刀を振るうこの少女は一体何者なのか？

――これは、ある一人の異世界転生者の物語だ。

第一章　転生の自覚、今世の始まり

ごうごうと炎が燃え、炎によって赤白く染まった鉄を打つ金槌《かなづち》の音が響き渡る。

身体《からだ》の芯まで響いてきそうな音を聞いていると、私の脳裏に浮かんだのは〝ここじゃない〟どこかの光景だった。

（――あ、これ、異世界転生ものでよく知ってる奴《やつ》だ）

垣間見《かいまみ》た記憶を認識した瞬間、遠い記憶が溢《あふ》れるようにして広がっていった。

例えるなら、仕切りで遮られていた水が流れ込むように脳裏を駆け巡る記憶。その濁流を堪《こら》えながら前世の記憶を拾い集める。

一気に思い出しすぎたせいなのか、器から零《こぼ》れ出てしまったように記憶は途切れ途切れで不鮮明だ。そんな中で真っ先に思い出したのは、炎と鉄の記憶。

それは遠い憧れの記憶だった。前世で一番新しい最後の記憶は、そんな憧れの風景を見学しにいこうと家を飛び出したのが最後だった。

「私、死んでる……！　生の〝日本刀〟を作っているのを目に出来る機会を、私はぁ――っ!!」

「カテナッ!?　カテナ、どうした――!?」

突然、頭を抱えて絶叫した私。父様が案じるように揺さぶるけど相手にしていられなかった。

私、カテナ・アイアンウィルはこうして前世が日本人であったことを思い出した。これが後の私の人生を大きく変えることになるとも、未《いま》だ知らないまま。

＊＊＊

――夢を見る。そして私は振り返る。前世の私という記憶を辿《たど》っていく。

私の前世でここととは違う世界、異世界の日本という国で育った。そして〝日本刀〟に憧れを抱いていた女性だった。

日本刀に憧れた切っ掛けは、学生の頃に修学旅行に向かった先が包丁で有名だから、親がお土産に注文して来て欲しいと頼まれたから。

そこで包丁を実際に鍛えている場面を目にすることにもなった。その時の鉄を打つ音が私の心臓を高鳴らせ、職人の作業の一つ一つを食い入るように見つめてしまった。

出来上がった包丁も、刃を磨く職人の姿もただ美しいと感じてしまった。それは暴力的なまでの衝動で、初恋じみた感動。その体験が刃物好きとしての私を覚醒させた。

そして調べていく内に日本刀に行き着き、それから私はひたすらに日本刀に惚《ほ》れ込んだ。

日本刀。それは日本人の心。大和の芸術品。また、日本人の変態技術の結晶が一つ。

とはいえ、私が生きていた時代では既に日本刀というのは武器としては廃れ、伝統と技術を受け継ぐための美術品として残されていたようなものだ。

いや、それはそれでいい。武器としての日本刀も魅力だけど、日本刀はその美しさにも価値がある。しかし、日本刀を手元に置いておくには様々な所持するための許可や予算という壁が立ちはだかり、何度も溜息《ためいき》を吐《つ》くことになった。

現実的ではないからこそ、あくまで憧れることしか出来ない。資料を眺めたり、日本刀の展示に足を運んだりもした。日本刀をモチーフにしたゲームを嗜《たしな》み、友人に熱く布教して危ない人に認定されかけたりもした。

そんな日々を送っていた私の人生は充実していた。けれど、頭の隅で私じゃない私が囁《ささや》くのだ。本当にただ憧れたままでいいの？　と。

そんな時に日本刀の職人が後継者不足に悩んでいるという話を耳にする。私は悩みに悩んで思い立ち、実際に日本刀が鍛造されている所を見学に行くことを決意した。

そして、待ちに待って迎えた当日。日本刀の鍛造見学に向かうために玄関から飛び出した。

――そこで前世の記憶が途切れている。そして、私は今の私になっていた。

恐らく転生しているから死んだのだと思うけど、死ぬ前に私は日本刀の鍛造を見ることが出来たんだろうか？　見る前に死んだのだろうか？

記憶がないので実質、見ることが出来ていないのと一緒だけど。思い出してしまったからこそ、口惜しい。思わず歯ぎしりをしてしまう程に。

「日本刀を鍛造しているところ……見たかった……！　恨めしや……恨めしや……異世界転生トラックに災いあれ……！」

そんな悲嘆の叫びと共に私は目を覚ました。頭が熱に浮かされたように重たいけど、記憶の整理が出来たのか思考も意識もしっかりしている。

私は現在八歳であり、男爵の地位を授かっている貴族の両親の下に生まれた。我がアイアンウィル家は元々貴族であった訳ではなく、良質な剣や鎧《よろい》を安定して国に供給してきた功績が認められて貴族となった。所謂《いわゆる》、平民からの成り上がり貴族だ。

鍛冶師の家に生まれ、鍛冶を学びながらも商人として大成したお祖父様《じいさま》から始まったアイアンウィル男爵家。それ故、我が家は代々鍛冶業を盛り上げるために頑張っている。当主自らが鍛冶を学び、自分の護身用の武器を作るのを伝統だと言い切る程だ。

そんな家に生まれた私は刃物に強い執着を見せていた。恐らくは思い出す前であっても、前世の記憶が影響していたんじゃないかと思う。刃物が好きだと言うと危ない人に思われるかもしれないけれど、あくまで刃物という存在に惹《ひ》かれているだけで試し切りとかしたい訳じゃない。

本来、私は女子なのでアイアンウィル家の伝統を担う必要はない。そこは刃物好きの血が騒いだのだろう。お父様に無理を言って工房見学を許可して貰《もら》った。

そして現場の風景を見たことで記憶が刺激されて、前世の記憶が戻ったというのが今の私の状態だ。そして前世での望みを叶《かな》えたかどうかわからない生殺しの状態にされている。

いや、いくら異世界転生のお約束だからといって本当にトラックに轢《ひ》かれたとは限らないけれど。それでも恨み言を言わずにはいられない。だって日本刀を作っているところを見たかった……！

「カテナ、大丈夫か？」

自室で布団に潜りながら異世界転生トラックのタイヤが全部パンクするように呪詛《じゅそ》を吐いていると、扉がノックされた。

扉の向こうから聞こえてきた声は今世の兄、ザックスの声だった。私は布団から這《は》い出て、扉の向こうにいる兄に返事をする。

「大丈夫ではないです、精神の死です」

「……うん、大丈夫じゃないのはよくわかった。中に入っても良いか？」

「どうぞ、どうぞ。私、寝間着ですけど」

「そんなの見舞いに来たんだから知ってる」

呆《あき》れたように言ってから兄様が中に入ってくる。そこで改めて今世の兄様の顔を見つめた。

色が濃くて黒っぽい灰色の髪、青空を思わせる青い瞳。表情は仏頂面気味だけど、それでもイケメン！　と叫びたくなるような顔立ちだ。

兄様の性格は至って温厚で、表情筋がちょっと仕事を放棄しているだけで優しい人だ。お転婆だと言われている私の面倒を嫌がらずに見てくれる心の広さもある。

「工房見学で興奮しすぎて錯乱したって聞いたけど」

「事実じゃないけど事実です」

「……前よりも妄言の度合いが酷《ひど》くなってないか？」

「気のせいです」

確かに一般的な乙女から見ると随分奇異な言動を繰り返していたと思うけど。でも、それは前世の存在を自覚してなくても記憶自体は頭の中にあったのだから影響されてたんだろう。今後は強く自覚して、慎《つつ》ましい刃物好きの淑女として生きていかなければ。

「お前の刃物好きも、なんというか我が家の血筋だよな」

「兄様は刃物を見て心が沸き立たないのですか？　恋とかしないんですか？」

「刃物に恋をするな。人にしろ、せめて」

「だったら兄様は何が好きなんですか⁉」

「………………金」

必死に貯《た》めたお小遣いを換金して手に入れた金貨に頬ずりするぐらい好きですものね、兄様。

普段は仏頂面気味のくせに蕩《とろ》けきったような満面の笑みを浮かべて頬ずりするものだから、あれには父様がドン引きしてましたよ、母様はニコニコしてたけど。

ちなみに私の父様の名前はクレイ・アイアンウィル。元々はお祖父様の愛弟子《まなでし》の鍛冶師だったのだけど、母様と結婚して入り婿として当主になった人である。鍛冶師の弟子であるのと同時に凄腕《すごうで》の剣士でもあったという属性モリモリのスーパーマンだ。

母様の名前ははシルエラ・アイアンウィル。どこか前世の和風美人を思わせるような人で、いつもニコニコしていて嫋《たお》やかな貴婦人だ。

美しい人だけど、一点だけ変わったところがある。それは宝石よりも合金の方に美しさを見出《みいだ》すことだ。変人というか、独特な審美眼をお持ちの人なのだ。正直、気持ちはわからなくもないけど。

「おい、カテナ。聞いているのか？」

「……え？　あ、はい。すみません。ちょっと考え事をしていました」

「あまり無理をするな。趣味に没頭するなとは言わないが、そろそろカテナも魔法適性を確認して魔法教育を受けるんだろ？　そんな調子じゃ今度こそ怪我《けが》するぞ？」

「……今、思い出しました。魔法、おぉ、イッツミラクルマジカル……」

「ミラ……マジ……？　なに、なんて？」

今世には魔法が存在している。異世界ファンタジーではお約束とも言える四大属性の魔法だ。

火、水、土、風の四大属性の他に当て嵌《は》まらない希少属性を適性に持つ人もいる。才能ある人は貴族の養子に迎えられたり、時には王家に入ることも求められることもある。

どんな魔法が使えるのかはその人次第。一つに特化した才能もあれば、どの属性もそこそこ使えるという人もいるし、まったく使えない人もいる。

そして魔法は貴族のステータスにも繋《つな》がるので、貴族の子供は年頃になると魔法適性を確認して専門的な教育を受けるのが一般的だ。

「私、どんな属性に適性があると思います？　兄様」

「刃物」

「刃物の魔法使い……！　良いですね！」

「俺が悪かった。真面目に受け取らないでくれ！」

「でもお兄様も金の属性の魔法があったら嬉《うれ》しいでしょう!?」

「金の属性の魔法って何だよ!?」

ひたすらボケまくる私と、ツッコミ続ける兄様。そんなやり取りが出来るのは平和である。

転生していたことを自覚したけど、記憶を思い出したからと言って何かが変わる訳でもない。

だって私がカテナ・アイアンウィルとして生きてきたのも嘘《うそ》ではないのだから。

前世で憧れていた日本刀、その鍛造を見学出来たかどうかを思い出せないことは無念だけど、それでも私の人生は続いていく。アイアンウィル男爵家の娘、カテナとして。それなら第二の人生をしっかり生きていかないとね！

＊　＊　＊

私が前世の記憶を認識してから数日が経過した。

憧れの工房を見て興奮したあまりに錯乱したと思われている私は、念のため大事を取って休みを言い渡されていた。正直、記憶の整理もあったので一人でゆっくり休める時間は助かった。

傍目《はため》から見れば大人しくしていた私を大丈夫だと判断したのか、父様が私を呼び出した。

父様が私を呼び出したのは父様の執務室だ。ドアをノックして入室の許可を待っていると、すぐに許可の声が出た。中に入ると父様の隣には如何《いか》にも魔法使いですと言わんばかりのローブを纏《まと》った男の人がいる。

父様の容姿は赤茶の髪色、錆色《さびいろ》の瞳を持つナイスミドルだ。元は剣士として活躍していたからなのか体格はめちゃくちゃ良い。

隣に立っている男の人も父様と同じぐらいの歳《とし》の人だ。髪色は柔らかい色合いの金髪で、青色の瞳も穏やかな眼差《まなざ》しをしている。見ていると穏やかな気持ちになってくる人だと思った。

「カテナ、今日からお前に魔法を教える教師を紹介する。ヘンリー、頼む」

「どうも、お嬢様。ヘンリー・アップライトです」

「カテナ・アイアンウィルです。よろしくお願いします」

お互いに一礼をして名乗り合う。この人が私に魔法の手ほどきをしてくれる人なのか、穏やかそうな人で良かった。

「礼儀正しいお嬢さんですね。私は昔、お嬢様のお父さんと組んで傭兵《ようへい》の仕事をしていたことがありまして、古い友人なのですよ」

「傭兵ですか」

「ええ。傭兵を辞めてからは神官として教会に仕えていまして、カテナお嬢様のような貴族の子供に魔法を教えるお仕事をしているのですよ」

今世での傭兵は各地を渡り歩いて金銭を引き換えに護衛を引き受けたり、小規模な争いを収めたりするのを仕事にしている。夢と自由はあるけれど、仕事にありつけないと食っていくのも大変な仕事だ。そのために戦場を渡り歩くような傭兵だっていると言われている。

それでも浪漫《ロマン》を求めて、或《ある》いは傭兵になるしかない人は出てしまう。長男が家を継ぐと他の兄弟は婿に入ったり、家業の人手が足りているなら手に職をつけるために職人に弟子入りをするとかしないと生きていけないからだ。

父様とヘンリーさんは傭兵として生き残り、上手《うま》く成功出来たということなんだろう。

「後のことは彼に任せている。頼んだぞ、ヘンリー」

「ええ、承りました」

話は済んだようで、父様は退室するよう促してきた。執務机には書類が小山になっていたので仕事の途中だったんだろう。

私は父様に促されるままにヘンリーさんと一緒に執務室を出る。するとヘンリーさんが私に手を差し出してきた。

「エスコート致します、お嬢様」

「ありがとうございます」

なんか貴族のお嬢様っぽいことをしているな、私！　ちょっとだけ乙女心が動いてしまう。

私たちが向かったのは応接室の一つ。そこで机を挟んで私はヘンリーさんと向き合う。

「授業はここを使って良いと聞いていますので。それでは、早速ですがカテナお嬢様の魔法適性を確認させて頂いても良いですか？」

「魔法適性」

「はい。カテナお嬢様にはまず　こちらの器具に手を置いて頂きます」

事前に懐に入れて用意してくれていたのだろう器具を机の上に置いてみせるヘンリーさん。

それは四葉のクローバーのような図形が描かれた板のような器具だ。中央には魔法陣が描かれていて、如何にも魔法の道具で感嘆の声を出してしまう。

「これは人が持つ魔力を計測したり、魔力の波長を読み取って適性を確認するための器具になります。早速ですが、こちらの器具に手を置いて貰えますか？」

「はい」

ヘンリーさんが言うままに器具の上に手を置くと、その図形に光が灯《とも》る。

四枚の花弁にそれぞれ赤、緑、黄、青の四色の光が灯る。ぼんやりとした光は淡くて、儚《はかな》く思えてしまう。

ヘンリーさんの顔を見ると、なんとも言えない難しそうな表情を浮かべていた。どうやら結果は芳しくないらしい。

「んー……カテナお嬢様の適性は四大属性全部に適性がありますね」

「それって凄《すご》いこと？」

「凄くはありますけど……そうですね、カテナお嬢様は簡単に言うと器用貧乏です」

「器用貧乏」

「はい。四大属性の魔法はどれも使えますが、日常で使える範囲の魔法が精一杯でしょう」

「つまり？」

「適性数は多くても魔法使いとして大成は出来ないと思います。この器具は適性の有無を確認出来るのですが、光の色が淡いでしょう？　光が強い程、その属性の魔法を扱う力が強くなるのです」

「私は適性があるけれど、出力そのものは強くないってこと？」

「そうですね。珍しくはあるのですが、それだけに勿体《もったい》ないですね。これで力も強ければ王妃の座だって夢じゃなかったんですが」

「そういうのは勘弁です」

心底残念そうにヘンリーさんは言うけど、私は王妃なんてごめんだったので良かった。別に魔法使いとして大成したい訳じゃなかったし。

ポッと出の成り上がり男爵の娘が才能だけで王妃になるなんて絶対面倒なことになるとしか思えない。どこかの高位貴族の養子になってから、って話になりそう。

「私、実家が好きなので」

「……シルエラ様が同じことを言ってましたね。なんというか、親子ですね」

「恐縮です」

別に褒めたんじゃないけどなぁ、という微妙な表情をヘンリーさんが浮かべたような気がした。

「とにかくカテナお嬢様の適性はわかりました。これに合わせた授業をこれから行っていきます」

「はい、ご指導よろしくお願いします。では、ヘンリー先生と呼ばせてください」

「ははは、こちらこそよろしくお願いします」

ヘンリー先生は大成しないって先に言ってあるからあまり期待するな、ってことだとは思うんだけど。それにしたって魔法である。流石《さすが》はファンタジー、日常生活で使える程度と言われても楽しみになってきた。

「それでは、今日の授業は魔法の基本的な知識のおさらいをしていきましょうか。カテナお嬢様、魔法とは何なのでしょうか？」

「魔法とは何か……？　えーと、四大属性を基本とした凄い力……ですか？」

「簡単に纏めるとその通りです。そして、その力をもたらしたのが天上に住まう神々です。私たちの魔法の力は先程も言った通り、神々から授けられたものです。我がグランアゲート王国の王族に加護を与えた祖であり、大地と豊穣《ほうじょう》を司《つかさど》るカーネリアン様をはじめとして多くの神々がいます。カテナお嬢様が他に知っている神々の名前は？」

「えーと、火の女神アーリエ様、風の神プラーナ様、水の神ネレウス様……」

「はい。どの神も我が国をはじめとした四大王国と縁が深い神様ですね。他にも美と戦いを司る女神であるヴィズリル様などが有名な神々でしょうか」

子供の読み聞かせの絵本として神々は題材に挙げられることが多い。四大王国の祖となる神々を除けば一番名前が挙がるのが女神ヴィズリルだ。

美を司る神ということで多くの神がヴィズリルに恋をして、しかしそれを袖にし続けたという逸話のある神で、どちらかと言えばトラブルメーカーとしての側面が強い女神様だったりする。

女神ヴィズリルは強い女性として描かれることの多い女神であり、怪物退治の逸話もあったりするので女性からの人気も高い。他には他の女神との恋の戦いで多くの逸話が残されていて、女の争いという意味で戦いを司っていると言われることもある。

「私たちが今日まで平和に暮らしてこられたのは神々が与えた恩恵のおかげです。授かった力に恥じないようによく学んで、立派な淑女になってくださいね。カテナお嬢様」

「はい！　ヘンリー先生！」

「良いお返事です。では、魔法の初歩から練習しましょう。まず魔力を感じるところから――」

こうしてヘンリー先生による私の魔法の授業が始まるのだった。

＊＊＊

「うん。これはダメだね」

ヘンリー先生から魔法を習うようになってから早二ヶ月が経過した。私の魔法は、端的に言えばヘッポコだった。

火は灯せるけれど、火の玉などにして飛ばすことが出来ない。

水も集めて形を作ることは出来るけれど、距離を離すと維持出来ない。

風も手元に集めることは出来ても、遠くに飛ばせば水と同じように掻《か》き消える。

土に至っては、農家だったら大変喜ばれたと思います、と先生から一言を頂いた。

「日常生活には便利なんだけどな……」

痒《かゆ》いところに手が届く使い方は出来るので不満はない。ただ、ヘンリー先生は大きな火の玉を幾つも生み出して的を焼き尽くしていた。あぁいうのを見ると少しだけ羨ましく思う気持ちもある。

魔法は生活に使う分には便利ではあるけれど、これ以上は伸びないだろうという判断を頂いた。

貴族としてのステータスにはならないので魔法の授業の回数も減って、代わりに淑女としての教育が増えた。

それでも魔法の知識を深めること自体は楽しいので、ヘンリー先生との授業は楽しみにしているし、暇を見つけては色々と魔法を試してみたりしている。息抜きには丁度良いんだよね。

「それにしても将来か。いっそ、どこかの商家とか鍛冶師さんの家に嫁ぐのでも良いんだけど」

学ばなきゃいけないことが増えたからこそ、やっぱり将来のことを考えてしまう。

我がアイアンウィル家は平民上がりの男爵家とはいえ、豊かに暮らしていけるだけ栄えている。贅沢《ぜいたく》をしたいかと言われると、出来ることに越したことはないけれど貴族の義務を背負ってまでしたいかと言われると別にいいかな、と思ってしまうのが本音だ。

父様も家を大きくするようなことは考えていないみたいだし、政略結婚という線もなさそうに思える。だから将来好きな人が出来たらその人と結婚出来たらいいな、ぐらいの気持ちでいる。

実際、上位の貴族とかと縁を結ぶ必要もないなら私も貴族令嬢としてのステータスアップを狙う必要はない。魔法も見ての通りのヘッポコなので、いくら四大属性全てに適性があるからと言っても嫁入りを願われることはないだろう。

「でも、単体だとヘッポコな魔法でも使い方次第なんだよね」

魔法で灯した火を、風の魔法で酸素を集めて大きくしたりとか、そういった使い方は出来る。だからなんだ、と言われればそれまでなんだけど。これは前世の記憶を思い出したことで得られた恩恵だよね。私ＳＵＧＥＥじゃなくて科学知識ＳＵＧＥＥだけど。

「前世の知識を上手く使えばヘッポコ魔法でも利用価値があるのよね。……ん？」

――ふと、点と点が線で繋がったような感覚があった。

前世の知識を応用、幅広く使える魔法の利用。その前提で浮かび上がった構想に私は思わず顎に手を添えて考える人の構えを取ってしまう。

「――これ、一人で鍛造が出来るんじゃないの？」

呟《つぶや》くと同時に前世の記憶が浮上してきた。それは動画で見た刀匠の紹介動画。その動画では、機械を用いて一人で刀を打つ刀匠の姿が紹介されていた。その記憶を思い出したことで私は自分が持つ可能性に気付いた。

火も、風も、土も、水も。私はどの魔法も扱うことが出来る。一つ一つでは大した力のない魔法だけど、組み合わせることによって前世ではあった機械を再現することが出来るんじゃないか、と。刀を作る行程だけは知識として知っている。私に足りないのは技術と経験。もし、それを埋めることが出来たのなら……？

（今世に剣を持つことを咎《とが》める法はない）

今世では、剣はまだ時代に求められている武器だ。なら、私が刀を作っても良いのでは？

前世では刀は既に廃れた武器だった。あくまで伝統の継承としてその技術が残っているだけだ。それに色々とクリアしなきゃいけない問題もあって、所持をするだけでも一苦労だった。

その問題を前に前世の私は日本刀を所持することを諦めてしまった。でも、今度こそ憧れた刀を自分の手で作ることが出来たら？　それを自分のものとして所持することが出来たら？

前世で思い切って日本刀の鍛造を見学しに行こうと決めた日の気持ちが蘇《よみがえ》ってくる。いつの間にか私は走り出していた。使用人たちが驚いて咎めるような声を上げているけれど、もう気にならなかった。そのまま執務室のドアをノックして、中にいる父様に訴えるように叫んだ。

「父様！　私、鍛冶を学びたい！」

第二章　刀匠令嬢、邁進中

鍛冶を習いたいと言う私に、お前もアイアンウィル家の娘なんだなぁ、と父様は呆《あき》れていた。

けれど、止めても聞かないと思われたのか、父様は私が鍛冶を教わることを許してくれた。

そして今、前世の記憶を思い出した時に見学していた工房へと父様と共に訪れて、私が鍛冶を学びたいという話をしているところだ。

父様から話を聞いているのは、工房の親方であるダンカンさんだ。髪の色は濃い茶髪で、瞳の色は灰色。腕も足も私の倍はありそうな太さだ。

顔は山賊じみた凶悪さで、黙っていると顰《しか》めっ面《つら》に見える。父様から話を聞き終えたダンカンさんは困り果てたような様子で頭を搔《か》いた。

「若旦那よ。話はわかったがよ……お嬢に鍛冶を教えろって、お前なぁ……」

「言い出したら聞かないのはアイアンウィル家の伝統芸だろう？」

「若旦那にそう言われると弱ったな。確かにお嬢は普通の女の子って感じじゃねぇけどなぁ……」

ダンカンさんは癖のある茶髪を太い指でガシガシと搔きながら困ったように眉を寄せながら私を見た。

「お嬢、俺はダンカン。若旦那……お前の父親とは兄弟弟子って奴《やつ》だ」

「はい、親方！」

「お、おう。……お嬢、本気で鍛冶を学びたいって思ってるのか？」

ダンカンさんはわざわざ膝をついて子供の私と目線を合わせて真剣な目付きで私を見る。睨《にら》まれているようにも見えるけど、その仕草が私を案じているようにしか見えないので怖くはない。

「俺たちが作ってるものは知ってるな？」

「剣とか、鎧《よろい》とかですよね？」

「あぁ、そうだ。ここはあくまでそのための工房で、その技術を守ってる。鍋だとか包丁だとかを作るのとは訳が違う。……いいか？　お嬢。ここにあるのは武器だ。戦うための道具だ。凄《すご》い危ないものなのはわかるよな？」

「……はい」

「ここが領内で一番大きな工房だとも言われている理由でもあるんだが、俺たちは戦う人たちの信頼を預かってる。その意味がわかるか？」

「武器や防具が粗悪だと、人は死にます」

それがアイアンウィル家の栄えた理由でもある。武器や防具が粗末な作りであれば戦場で命を落とすかもしれない。

だから良質な武器を提供しつづけたことはアイアンウィル家にとって誇りであり、守らなければならないものでもある。

その責任の重さをダンカンさんは問うているんだと思う。私が軽い気持ちで鍛冶を学びたいって思っているのなら止《や》めておけ、と。

でも、私が作りたいのは日本刀だ。前世では武器としては廃れてしまっていて、伝統や芸術として技術を残すしかなかった。だけど、だからといって日本刀が武器であることを忘れた訳じゃない。

私の返答を聞いたダンカンさんは重々しく頷《うなず》いてみせた。そして更に問いを重ねてくる。

「そうだ。それも正しい。そしてもう一つ、お嬢が作るのに関わった武器が人を殺すかもしれない。それでも良いのか？」

「……質問しても良いですか？」

「おう。なんだ？」

「それでもダンカンさんは、鍛冶師を辞めないんですよね？」

ダンカンさんは私の問いに目を丸くして私を見た。

確かに武器を作るということは、誰かの生死に関わる話だ。それを忘れてはいけないのだと思う。けれど、武器がなければ守れないものがあるのも事実だ。だから責任を忘れず、それで心を病まず、信念を持っていなければならない。

私が作った武器がいつか、誰かを傷つけるのだとしても。同時に、その武器で何かを守れる可能性を忘れてはいけないし、その可能性を信じるしかない。

きっと、それはダンカンさんも同じ気持ちだと思って、私はダンカンさんに告げる。

「私はダンカンさんと同じ目線で、同じ気持ちで鍛冶に関わりたいと思っています」

「……ダッハッハッハッハッハッ！　こりゃ旦那様の血だなぁ、おい！」

ダンカンさんは豪快に笑いながら私の頭をぐらぐら回すように撫《な》でてくる。

一気に世界がぐるぐると回りそうになったけれども、父様が咳払《せきばら》いをしたことでダンカンさんが手を離してくれた。そのままよろめいた私の背中を父様が支えてくれる。

「いいぜ、お嬢。だがなぁ、気持ちだけ立派でも鍛冶師は務まらねぇ！　そのひょろひょろとした腕で鎚《つち》が持てるか？　鍛冶師たるもの、身体《からだ》が資本！　肌だって焼けるし、腕は太くなるかもしれねぇ！　そうなるとモテないかもしれないぞ！」

「私、お嫁に行くなら商人か鍛冶師の方がいいです！」

「ダァ――ハッハッハッハッ！　こりゃダメだ！　筋金入りのアイアンウィル家のお嬢様だ、コイツはぁ！」

ダンカンさんは愉快だと言うように大笑いをした。そんなダンカンさんと私を交互に見て、父様が疲れたように苦笑を浮かべている。

こうして私はダンカンさんから鍛冶の技術を学べることが決まるのだった。

＊　＊　＊

令嬢としてのマナーや教養を身につける傍ら、鍛冶の知識を身につけ、実践のための体力作りを始めてから早くも一年の時が経《た》った。この間に私も八歳から九歳に年齢が上がった。

体力作りと令嬢としての教育を並行して身につけるためにダンスを積極的に授業に取り入れて、相手役として兄様をたくさん付き合わせたりもした。結果としてダンスの腕前は同年代の中でもトップクラスだと太鼓判を教師から頂いている。

兄様は散々相手役にされて疲れ切ってたけど。練習しておいて損になる訳じゃないんだから許して欲しい。

鍛冶についての知識も一年で詰め込むように教えてもらい、見習いとして現場に入ることが出来るようになった。実物の剣を見ていても、前世の西洋剣そのままだと思ったのも懐かしい。

アイアンウィル家の工房の武器の評判がいいのは職人の腕もあるけど、何より素材の質が良いのが理由だ。これは鍛冶師として学び、商人として大成したお祖父様《じいさま》の功績が大きいと思う。

元々、アイアンウィル家は良質な鉄鉱石が取れる鉱山を抱えていた。この鉄をもっと効率的に製品化させるには、炉の発展が欠かせないとお祖父様は考えたらしい。そして、お祖父様が探し当てた燃料が石炭から作られるコークスだった。

お祖父様は、このコークスを熱源としても耐えられる炉の開発に半生をかけたとも言われている。そして完成した炉で次々と良質な製品を売り出し、国に評価される程の功績を残した。

なのでダンカンさんの工房で使われている素材は鉄鉱石だ。鉄鉱石を炉で溶かして、その溶かした鉄を鍛えて剣や鎧を作っている。鉄が良質なのもあるし、長年受け継いできた職人の勘と経験。それがアイアンウィル領を支えている。知れば知る程、本当に頭が上がらなくなってしまう。

そんな日々を過ごしていた、ある日のことだった。

「あれ？　これって……砂鉄？」

今日は工房の清掃と在庫管理を行っていた。一月に一回のペースで行われる大清掃であり、それに合わせて在庫の管理も一緒にしてしまおうという日だった。

私にとっては現場に入るようになって初めての大清掃だ。逸《はや》る気持ちを抑えつつ黙々と清掃を進めていたんだけど、倉庫の奥に押し込めるようにして収められていた大量の砂鉄を見つけた。

「おう、どうした？　お嬢」

「親方。これって砂鉄ですよね？　なんでこんなにあるんですか？」

「ん？　あぁ、これか……」

親方に砂鉄について尋ねてみると、ダンカンさんが懐かしそうな、それでいて何とも言えないような微妙な表情を浮かべた。

「これは今の炉になる前に素材として使ってたんだけどな。新しい炉になってからはどうにも素材にするのは不向きでな。少しずつ売り払ったり、まだ古い炉を使ってる工房に分けてはいるんだが、まだまだ採掘も出来るからこうして在庫が残ってるんだよ」

「……じゃあ、この砂鉄って誰も使わない在庫ってことですか？」

「まぁ、そうだな」

「これ、私にください！」

「あん？」

私の脳裏に浮かんだのは、日本刀を作る上で大事なものである〝玉鋼《たまはがね》〟だ。

玉鋼《たまはがね》は砂鉄を原料として作られる鉄だ。日本で発展したたたら製鉄と呼ばれる製鉄方法で作られる玉鋼《たまはがね》は刀の素材として非常に優れていたと言われている。

元々、どうやって自分が日本刀を作るための素材を調達しようかと考えていたところだった。誰も使わない砂鉄なら、実験用として使うことも出来る。そう思えば、何としてでも砂鉄を譲って貰《もら》わなければならない。

「譲るって……砂鉄をどうするんだ？」

「鍛冶師になりたいって思ったのは魔法で鍛造が出来ないかと思ったのがキッカケなんです！　これはその練習に使います！」

「魔法で鍛造……？」

何言ってんだこいつ、と珍妙なものを見るような目を親方に向けられてしまった。

そこで私は四大属性の魔法が全部使えることを説明した。魔法そのものはポンコツだけど、組み合わせて利用すれば一人で鍛造出来るんじゃないかと考え、試してみたいと。

「はぁ……なんていうか、そこまでする必要があるのか……？」

「出来るし、やりたいから……？」

「まぁ、そういうことならいいぞ。若旦那には俺から説明しておく。元々、処分に困っていたものだしな」

「わぁい！　親方、ありがとうございます！　大好き！」

「お嬢、軽々しく異性に好きとか言うんじゃねぇ！　若旦那にでも聞かれたら殺される！」

喜びのあまり親方に抱きついてしまいそうだったけれど、父様が親方に対して物騒な笑顔を向けかねないので、頑張って自制をした。

（うふふ、でもこれで日本刀を作るための自由に出来る素材を手に入れたわよ……！）

砂鉄を譲って貰えることに浮かれた私は、鼻歌を歌いながら工房の清掃を頑張るのだった。

＊＊＊

親方から砂鉄を譲って貰って、玉鋼《たまはがね》作りの研究が始まってまた時間が流れた。

父様が屋敷の中庭に私専用の研究室を用意してくれて、そこで私は玉鋼《たまはがね》作りの研究を行っていた。

屋敷では勉強、工房では鍛冶師見習い、研究室では玉鋼《たまはがね》作りの研究。振り返ってみれば慌ただしい日々だな、と思う。

そんなある日のこと、随分ご無沙汰だったヘンリー先生が魔法の授業のために訪問してきた。

そこで私が魔法で鍛造することを目指している話題になった時、先生は目をキョトンとさせた。

「へ？　魔法で……鍛造を一人で全部やるって？」

「はい」

「……妙に魔力の制御が上達してると思えば、そんなことを……」

ヘンリー先生に魔法を使ってみせると、魔力の制御が上達したことを褒められたけれど、同時に遠い目をされてしまった。

「なんというか、カテナお嬢様はアイアンウィル家の血が良くも悪くも濃縮した子ですね。魔力が足りていないのが惜しいと思う程の逸材ですよ」

「制御だけは達者のヘッポコですけども」

「いやいや。カテナお嬢様は複数の魔法を同時で並行して使えますよね？」

「ええ、魔法で鍛造するのに複数の魔法を同時に制御しないといけませんから」

炎の魔法で砂鉄を溶かして、風の魔法で火力を調節、必要になった水や土をその場ですぐ用意する。これが出来ないと一人で鍛造は出来ないからね。

「それ、普通の人は出来ません」

「……はて？」

おかしい、いきなりヘンリー先生が私を普通の人じゃないと認定してきた。

「理屈はわかるんですよ、簡単な魔法や慣れている人だったら同時に魔法を使うことは出来ます」

「ですよね？」

「ですが、カテナお嬢様は複数の魔法を同時に発動させて、一つの魔法として組み合わせていますよね？」

「……まぁ、そうですね？」

魔法そのものを組み合わせているというか、魔法を組み合わせて起きる現象を計算したり、検証して使えるようにしてるっていうのが正しいけれど。

「元々、魔法の出力そのものが弱いから出来る芸当なのかもしれませんけれど……魔力の制御だけ見れば天才ですよ、カテナお嬢様は」

「ヘッポコ魔法の天才ですか？」

「魔法がヘッポコだとしても、それは偉業に近いですよ。例えを出すと、カテナお嬢様がやってるのは複数の楽器を一人で同時に演奏しているぐらい、難易度が高いものなんです」

「……だから玉鋼《たまはがね》の研究してるのを見に来た兄様に熱を測られたんですね、私」

多分、正気かどうか確認してたんだな、兄様。すぐに諦めたように首を左右に振ってたけれど。

そっか、私の魔力制御って例えるとそんな複雑なことをやってたんだ。

「訓練にもなっていますし、良いんじゃないですか？　魔法で鍛造をするというのは。カテナお嬢様ぐらいにしか出来なさそうですけれど、趣味と実益が嚙《か》み合った良い訓練方法だと思います」

「はい！　頑張って理想の日本刀を作ってみせます！」

「ニホントウ？」

「…………えっと、虫の一種？」

「虫!?」

つい日本刀の名前を出してしまい、下手な誤魔化しでヘンリー先生に訝《いぶか》しげな顔をされてしまった。特に追及されることはなかったけれど、危なかった。ついテンションが上がっちゃうと余計なことを言っちゃうから注意しないと。

＊　＊　＊

——私が試行錯誤を始めてから早くも五年の時が経過して、私は十三歳になっていた。

日本刀の完成形と製法の知識は知っていても、実際に刀匠でもなかった私ではわからないことは多い。足りない知識と経験は今世で鍛冶師としての教えを受けて、自らの努力で積み重ねていくしかなかった。

私だって日本刀が簡単に作れるものだとは最初から思ってはいない。わかっていても、心折れそうな時は何度もあった。その度に折れそうな心を金槌《かなづち》で打ち据えるようにして前を向いてきた。

金槌を握る手は、いつしか淑女の手というには皮が厚くなってしまった。肌は焼け、健康的とは言えるものの、貴族からの受けは悪いと言われるようになった。

それでも私の今世の人生は充実していた。目指すのは、あの日憧れた美しさを手にすること。鉄を溶かして、叩《たた》いて、魔法で調節して最適な環境作りを目指した。引き籠もって一日、寝食を忘れたこともあった。

私を止めず、無理だけはしないようにと好きにさせてくれた家族には頭が上がらない。

誰も私の情熱に水を差すようなことをしなかった。それだけで家族への親愛を深められた。

何度も金槌を振るう。いつしか魔法制御の腕前だけは誰にも負けないと思えるぐらいになった。

繰り返す。繰り返す。何度でも、何度でも。前に進めているのかもわからないまま、ただ愚直なまでに鉄を鍛え続けた。

この五年という月日は、いつ開通するかもわからないトンネルを掘り進めるような日々だった。しかし、そんな日々にもようやく光が見えてきた。

「……ようやく、ここまで来た」

日本刀は素材を用意するところが一番、時間がかかると誰が言ったか。それは事実だと思う。

素材である玉鋼《たまはがね》を用意するまでに三年がかかり、刀として鍛造するための試行錯誤に二年。まだまだ粗いところがあるのは自覚しても、当面の目標には近づいて来た。

刀の形へと整え、歪《ゆが》みやねじれを正し、刀身に刃文を入れるための素材を塗る。手が震えそうになりながらも、慎重に、それでいて時間をかけすぎないように作業を続けていく。

そして、全ての準備は整った。五年もの歳月をかけた努力と汗と血の結晶である刀を魔法の火で熱している。そして、赤熱化した刀身を宙に浮かせた水の球へと一気に差し入れた。

じゅう、と水が温度差によって発生した音が緊張を更に増していく。うっかり刀を取り落としたりすることがないように力を込める。

水の球から引き抜いた刀身が僅かに反りを描いているのを確認して、再び刀を火にかける。その後、熱した刀身をもう一度、水の球に突き刺して冷ます。

刀身の熱が飛んだのを確認して、最後に刃の調整を行う。歪みはないか、不要に厚くなっていることはないか。手足の延長のように感じるようになった金槌で、最後の確認を行う。最後で焦って失敗しないように気は張り詰めていく。

そして、仕上げの研磨を行っていく。我ながら、作業の手際は澱《よど》みがないと思えた。

一体どれだけの時間が流れたのか。作業を止めた手は僅かに震え、呼吸を思い出したように私は息を大きく吐いた。

――光を反射して鈍く光る、反りが入った刃文が浮かんだ刀身。それは自分が憧れていた日本刀の姿そのものだ。

言葉が出なかった。ここまでようやく来たんだという達成感と、自分が手がけたものが見せた美しさに見惚《みと》れていた私はどれだけ忘我してから言葉を思い出しただろう。

「やっと……ここまで……！」

茎《なかご》と呼ばれる柄《つか》の内側の部分、ここにカテナ・アイアンウィルの名を刻んだ。後は柄を塡《は》め込んで、鞘《さや》を用意すれば——異世界で生み出した日本刀の完成だ。

思わず涙が出そうになる。まだこの完成は始まりに過ぎない。もっと突き詰められることがある筈《はず》だし、これを超えるものを生み出さなければ技術が身についたとは言えない。

そう思っても、逸る気持ちは抑えられなかった。前世の記憶を思い出してから五年。ただ今日、この日のために走り続けてきたのだから。

——そんな感動に浸っていた私に、突如声が聞こえてきた。

『——ほぅ、妙な気配の出所はお前か』

「……はい？」

声がした方に振り返ると——そこには戦装束を纏《まと》った半透明の女性がいた。

金塊ですらここまで目が眩《くら》みそうな輝きを放つことが出来るのか、そんな疑問を感じさせる程の光沢を帯びた金色の髪を揺らしている。

瞳の青は海のような青さを思い出させつつ、まるで吸い込まれて視線が逸《そ》らせなくなってしまうのではないかと錯覚してしまう。

この世のものとは思えぬ程に美しく、息をするだけで彼女の空気に呑《の》まれてしまいそうになる。存在としての格が違う存在がそこにいる。その圧迫感に全身が一気に緊張して汗が噴き出た。

「良い、楽にせよ」

「あ、貴方様《あなたさま》は……？」

「――我が名はヴィズリル。美と戦を司《つかさど》る女神なり」

「はいぃっ!?」

神は人を超えた存在であり、この世界を管理している超越者だ。強大な力を持つ故、下界に顕現することなどまずない。

神を崇《あが》める王や神官に神託を授けることはあっても、直接姿を見ることなど普通はあり得ない。

――なのに、その神様が目の前にいる。

（ヴィズリル様って、あの女神ヴィズリル？）

幼い頃に受けたヘンリー先生の授業が脳裏を過《よぎ》った。自分で美と戦を司る神と名乗っているし、その美貌と威圧感は間違いなく御伽話《おとぎばなし》などで語られる神そのものだと確信出来る。

だけどわからない。なんでそんな神様が直接降臨されてるんです!?

「神器となれる剣など久しく見ていなかったが、我との相性も良いな。うむ、心地良いぞ」

「あ、ありがたき幸せです……？」

「気に入ったぞ。汝《なんじ》、名前をなんと言う？」

「カテナ・アイアンウィルと申します」

「では、カテナよ。汝の功績を評価し、我の神子《みこ》として名を連ねることを許す。この剣を神器として祀《まつ》る名誉も与えよう」

――待って。理解が追いつく前にとんとん拍子で話が進んでしまっている！

「すみません、何言っているのかよくわかりません！」

「なんだと？　ここは感涙し、噎《むせ》び泣くところだぞ？」

「キャパが！　キャパがオーバーでございます！」

「……なんと？」

「理解が！　この状況に理解が追いついていないのです！　どうぞお許しを！」

「なるほど、驚きすぎて言葉もないと。しかし、我も驚いているのだぞ？　このような若き人が神器となりうる一品を生み出すとはな。実に興味深い」

感心したように唇に指を当てて微笑《ほほえ》むヴィズリル様に冷や汗が止まらない。神から直接、神器として扱って良いと言われる名誉なんて王族だとか、そういった雲の上の人たちの出来事の筈だ。

なのに、どうして成り上がり貴族の男爵の娘にそんな事態が降って湧いてるんです!?

「あ、あの！　私はまだ未熟と言いますか、こちらの刀……剣は未完成でして……」

「……なんだと？」

「そ、そんな未完成な品で名誉を賜るのも不敬かと……思うのです……」

「……ハッハッハッ!!――神が認めた一品を未熟と、未完成だと申すのか貴様ッ!!」

押し潰されそうな圧迫感が上からのし掛かってきて、そのまま跪《ひざまず》きそうになる。

笑い声一つで押し潰されてしまいそうだ。もう、一体どうしたらいいのかわからない。

「――尚《なお》、気に入った！　カテナよ、ならば更なる研鑽《けんさん》を積むが良い！　我が神子として、我に相応《ふさわ》しき一品を献上するのだ！　この剣は私も気に入ったが、お前が持つと不思議と絵になる。これでは捧《ささ》げるのが武器だけでは勿体《もったい》ない！」

「は、はい？」

「死後、お前は私の眷属《けんぞく》として迎え入れよう。存命の間は我の名代として、我の威光を広げるが良い。そのための力も授けてやろう」

「へぇっ!?」

「では、な。次の剣が完成した頃に様子を見に来るぞ。それまで修練を怠らぬように。次は我が自慢の神剣と比べてみるのも一興か。うむ、楽しみが増えたではないか！」

「あ、あの？　えっ？　ちょっとっ？」

「聞きたいことがあるとでも言いたいのだろう？　答えてやりたいのは山々だがな、下界に降りるのには色々と難がある身故、そろそろ暇を頂こう。詳細については後程使いを出すので案ずるな」

「待って、待ってください！　ヴィズリル様、どうぞお待ちに――！」

私の制止も聞かず、ヴィズリル様の光が輝きを増していく。目を開けていられない程の強い光に腕で庇《かば》うように顔を隠す。

そして、ようやく視界が戻った時にはヴィズリル様の姿はなかった。残されたのは私と、形になったばかりの日本刀だけ。

不意に違和感を覚える。その違和感を確かめるため、いつもの調子で灯火《ともしび》を出そうとする。

その瞬間、火柱のような炎が手から吹き上がって天井を直撃した。天井にぶつかった炎が火花を散らして降り注いだので、慌てて炎を止める。

今までだったら拳大ぐらいの大きさの火が精一杯だったのに、ちょっと力を込めるだけで三倍以上の炎が出せてしまった。やや焦げた跡を残した天井を見て、啞然《あぜん》としてしまう。

……もしかして、これがヴィズリル様の言っていた力？　あの女神様、なんか名代として威光を広げるとかなんとか言ってなかった？　私が？　なんで？　日本刀を作っただけで？

理解が現実に追いつかない。やがて理解することを拒んだ私は頭を抱えて絶叫した。

「ど、どうしてこうなった——!?」

私はただ、日本刀を作りたかっただけなのに——ッ！

第三章 ― 刀匠令嬢、神子になる ―

「……朝だ」

気持ち良い朝の目覚めだった。優しく差し込む朝日、心地良い小鳥のさえずり。まさに理想の穏やかな朝の風景だった。

そうだ、きっと夢だったんだ。日本刀が出来たら女神様が降臨するだなんて。そんなの夢じゃなきゃおかしい。日本刀を仕上げるのが楽しみすぎて変な夢を見てしまっただけなんだ。

我ながらはしゃいでしまってるな。でも長年の夢だった訳だし、仕方ないよね？　早く日本刀を仕上げないと、楽しみだなぁ！

「――ようやく目覚めたか、新たな神子よ」

――なんか、いる。

声がした方向を見ると、何かふわふわと宙に浮いている存在が目に入った。それは夢の中で見た女神様が子供のように縮んだ少女だ。

見るからに女神程の存在感はないけれども、それでも普通の存在ではないのは明らかだ。

「……まだ夢の中みたいだ。寝よう」

寝よう。これは夢だ。そう思い込んで布団を被《かぶ》り、少女から目を逸《そ》らすように目を閉じた。

すると腹部に勢い良く衝撃が走った。被っていた布団がズレて、私のお腹《なか》に足を乗せた女神風の子供が悪い笑みを浮かべているのが見える。

「ほう？　本体から分かれた端末とはいえ、我を無視するとは良い度胸ではないか？」

「ぐぇーっ!?　夢じゃないーっ！　なんかちっちゃいヴィズリル様がいるーっ！　帰ったんじゃないんですか!?」

私はお腹を押さえて悶《もだ》えながらも、私を足蹴にしている子供を見る。どこかサディスティックな笑みを浮かべた子供はお腹をぐりぐりと踏みつけながら腕を組んだ。

「もう忘れたか？　後で使いを寄越《よこ》すと本体が言っていただろう？　我はお前のために誂《あつら》えられた端末だ。本体が地上に降りるのは些《いささ》か問題が多いのでな。代わりに本体の神託を届けたりする役割を担っている。だが、本体と同じように崇《あが》め奉るが良い」

「えっ……別に要らないんですけど……帰って貰《もら》っても良いですか……？」

「何か言うたか？」

「ぐぇぇっ!?　足をどけてください！　乙女として出ちゃいけない何かが出ちゃう！」

「ならば起きるが良い。本体からの言伝《ことづて》がある故な」

「言伝……？」

やっぱり夢じゃなかったのか。現実逃避を諦めた私は布団から這《は》い出て、ベッドの上で踏ん反り返っているヴィズリル様の端末を名乗る子供と向き直る。何か凄《すご》く嫌な予感しかしない。

「神子としての役割の話だ。お前は神器を継承した訳ではなかったから、神子というものも詳しくは知らんのだろうと本体の心遣いだ。ありがたく思うが良い」

「はぁ……ありがた迷惑だよ……」

「不敬……？」

「ノー、不敬！　イエス、尊敬！」

「そこはかとなく馬鹿にされているような気がするが……まぁ、良い」

「……ごほん。それで、えーと、神子についてですか？　確かにいきなり神子って言われてもどうすれば良いのかなんてわからないんですけど」

一応、神から認められた存在が神子と呼ばれることは知っている。我が国だって神子が建国した国であり、今日まで続いている。神子の称号は王族の証明でもあり、私のような男爵の娘が持つようなものじゃない。

「神子とは神に認められた地上での名代である。つまり、神の代行としてすべき使命を果たさなければならない」

「……へぇ。具体的には？」

「うむ。お前は魔神を知っているか？」

「魔族の神、ですよね？　数多《あまた》いる神々の中で、世界に仇《あだ》を為《な》して追放されたとか……」

この世界には人類の不倶戴天《ふぐたいてん》の敵として魔族と呼ばれる種族がいる。魔族は人に似た姿のものもいれば、怪物だと言うしかない姿の者だとか色々いて、それらを全て含めて魔族と呼ばれている。

その配下に理《ことわり》を歪《ゆが》ませた獣や死者を蘇《よみがえ》らせたりした怪物、つまりは魔物を従えて人々を襲う存在だ。国が軍備を整えているのは、この魔族や魔物に対する戦力を整えるためである。

そんな背景があるからこそ、アイアンウィル領の功績が認められた訳なのだけども。

「神子の役割とは、つまりは魔族と戦うことである。特に我が本体は戦いをも司《つかさど》るからな。奴等《やつら》の暴虐を食い止めることも役割の一つだ」

「……えっ、嫌ですけど」

「は？」

「なんで好き好んで戦いになんて行かなきゃならないんです!?　私、ただの男爵令嬢ですけど!?」

「ただの娘が神器になる武具を作れる訳がなかろう？」

「そもそもの話、武器を作れたとしても武器を作る人が戦える訳じゃないですよね!?　なんで私が魔族と戦わなきゃいけないんです!?」

「神から直々に授かった名誉であるぞ？」

「クーリングオフは可能ですか!?」

「クーリン……？　よくわからんがやはり不敬であるな、貴様!?」

くっ、駄目そうだ！　どうしてこんなことに！　私はただ日本刀を作りたかっただけなのに！

「……言わせて貰うがな。お前が作り出した武器は今後、多くの注目を集めるだろう」

「はぁ……そ、それが何か？」

「神器になり得る武具を生み出せるお前の存在が知られればどうなるか、火を見るよりも明らかであろう？　下手をすれば、魔族から身柄を狙われても不思議ではないぞ？」

私は思わず考える人のポーズを取ってしまう。日本刀が神器になり得るものだとするなら、その価値を知れば王族が黙っていないだろうと思う。人類や神と敵対している魔族にバレてしまえば命を狙われる可能性もあると言われると否定出来ない。

「……あれ？　まさか、私の平穏な人生設計は既に詰んでいる……？」

「本体はお前を保護するつもりでもあったのだろう。他の神々もお前のことを知れば放っておかないだろうからな」

「神々まで!?」

「まぁ、独占とも言うが……」

「それ本当に保護になるんですよね!?」

ダメだ、何を聞いても不安要素しかない……！　神様だから人の話が通じないんですか!?

「それだけお前の作る剣は素晴らしいのだ。製法も独特で、それ故にであろうな」

「製法って……魔法を使っただけですけど？」

「その魔法は誰が齎《もたら》したものだ？　それは神々が人に授けた技だぞ？」

「あっ」

魔法は神々が人に与えたものだ。魔神が神々によって追放され、自らの眷属《けんぞく》である魔族を生んだことで人に脅威が迫った。それに対抗するために授けたものが神器や魔法と言われている。

つまり魔法とは元々は神々の技だ。その魔法を存分に駆使して生み出した日本刀が神器にならない訳がない。そう言われたらまったく否定出来ない。

「えっ、じゃあもしかして魔法なしで日本刀を作っても神器にはならない……？」

「どうであろうな。完成品を見てみないと判断は出来ぬが……可能性は低いであろう」

つまり被害を分散させることも出来ない？　これが転生者であるが故の私ＳＵＧＥＥか、私の時代が始まってしまったな……？

「おい、現実逃避をするでない」

「嫌だ！　どうして私がそんな人生ハードモードに!?　ただ日本刀を作りたいだけなのに！」

「だから、それ故に狙われる可能性を生んだのであろう？」

「ちくしょうっ！　世界が私に対して優しくない！」

このまま泣き寝入りなんてしたくない。誰が好き好んで戦いたいなんて思うんだ！　私は刃物は好きだけど、刃物で斬り付けて興奮するような性質《タチ》じゃないのに！

「まぁ、落ち着け。本体も力をつけろ、とは言ったが積極的に戦いに行けとは言っておらん」

「……と、いうと？」

「お前が作り出す者であることが本分なのは理解している。だが、お前の作った武器は既存ではない〝未知〟のものだ。それをどう扱うのか、一番知っているのはお前ではないか？」

「……まぁ、確かに」

敢《あ》えてシンプルに言うなら西洋剣は〝押し切る〟もので、日本刀は〝引き切る〟ものだと言われる。これは人によって諸説あるところではあるんだけど、少なくとも私はそう認識している。

なので、いきなり日本刀を渡して扱いこなせる人がこの世界にいるのかと言われれば難しい。

「お前の生み出したものは価値がありすぎる。その価値を守るためにも自衛の力を身につけろ、ということだ。でなければ自由に武器を作ることも叶《かな》わぬぞ？　魔族だって知れば邪魔をしにくるだろう。だからこそ、降りかかる脅威を退ける力を身につけよ、ということだ」

「……あくまで自分の身を守るために強くなれ、と？」

「その武器を折って捨てて、二度と作らないと決めない限りは避けられん道だろうな」

……日本刀を二度と作らないなら。その選択肢を提示されても、私はもう二度と日本刀を作らないとは言えなかった。

私が完成させた日本刀はまだ道半ばなんだ。これで満足出来る筈《はず》がない。

「我もお前の自由を保障するために言っているのだ。お前が本体の神子であり、死後は眷属として迎え入れられると決まっているなら余計な横槍《よこやり》も減るだろう。例えば、他の神々の勧誘だとかな」

「ぐ、ぐぬぬぬ……！」

「そして功績を積み重ねるのであれば、お前自身が有用性を証明する存在になれば良いのだ。どうだ？　悪くない話であろう？」

「良いとも言えないですけどね……！」

私に選択肢はない。確かにヴィズリル様が提案してくれた話に乗るのが私自身の保護に繋《つな》がるのは間違いない。問題なのは、自由を守るために果たさなければならない責任が生まれたこと。

その責任を果たすためにも力を貸してくれるのだから、取引としては悪くないと思う。別に積極的じゃなくても良いって言ってくれてるし！

「では、改めて問おう。我が本体、ヴィズリルの神子として、その使命を果たすつもりはあるか？」

「……あくまで私の日本刀作りを邪魔する奴を倒すという条件なら！」

「良いだろう。どの道、お前が名を売れば邪魔をする者が向こうからやって来るだろうよ」

「あーっ！　魔神も魔族も纏《まと》めて滅んで欲しい!!」

まだ顔も見たこともない魔族と魔神への恨み言を繰り返しながら、私は頭を抱えた。

「――それでは暫《しば》し厄介になるぞ、神子よ」

「えっ、帰らないんですかっ!?」

私は思わず飛び跳ねんばかりに驚きながらヴィズリル様の端末を見る。すると呆《あき》れたと言わんばかりに目を細められた。

「何を言っている？　お前は知識が足りておらぬし、何より未熟だ。それを我が導いてやると言うのだ。ありがたく思え。何しろ、地上に留《とど》まるのに相応《ふさわ》しい依代《よりしろ》があるのだからな。それも誰の目にもついていない自由な器だ。楽しまずして何とする」

「器って……あっ、私の日本刀！」

「では、何かあれば呼ぶが良い」

「ちょっと……！」

ヴィズリル様の端末は、そのまま日本刀の中に吸い込まれるように消えていった。

思わず伸ばした手は宙を掻《か》くも、何も摑《つか》むことはない。暫し、呆然《ぼうぜん》として思考を停止していたけれども、私はなんとか思考を動かして一つの結論に至る。

「これ、私の手に負えない！　もう、父様たちも巻き込もう！」

父様が卒倒しそうだけど、私一人じゃもう抱えきれないってこんなの！

そうと決まれば善は急げ。鈴でメイドを呼び出して身支度を調えるのだった。

＊　＊　＊

「父様！　以前から研究していた日本刀……ごほん！　例の剣が出来ました！　是非ともご覧になってください！」

「おぉ……これがお前が長年、研究していたという砂鉄から鍛えた剣か」

「あらあら、ようやく形になったのねぇ」

私は出来上がった日本刀の第一号を父様と母様に見せにいった。

父様は感心したように私から日本刀を受け取る。その横でニコニコしているのは私の母、シルエラ・アイアンウィルだ。

「ほぅ……これは美しいな」

「あらまぁ……これは確かに飾っておいて眺めていたいわ」

鞘《さや》から抜いて刀身を確認した父様は少しだけ声を低くして言った。声を低くするのは感心した時の父様の癖だ。

母様はうっとりした目で日本刀を見つめている。ちょっと頬を赤らめているのには、どこか妖しげな魅力を感じてしまう。……なんというか、大丈夫だよね？

「見事だ。まさか、お前にここまでの才能があるとは思っていなかったな」

「ありがとうございます、父様！　それでですね、一つ問題が起きてしまいまして……」

「問題だと？」

私に日本刀を返しながら、父様が眉を寄せた。私が日本刀を作り上げるために積み重ねた時間の間、父様も男爵家当主としての経験を詰んでいる。一家の大黒柱として相応しい威厳を見せて、私と向き合う姿は実に頼もしい。

「実は、完成させたら女神が降臨してしまいまして……今、この剣に宿っています」

「…………は？」

私が告げた一言で、頼もしかった父様の威厳が一瞬にして崩れ去った。

同時に日本刀からヴィズリル様の端末が実体化して、私の隣に降り立った。子供サイズの癖して何故《なぜ》か威厳たっぷりに見えるヴィズリル様の端末は堂々と腕を組んでみせる。

「この神子の親か。我は美と戦を司る神、ヴィズリルが端末なり。存分に崇め奉るが良い」

「あらまぁ、これはご丁重にありがとうございます。私はカテナの母のシルエラと申します。このようなしがない男爵家にご降臨頂き、恐縮でございます」

ヴィズリル様が出てくると、父様は完全に動きを止めてしまった。代わりに母様がいつものようにおっとりと挨拶をしている。流石《さすが》、私の母様！　こんな時でもマイペースだ！

「……カテナ、説明」

「武器が出来たら、女神様が降臨。これをお気に召され、私、神子になりました」

「……うぅん！」

事情と経緯を簡単に説明すると、父様は直立したまま後ろに倒れてしまった。そのままブクブクと泡を噴きそうな父様をあらあらと言いながら母様がのんびりと介抱を始める。

「それは大変な名誉ねぇ。良かったわね、カテナ」

「それが良くないんですよ、母様」

「あら、そう？　でも確かに、王家の方々にもご報告しないといけないかしら？」

母様が父様を持ち上げて膝枕の姿勢に移り、自分の頬に手を当てて小首を傾《かし》げる。

私は王家と母上が口にしたので嫌そうな表情を浮かべてしまう。やっぱり報告しないとダメ？

「とても名誉なことだけれど、普通に伝えても、隠し立てしても色々と面倒でしょう？　この人が倒れてしまうぐらい」

「そうですね……」

「うーん……うーん……」

意識は完全に失っていないのか、父様が私たちの会話を聞いて顔色を悪くして痙攣《けいれん》し始めた。これは父様にとって完全に許容外の事態だったみたいだ。本当に申し訳ない。私だって泣きたいけど。

王家に報告しない、という選択肢は色々と不味《まず》い。何せ、本来神器なんて王家が所有しているようなもので、ウチのような成り上がり男爵家が持っているようなものじゃない。神器を作り出した私のことを黙っているなんて、国に対して叛意《はんい》があると取られてもおかしくない。

「カテナ、神子になったことを隠せるかしら？」

「……難しいかもしれませんね、神子としての使命を果たせって言われてるので」

「あら……それなら下手に隠すのは良くないわねぇ。それで、貴方《あなた》はどうしたいの？」

「私はただ日本刀を作りたいだけです！　王家と近しくなりたい訳でもないですし、積極的に魔族や魔物の討伐にだって行きたくありません！」

私は思いを込めて渾身《こんしん》の叫びを繰り出す。すると父様の痙攣が酷《ひど》くなって、顔色が青白くなってきた。……気のせいだと思うことにした！

「なるほどねぇ。……では、方法は一つしかないわね。ヴィズリル様」

「ほう、何だ？」

「どうか、娘の後ろ盾として立って頂きたく願います。そのために、我が家が差し出せる代価はお捧《ささ》げ致します。何卒《なにとぞ》、そのご威光を借りさせて頂くことをお許し頂きたいのです。我が家ではこの子を支え、守り抜くことは不可能でしょうから」

母様は表情を引き締め、ヴィズリル様へと向き直りながら言った。その貫禄《かんろく》ある姿に思わず惚《ほ》れ惚《ぼ》れとしてしまいそうだった。……その膝の上で青白い顔で痙攣している父様が見えなければ絵になったと思う程に。

「ほう……一体、どのような対価を差し出すと言う？」

「神々の思惑など、矮小《わいしょう》なる人が察するには難解にございます。故にどうか、道を指し示して頂きたく思います。望まれるものがあるならば、この身を賭してでも捧げることを誓います」

「我は美と戦を司る神なり。神子の母よ、その美しい在り方に免じてこの娘が我を満足させる限り、庇護《ひご》することを誓おう」

「真《まこと》に光栄に存じます、寛大なるお心に感謝を。……と、いう訳でカテナ、頑張るのよ」

「あれぇッ!? 結局、私に全部丸投げじゃないですか、これ!?」

「だって、王家と事を構えるようなことなんて我が家に出来る訳ないじゃない？」

「そりゃ、そうだけど！　うぅ、わかってたけど、なんか納得いかないなぁ！」

「カテナ……」

「父様……意識がはっきりしましたか？」

「夢だと思いたい」

「凄くわかります」

「……はぁ、私はとんでもない娘を授かったものだ。カテナ、出来ることは少ないが、出来る範囲ではお前を助けるつもりだ。だが、私はアイアンウィル家の当主だ。悪いが、お前ばかりを優先は出来ない。それは予《あらかじ》め言っておく」

　父様はまだ顔色が悪いけれど、母様の膝枕から起きて私に視線を向けながら言った。

　それは当然だと思う。父様が王家に叛意を持っていると誤解されるような行動は控えないといけない。迷惑を被るのは我が家だけじゃなくて、領民にも影響を与えてしまいかねないからだ。出来る範囲でも何かしようとしてくれるだけで十分すぎる。

「はぁ……ザックスに何て言えば良いんだ」

「兄様、引っ繰り返りそうですね」

　今は貴族学院に通うために学院寮で生活している兄のことを思う。常識的な人だからなぁ、話を聞いたら頭を抱えそう。

「ともかく王家にはご報告するしかない。恐らく国王陛下と謁見することになるだろうが……お前は王家に入るつもりはないのだな？」

「嫌です、王族になんてなったら好きに鍛冶をやらせてくれなさそうじゃないですか！」

「王族だもの、王妃になったりする可能性もあるから今以上に勉強しないといけないかもしれないわね。王族入りを免れても、お抱えの職人になることを望まれるんじゃないかしら？」

「うぅん、それならまだ……？」

「だが、カテナの作った剣は美しいが形状が独特だ。それがお気に召さなければ、自分たちが望む武器を作れと仰《おつしや》るかもしれんな。……こら、カテナ。露骨に嫌そうな顔をするんじゃない」

だって、私はあくまで刀を作りたいだけであって武器全般が作りたい訳じゃないんですよ！

本当、どうしてこんなことになってるんですかね！

＊＊＊

私がヴィズリル様に神子として認められた一件を報告した数日後、父様は国王陛下に報告するために王都へと向かった。

ほぼ間違いなく私も王都に上がることになるから準備をしておくようにとも言われたので、母様と一緒に準備に追われている。

王族と謁見するなら恥ずかしくない格好で出向かなければならない。そうなると着る服を選ぶのも大変だ。毎日が慌ただしい。本当は日本刀でも眺めてうっとりして過ごしたかったのに……。

「はぁ……急に慌ただしいことになったなぁ」

「文句ばかり口にしても仕方あるまい」

「だいたい貴方が原因なんですけどぉ!?」

我が物顔でベッドを占拠しているちっちゃいヴィズリル様に私はツッコミを入れてしまう。数日の間、一緒にいたけど、この女神様は自由奔放が過ぎる！

「私を招く原因を作ったのはそもそもお前ではないか」

「ぐぅぅうぅぅっ……！」

「いい加減、諦めて腹を括《くく》るが良い」

「わかってますぅ、チビ女神様」

「チビとは何だ、チビとは。不敬であるぞ？」

「じゃあ、ミニ。ちっちゃいヴィズリル様だからミニリル様」

「ミニリル、か。なるほど、本体の名をもじりつつ可愛《かわい》らしくなったではないか。今後はミニリルと名乗ることにしよう」

琴線に触れたのか、ちっちゃいヴィズリル様はミニリルと名乗ることにするようだった。いや、気に入ったならいいけど……。

なんだか気が抜けてどっと疲れが押し寄せてきた。もう何もしたくない。

「はぁ……」

「溜息《ためいき》を吐《つ》くと幸せが逃げるぞ？」

「吐きたくもなるよ……いきなり神子になんかなって、魔族や魔物を相手にしなきゃいけなくなって、更に王族との謁見まで控えているんだよ？　目まぐるしすぎる」

「確かに目まぐるしいことは認めるがな、不幸ではあるまい」

「どの口が言うんです？」

「では、我の本体が介入せずにもっと流されるままの状況が良かったと言うか？」

「ぐぎぃーっ！」

「そもそも、お前が招いた事態だ。その中でお前は幸運に恵まれている。お前の両親は実に立派ではないか。互いに想《おも》い合っているのだろう？」

「……それは、まぁ」

尊敬している自慢の両親だし、今日まで私の自由を許してくれた理解ある人たちだ。

私が面倒なことになっても、私の気持ちを尊重して道を探ってくれている。それを申し訳ないと思いつつも、嬉《うれ》しく思ってしまう。

「――だが、魔族はそんな気持ちなどお構いなしだ。お前が目をつけられれば、あの家族が狙われる可能性もなくはない」

「────」

「自覚せよ、お前の為したことはそれだけ価値がある。それ故、誰もが動かずにはいられなくなる。強さであろうとも、美しさであろうとも、それは変わらぬ」

「……私が悪いって言いたいの？」

「悪いことなどあるものか。欲するならば正々堂々、正面から向かって来れば良い。しかし、それが出来ない残念な弱者も、性根の腐った不届き者もいるのがこの世だ。備えもせず、全てが終わってから嘆いても遅い。だからお前は幸運なのだ。お前が選ぶための時間を作ろうと動いてくれる者がいるのだからな」

私が目立って、価値があると判断されたら家族が狙われるかもしれない。言われてみればそんなのは当然のことだった。

だから母様は真っ先に私の後ろ盾になってくれるようにミニリル様に頼んだのか。自分たちじゃ私を守れないと言ったのは、そういう意図もあったのかもしれない。

（普段はおっとりしているのに、重大な決断をする時の母様は潔さが凄いな……）

いきなり神子になって、その価値の大きさを私は正確にわかっていない。だけど自覚しなきゃいけないことなんだ。突然の一言で冷え切っていた感情の熱が戻って来る。

与えられた責務がどれだけ面倒だと思っても、面倒事を避けるには夢を諦めなければならない。夢を諦めるか、平穏を諦めるかのどっちかだ。

冗談じゃない。私にとっては二度目の人生だ。一度目の人生で夢が叶ったかどうかもわからないのに、二度目の人生でも夢を諦めなきゃいけないと決めつけられるなんて納得出来る訳がない。

こうなったら徹底的に戦い抜いてやる。大事だと思ったものは全部守ってやる。そのために強くならなきゃいけないっていうなら強くなってみせる。そして最後には平穏も勝ち取ってやるんだ。

「……やはりな」

「？　何が？」

「お前を見て、更にお前の家族を知って確信に至っただけだ。お前は我が本体が気に入る奴に違いない、とな。お前は自ら力を得ることを選ぶ、美しい在り方を守るために強くあることをな。だからお前自身も、お前を取り巻く絆《きずな》も含めて美しいのだ」

ミニリル様が満足そうに笑って言った。子供の姿の癖して、母性を感じるような笑みに心臓が跳ねてしまった。

動揺してしまったことを悟られるのが嫌で、私は仏頂面を浮かべた。見透かされているみたいに言われるのは、なんか癪《しやく》だ……！

「もう寝る！」

「あぁ、よく眠るが良い。明日から忙しいぞ」

勢い良く布団を被って、ミニリル様に背を向ける。姿を消す前に投げかけられた声は優しいと思えてしまって、なんだか余計に悔しかった。

＊＊＊

準備も整った頃と時を同じくして、国王様へ報告しに向かった父様から便りが届いた。父様が予想していた通り、謁見の機会を作るので王城に来るようにとのお達しだった。

留守の間は家令に任せて、私は日本刀を携えて母様と護衛と共に王都へ旅立った。

「ザックスにはまだ伝えていないそうよ。国王陛下との謁見が終わって、その結果も踏まえて伝えるって」

「そうですか。どの道、兄様が卒倒する未来しか見えませんが」

「ふふ、本当に私の娘は凄いわねぇ。鼻が高いわ」

「……でも、迷惑なんじゃないですか？」

今は、馬車の中には私と母様しかいない。護衛や従者を乗せた馬車が付いて来ているけれど、車内では二人きりだ。

だからこそ、つい母様の表情を盗み見てしまう。母様は表情から何を考えているのか読めない人だからこそ、不満とか思っていてもわかりそうにない。

それが途端に怖くなって、思わず不安を口にしてしまった。すると、母様は笑顔のまま困ったように眉を寄せる。

「迷惑ねぇ……それなら私だって、お祖父様《じいさま》にいっぱい迷惑をかけたわ」

「母様がですか？」

「えぇ。私ってこんなだからクレイと結婚するまで結婚なんて出来るのかわからないって言われた程よ？　なのにお祖父様が貴族になることが決まって、私もなし崩し的にお嬢様になったけど、私には無理だと思ってたのよね」

苦笑を浮かべながら言う母様の言葉は、正直言って意外だ。母様だったら穏やかに笑みを浮かべながら何でも出来そうに見えるのに。

「……聡明《そうめい》な母様だったら案外大丈夫だったんじゃないですか？」

「それはね、好きなことを好きなままでいることを許してくれた人がいたからよ。貴方も私に似てるから同じでしょうね？　どうしても好きなのに、止《や》めなさいって言われたら心が死んじゃうの」

「うっ……それは、確かにそうですね……」

「私は色んな人に助けて貰って、一緒にいて幸せだと思える人といることが出来て、頼もしい息子や可愛い娘を授かることが出来たわ。だから今度は私が頑張って大人をやる番なのよ」

「……母様」

思わず私は母様の顔を見つめてしまった。いつも浮かべている穏やかな笑顔と似ているけれど、ちょっと違う包み込むような優しさを感じさせる笑顔だ。

大人の女性というのはこの人のことをいうのだと直感めいたものを感じる。

母様だって悩んだりもする筈だ。それでもこんな笑顔を浮かべることが出来るこの人は、本当に強い人なのだと思えた。

「親にとってはいつまでも子供は子供なのよ。甘えたい時は甘えなさい。でもね、覚えておいてカテナ。いつか貴方が一人で立たなきゃいけなくなった時、貴方がそうすると決めた時、私は背を押すことしか出来ないの。だから、それまでは貴方の母親をやらせて頂戴ね？」

……あぁ、敵《かな》わないなって思ってしまった。この人が私の母親であったことが心の底から嬉しくて、誇らしい。だからこそ、この人の娘として恥ずかしくないように生きたいと思えた。その上で私らしくあることを捨てずにいたい。

きっと難しいことだろう。でも、諦める理由にはならない。例え、相手が王族だろうと、魔族だろうと、神様だろうと。絶対に私の望みを譲ってなんかやるものか。そんな決意が私の胸に宿るのだった。

第四章 ―― 刀匠令嬢、王族と相対する ――

グランアゲート王国、それが私たちの住まう国の名前だ。

大地と豊穣《ほうじょう》を司《つかさど》る神、カーネリアン様の神子《みこ》が開国した国であり、かの神の恩恵を受けたこの国の特色は良質な鉱物が取れることと、豊かな農地に恵まれていることだ。

なので同じ国でも、地域によってその特色が大きく二つに分かれている。一つは我が家のように鉱物を採掘し、加工する者。

もう一つは作物を育てる農家だ。豊富な食料と質の良い装備から成る屈強な騎士たちが守護する国であり、魔族の侵攻を防ぐ大いなる盾と称されてもいる。

グランアゲート王国の王族はカーネリアン様から授かった大地の力を操る神器を継承しており、自らも戦場に立つ人が多い。

そんな我が国の国王との謁見の日を迎えた訳なんだけど、国王陛下はもう完全に武人と称する以外に言葉が見つからない人だった。

現国王、イリディアム・グランアゲート陛下。御年は四十歳だけど、年齢を感じさせない逞《たく》ましさに目を見張ってしまいそうになる。髪は赤みが混じった金髪で、瞳の色は真紅。獅子《しし》だとか、そういった雄々しい動物を連想してしまう。

その隣で微笑《ほほえ》む正妃様、クリスティア・グランアゲート様は穏やかなおば様だった。無骨という言葉が似合う陛下の隣に並ぶと、その穏やかさが際立っているかのように見える。

王妃様は薄い空色の髪に、ふんわりとした優しい蜂蜜色の瞳をしている。相反しているように見えて、長年連れ添った自然な空気感が陛下との間には存在していた。

そして、もう一人。それは陛下の面影を残す私と同年代ぐらいの少年だ。

髪の色は眩《まぶ》しいまでのプラチナブロンドで、気の強そうな真紅の瞳を持つ野性味の溢《あふ》れるイケメンだ。顔は初めて見るけれど、彼がこの国の第一王子であるベリアス・グランアゲート様だろう。

父様は王族を前にして緊張を隠せない様子で、ソワソワしているのがわかる。その一方で、母様は凄《すご》く自然体だ。思わず二度見しかけた。流石《さすが》、私の母様だ。こんな時でもブレない。

「よく来た、クレイ、シルエラ。そしてその娘、カテナよ。楽にして良い」

「陛下に謁見の機会を賜り、至極光栄にございます」

「此度《こたび》の偉業を耳にした時は驚いたぞ。アイアンウィル家は三代続いて我らを驚かせることに長《た》けていると見える」

「恐縮でございます」

からかうように笑いを含んだ声で言う陛下に、父様は言葉通り恐縮しながら返事をした。

「息子のザックスも学院では優秀な成績を残していると聞く。しかし、此度の偉業は息子の優秀さも霞《かす》むやもしれぬな。さて、カテナ嬢よ」

「は、はい！」

陛下から直接、声をかけられて緊張で声が上擦らないように返事をする。そんな私を見定めようとするように陛下はジッと私を見つめた。

「女神ヴィズリルから直接、神子として認定されたと聞く。これに嘘《うそ》偽りはないか？」

「ご、ございません」

「ふむ。では、その一品を私にも見せて頂こう」

「こちらでございます」

私は布包みにしていた日本刀を掲げてみせる。控えていた従者が私から日本刀を預かって、陛下に持っていく。布を解き、鞘《さや》に収められた日本刀が姿を見せる。陛下はそのまま鞘から日本刀を抜いた。

「ほぅ……」

陛下が感嘆の声を漏らすと、自然と日本刀に注目が集まる。

心臓が煩《うるさ》い程に心音を鳴らせているけれど、鎮めるどころではなかった。そのまま汗が浮きそうなのを堪《こら》えながら、陛下の言葉を待つ。

「確かに、これはヴィズリル様がお気に召したというのも理解出来る。剣でありながら芸術品のようだ。特にこの剣身に浮かぶ波の如《ごと》き紋様が美しく思う」

「過分なお言葉、光栄に存じます」

「これは一から独力で作り上げたと聞いている。それは真《まこと》か？」

「はい。全て私一人で作り上げたものでございます」

陛下は日本刀を鞘に戻して、布で包み直して私に返すように控えていた従者の方に渡す。手元に日本刀が戻って来ると、思わずホッと一息吐《つ》いてしまう。

「確か、カテナ嬢は四大属性の適性を全て持つと言っていたな？」

「はい。それこそ私が単独での武器の鍛造を志した動機でございます。私が独力で此度の剣を作り上げられたのは魔法を駆使したからです」

「発想が面白いですね。本来であれば人や設備が必要なところを魔法で補ったのでしょう？」

陛下に続いて私に声をかけてきてくれたのは王妃様だ。雰囲気に違《たが》わぬ穏やかな声に少しだけ緊張が解ける。

「お、仰《おつしや》る通りでございます」

「貴方《あなた》は大変、魔法の制御がお上手なのね。私は鍛冶師の仕事がどのようなものか正確には把握していませんが、豪快さと繊細さが揃《そろ》わねば成り立たぬ仕事だとは思っています。それを一人で、しかも魔法を使ってとなればどれだけの研鑽《けんさん》が必要なのか、想像しただけで目眩《めまい》がしそうだわ」

うふふ、と婉《たお》やかに賞賛してくれる王妃様の言葉に私はただ頭を下げることしか出来ない。

評価してくれるのはありがたいんだけど、じゃあ、それで王家に来ませんか？　みたいな話にはなって欲しくないんだけどなぁ。逆に高評価なのが怖くなってきた。

「――しかし、武器として評価するのは些《いささ》か早計ではございませんか？　父上、母上」

そんな時だった。そんな不満が滲《にじ》み溢れたような声が聞こえたのは。

声を上げたのはベリアス王子だ。彼は私を見下ろすように見ているけれど、その目には挑発的な光が宿っていた。

「ベリアス」

「確かにこの者の作った剣は美しい。しかし、細く、頼りないという評価も私はしてしまいますな。これでは多くの騎士が評価に悩むのではないかと思います。見て楽しむならともかく、騎士は工芸品で戦う訳ではないのですから」

「な……っ」

「しかし、美しく仕立てる腕は良いのでしょう。技法も独特であれば今一度、我らが伝統たる大剣を作り上げてこそ、腕前の正しい評価が出来るのではないでしょうか？」

ふん、と鼻を鳴らしてベリアス王子は私に向けて言い放った。呆然自失《ぼうぜんじしつ》していた私はこれ以上、表情が崩れないように取り繕うので精一杯だった。

「おい、カテナと言ったな。その剣の美しさは評価出来る。女神様が見初めたというのもな。女とは綺麗《きれい》なものを好むのだろう？　しかし、この国で普及している武器とは懸け離れすぎている。それで腕前の評価など出来ん。丁度、俺様に合う剣を探していたのだ。故に一振り、俺に献上せよ。その時、貴様の名誉は確実なものとなるだろう」

……耐えるんだ、私。ここで私が爆発すると父様と母様にも迷惑をかけるし、これでも多分、前世の記憶も合算すれば精神年齢はこの俺様王子よりも上の筈《はず》。ここは大人として、精神的年長として……穏便な対応を——出来るか、ボケェ——ッ!! 私は渾身《こんしん》の笑みを浮かべて言い切った。

「——謹んでお断りします！」


返答を聞いたベリアス殿下は、まるで予想外の言葉を聞いたと言わんばかりに目を丸くした。

「……は？　貴様、なんと言った？」

「お断りします」

「な、何だと……！」

「殿下の言う通り、私の作ったものは武器とは言えぬ工芸品なのでしょう。であれば、王家の方々にお見せする程のものでもなかったようですね。お時間を頂き、真に大変失礼致しました。お許し頂けるのであれば、これでこの場を辞させて頂きたく。あぁ、剣をお探しであれば我が領、自慢の鍛冶師にお求めください」

「俺は貴様の腕を見せよ、と言っているのだ！」

「あら、私の剣はたかが工芸品なのでしょう？　工芸品は武器ではないと仰ったのは殿下ではございませんか？　であれば殿下に献上する程の物ではございません」

「貴様……！」

ベリアス王子は私が断ると思っていなかったのか、信じられないといった表情で私を睨《にら》んでいる。その顔は憤怒で真っ赤に染まっている。

対して私は爆発しそうな感情を抑え込んでいるので、表情筋が死んでいると思う。ついでに目も死んでいる自覚がある。

私はね、自分が言えば何でも従うだろうと思い上がっている勘違い野郎が大嫌いなんだ！

「――ベリアス、下がれ」

空気を震わせるような重い声が響き渡った。それが一気に場を静寂へと塗り替える。声を発したのは陛下だ。全身から圧力を感じる気配を撒《ま》き散らして、ベリアス王子をじろりと睨み据える。

「父上！」

「口を閉ざし、下がれ。許可なく口を開くことを許さん。良いな？」

有無を言わせぬ、といった声で陛下が言い切る。何か言いたげにベリアス王子が口を開こうとするけれど、何も言えずに私を睨んできた。

……は？　なんで私を睨んでるの？　私が断ったから悪いとか思ってるの？　馬鹿なの？　俺様なの？　不敬だとかでも言いたいの？　先に挑発してきたのはそっちでしょ？

「……些か、空気が悪くなってしまった。仕切り直しが必要であるな」

全身から立ち上る気を静めて、陛下がぽつりと言った。そして、私に視線を移す。

「カテナ嬢、確かにその剣は美しい。しかし、形状も製法も既存に例を見ない新しいものだ。我らでは正しく評価することは難しい。それ故、既存の武器においても君の腕を見たいと望んでいるが、どうだ?」

「お言葉ですが、私の製法は独自のものでございます。私の理想は此度の剣であり、どこまでいってもこちらの延長線にしか存在しません。大剣の製作となれば勝手が違います、ご満足頂ける品を作り上げることは恐らく難しいかと思います」

「……どうしてもか? 王家として支援の用意もあると言ってもか?」

「私は所詮、しがない男爵令嬢でございます。幾ら、ヴィズリル様より恩恵を賜ったところで未熟者。王家の方々にお目にかけるのは早計だったと、我が身の思い上がりを恥じるばかりでございます。どうか、このまま御前を辞する許しを頂きたく」

「……なるほど、わかった。しかし、ヴィズリル様の神子として認められたことも含め、その真偽と真価を見定める目を置きたい。近々、男爵家に使者を送る。詳しい話は使者を通して確認をする。それで構わないな? クレイよ」

「……陛下のお言葉のままに」

父様に許可取られたら、私は何も言えないじゃん。くっそぅ、いっそ、もう私のことなんて放っておいて欲しいんだけどな。陛下と王妃様はまだしも、そこの俺様王子と今後も関わる気は一切ないわよ? あー、もう! 面倒臭いったらありゃしない!!

＊＊＊

「ベリアス殿下に逆らったぁ!? 何をしてるんだ、お前はぁ～ッ!?」

陛下との謁見を終えた後、私たちは兄様に事の経緯を報告するために合流した。

そして今、事情を聞いた兄様がムンクみたいな顔になってくねくね身を捩《よじ》っているところだ。謁見した時のことを話すとこの反応である。

父様は感情が無になったように遠くを見ているし、平然としているのは母様だけだ。正直、申し訳ないと思っている。でも、後悔はしない。

「お、おま、お前！ お、おう、おうっ、おうっ！」

「……オットセイの真似《まね》ですか？」

「違う!? お、おま、お前！ カテナ！ どうして殿下に楯突《たてつ》いたんだ!? 使者が来るとはいうが、それは絶対に監視の意味も含んでるだろ!?」

「父様が今にも砂になってしまいそうなので、事実を突きつけるのは止《や》めて！ 兄様！」

「誰のせいだ――っ！」

「お、俺様殿下が悪い……わ、私、悪くない……」

「王族のせいにするな！ あぁ、俺が継ぐ時になったら我が家はどうなってるんだ……！」

兄様が頭を抱えて苦悶《くもん》の表情を浮かべている。だけど、すぐに何かを悟ったような笑みを浮かべて父様へと振り返った。

「ねぇ、いっそ爵位返上しませんか？　父上！　平民になったら俺、商人になりたいです！」

「うむ、それも考えよう。最悪は国外逃亡だな……」

「いや、二人は悪いことしてないじゃないですか。その時は私を勘当すれば話は済みます」

「──貴方たち、ちょっと興奮しすぎじゃないかしら？」

喧々囂囂《けんけんごうごう》と話し合っていた私たちは、冷気を感じるような母様の一声で一斉に黙り込む。私たちが静かになったのを確認して、母様は満足げに頷《うなず》いてみせた。

「なってしまったものは仕方ないわ。それにあの調子ではカテナを王族に迎える、なんて話にはならないでしょう。使者が来るといっても、別に我が家は不正をしている訳でもないですし、自然体で過ごせば良いと思うのだけど？」

「母上！　カテナが常識からズレているのはともかく、それが許される状況というものがですね！」

「──あら、ザックス？　私、いつカテナが悪いと言ったかしら？」

ひぇっ、と思わず声が漏れた。母様はいつもの笑みを浮かべているけれど、笑顔の裏の圧が凄い。兄様も母様が発する圧に気付いて、表情を引き攣《つ》らせた。

「貴族というのは王家が忠誠を捧《ささ》げるに足るから忠義を捧げるものなのではないかしら？　なのに何でも王族だからと許すのは、それはどうなのかしらねぇ」

「は、母上……？　そ、その発言は不味《まず》いのでは……？」

「私は貴族の妻である前に、この子の母親だもの。あと、殿下に思うところはあっても陛下と王妃様には別に何も？　なら良いじゃない。……それに、一番怒ってるのはカテナでしょう？」

話を振られて、私は目を瞬きさせてしまう。怒ってる？　と聞かれれば、怒ってるけど……。

「……でも、言ってることは間違ってなかった」

日本刀はこの国では未知の武器だ。だから武器として評価出来ないというのは正しい。だからこの国で尊ばれる大剣の方が良い、そっちを作ってみせろというのは間違ってないと思う。

でも、そもそもなんで王族のために、王族に評価されるためだけの物を私が作らないといけないの？　日本刀がヴィズリル様に神器として認められたから見せに行った筈なのに、あの俺様王子のせいで話がややこしくなった。

恐らく、改めて陛下から武器を頼めないかという話をしたのは、俺様殿下の顔を立てるために敢《あ》えて自分からも話題を振って仕切り直すためだったんだろう。ご本人もそう言ってたし。

詳しい話は使者が男爵家を訪問してから改めて、というのもその辺りの話になるのだと思う。だから我が家はただいつも通り、堂々として王家の使者を迎え入れれば良い。……多分。

「カテナの作ったものを否定する必要もなかったのよね。なのに自分が欲しいものを寄越《よこ》せだなんて、流石に殿下にはご指導が入るのではないかしら？」

「……母様」

「大丈夫。貴方が何も言わなくても私が言っていたと思うわ。むしろ、ちゃんと自分の口で伝えようとしたことは偉いわ。叱るとするなら、穏便に収めたいのに皮肉を口にしてしまったのは減点ね。アレはダメよ、カテナ」

「……はい」

「さぁ、今日は疲れたでしょう？　もう休みましょう。クレイもこの調子だし、ザックスもごめんなさいね。急にこんな話になってしまって」

「いえ……」

兄様はちらりと私を見たけれど、私は兄様と目を合わせづらくて視線を背けてしまった。

＊　＊　＊

「よくあの程度で抑えたな」

「……文句でもあるんですか？　ミニリル様」

私たち家族が泊まっているのは王都の高級宿屋。父様と母様は同室で、私と兄様はそれぞれ個室を宛《あて》がわれていた。

一人になって部屋に入るなり、日本刀からミニリル様が実体化して姿を見せる。出てきてすぐの一言で、私は思いっきり眉を寄せてしまった。

そんな私の態度にミニリル様は肩を竦《すく》めて、軽く呆《あき》れたように息を吐く。

「いいや、むしろ言い返すのが足りないぐらいだ。カーネリアンの神子の一族め、奴等《やつら》は脳筋になる加護でも授かっているのか？　まぁ、あの王子が未熟と言えばそれで終わる話でもあるがな」

「……あそこで言いすぎたら家がどうなってたかわからないし」

「我が後ろ盾に立っているのだぞ？　そんな無法、許すものかよ。……とはいえ、我が本体も徒《いたずら》に世を騒がすつもりもない。これ以上、カーネリアンの神子どもに我から言うことはない。むしろ、お前に話がある」

そう言いながらミニリル様はベッドに腰を下ろすようにして座り、私に向けて両手を広げた。

「ほら、来い」

「……何の真似ですか？」

「慰めてやろうというのだ。本当は喚《わめ》きたい程、悔しかったのだろう？」

ミニリル様に指摘されたことで、私の抑え込もうとしていた感情が溢れそうになった。それを溢れさせまいと唇を強く噛《か》んでしまう。

「来い」

「……」

ミニリル様が再度、強い口調で言う。私はおずおずとミニリル様の膝の上に頭を置くようにして跪《ひざまず》く。

膝の上に置いた私の頭をミニリル様が優しく撫《な》でてくれる。見た目は子供の癖して、随分と手慣れているように思える。

ゆっくりと抑え込んでいた感情が解《ほぐ》されるようにして表に出てきてしまう。湧き上がった悔しさに涙が滲んでいった。

「ムッカついたぁ……！　勝手なことばかり言って……！　言われるままだったのが悔しい！」

理屈で感情が納得させられれば世話はない。あちらにはあちらの言い分があることはわかっていても、感情は納得しない。

日本刀が工芸品だって？　私がどんな思いで、何年もかけて完成させたと思ってるの？　確かに未知の武器なのは認めるけど！　だからって納得がいかない！

「まったくだ。我が認めたものをあそこまでよく扱《こ》き下ろしたものだ」

「悔しい……！」

「あぁ、だから証明しなければならんな。お前が、あの日本刀なる武器を使いこなしてな」

「戦うのなんて別に好き好んでしたくないけど、これは話が別だ。舐《な》められたままなんかで終われない！」

拳を握り締めながら震えていると、頭上から満足げなミニリル様の声が聞こえてくる。

「それでこそ、我が神子だ。……確かお前は今、十三歳。学院という学び舎《まなびや》に通うようになるのには二年の猶予があるのだったか？」

「？　なんで学院……？」

顔を上げて見ると、ミニリル様は歯を剝《む》くような好戦的な笑みを浮かべていた。

「あの王子もお前と同年代なのだろう？　なら、その学び舎で一緒に学業に励むことになるだろう。その時にお前の実力をあの王子に証明するのが手っ取り早い。二年もあれば十分だ。お前を、その剣に見合う剣士として鍛えるのであればな」

「……なんか、上手《うま》く乗せられてる気もするけれど、利害は一致してる」

強くならなきゃいけない理由がまた一つ増えた。守りたいものがあるなら、強くないと何も守れない。そのために必要なら、女神様からの修行だってこなしてみせる。そして証明するんだ。日本刀の素晴らしさを。でなければ腹の虫が治まらない！

「やる気を出させた点だけは評価してやるが、不敬は我も許せぬ。あの生意気な王子の鼻を明かしてやろうではないか、我が神子よ」

「当然！」

「では、領地に戻ったら早速、特訓を開始するとしよう。覚悟しておけ」

「……覚悟？」

「なに、安心しろ。――私がお前を最強にしてやろう」

満面の笑みを浮かべて告げたミニリル様の一言が、後の私の地獄を決定づけた。この時はまだ、その地獄を知らずに、ただ嫌な予感を覚えることしか出来なかったのだった。

第五章　刀匠令嬢、研鑽の日々を送る

王城での謁見を終え、領地に戻った私はミニリル様に修行をつけて貰《もら》うことになった。その準備としてミニリル様が用意しろと言ったのは木剣である。その準備も終えて、私は中庭でミニリル様と向き直っていた。

「それじゃあ、ミニリル様！　ご指導、よろしくお願いします！」

「うむ。まずは軽く講義からとするか、その刀を貸すが良い」

ミニリル様に言われるままに私は日本刀を預ける。ミニリル様は器用に日本刀を鞘《さや》から抜いた。子供の姿なのにあっさりと日本刀を抜くのは何気に凄《すご》いなって思う。

「依代《よりしろ》にしたことで、刀のことも色々と学ぶことが出来た。故に色々と教えてやれるだろう」

「……でも、ミニリル様でも刀って見たことはなかったんですよね？　大丈夫なんですか？」

「ほう……？　我を疑うか？」

流し目で視線を向けて、にやりと笑うミニリル様に背筋に悪寒が走った。私は慌てて首を左右に振る。

「なに、案ずるな。本体のお気に入りの武器にはこうした湾曲した剣もあるからな」

「……ヴィズリル様って武器を色々扱えるんですか？」

「武器には見合った作法が存在する。武器を扱うのであれば、何よりもその武器の力を引き出してやらなければなるまい？　美しさを求めれば自然と身につくというものよ」

「まぁ……言わんとすることはわかりますけど」

自然と言い切ってしまう姿に、美と戦いを司《つかさど》る女神と言われるだけあると思ってしまった。

「この刀の売りは切断力だ。力任せに押して斬れなくもないが、それは本分ではないだろう。我が言わずとも刃の立て方はお前も心得ていると見ているが」

「それは、まぁ制作者ですから」

「頭ではわかっていても身体《からだ》が追いつくかどうかは修練次第だ。であれば、使い方そのものは基礎の訓練を積み重ねていけば良い。なので我が教えるのは刀を使った立ち回りだな」

日本刀を鞘に収めてから私に手渡し、ミニリル様は私が用意した木剣を手に取った。感触を確かめるように何度か振ってから、様になった構えを取る。

「では、お前に課題を与える」

「……課題？」

「私との立ち回りの間に、私の木剣を切り落としてみせろ」

「……それだけでいいんですか？」

「――それだけと言ったか？」

目は離していなかったのに、ミニリル様がブレたかと思えば姿が消えた。

消えた、と思ったのは一瞬。その一瞬の間で木剣の切っ先が私の喉に突きつけられていた。

「……これを見切ってから言うのだな」

「……ひゃ、ひゃい」

思わず冷や汗が出てしまった。これが実戦だったら、今の一瞬で私の首は落とされていただろう。

そう思えばぞくりとしたものが背筋を駆け下りていく。

「次から全力で殴るからな。死ぬ気で避けろよ」

「えっ」

「腕や足を切り落とされる訳ではないのだ。骨折ぐらいはするかもしれんが、嫌なら足掻《あが》け」

そう言いながらサディスティックな笑みを浮かべるミニリル様。……あれ、女神？　悪魔の間違いなんじゃないですかね!?

「では、行くぞ」

数分後、私の悲鳴が屋敷の中庭に響き渡ることになるのだった。

＊＊＊

「いたたた……痣《あざ》になるよ、これ……」

ミニリル様との稽古を終え、フラフラと廊下を歩きながら私はぼやくように呟《つぶや》いた。

ミニリル様との稽古で、まったくもって私は相手にならなかった。お陰で全身至るところに木剣で打ち込まれて、今もじわじわと痛みを発している。木剣を切り落とせという条件だったけれど、木剣と刃を合わせることも叶《かな》わなかった。

ミニリル様の稽古は、互いに攻撃側と守備側を交代で行うという方式だった。ここでミニリル様が厳しいのは、私が守備側に回るということは〝お仕置き〟にも等しかったことだ。

生半可な攻撃をしてダメ出しをされると、何倍にもして叩《たた》き返されるのだ。ミニリル様は分体でそんなに力がある訳ではないと言ってたけど、十分すぎる程に痛かったんですが。

ミニリル様の教育方針は身体に覚えさせろ方式なので、とにかく容赦がない。碌《ろく》に刀を振ったことのない人間に対する扱いではないのでは？　やはり女神ではなくて悪魔なのでは？

はぁ、と溜息《ためいき》を吐《つ》いていると——不意にゾッとした悪寒が背筋を駆け抜けた。その悪寒に動きを止めると、曲がり角から木剣が突き出された。

そのまま進んでいれば腹を強《したた》かに突かれていた。冷や汗を掻《か》きながら私は木剣を突き出してきた影——ミニリル様を見据える。

「ふん。まぁ、及第点か。初日にしては悪くない反応だ」

「……あの、ミニリル様？」

「何だ？」

「今、なんで、攻撃を？」

「不意打ちに対応させるためだ。常に如何《いか》なる状況であろうとも反応出来るようにな」

「そこまでする!?」

「勿論《もちろん》だ。常にすぐ意識を切り替えられるようでなければ生き残れないぞ。では、な」

木剣を抱えたまま、ミニリル様がまた姿を消してしまう。それを呆然《ぼうぜん》と見つめた後、私はお腹《なか》を撫《な》でた。このままでは、いつか私はあの自称女神の悪魔に殺されてしまうんじゃないか？　そんな思いすらも過《よぎ》ってしまう程だった。

「絶対に生き残ってやる……！」

そんな決意を抱いて、私は強く拳を握り締めるのだった。

＊＊＊

初日の後、日課にしていた体力作りの後でミニリル様にボコボコにされ、日常生活の合間に奇襲を仕掛けられる生活が始まった。

最初こそ、奇襲にまったく気付けずに痛撃を受けることもあったけど、段々と意識が研ぎ澄まされてきたのか、気配を感じ取れるようになってきた。

それでも、いざ立ち合うとミニリル様に一切、手も足も出ない。こちらは真剣、あちらは木剣。なのに相手にならない。

こちらの攻撃は掠《かす》りもしないし、気付けば身を強かに打ち据えられている。容赦なく弱点を突いてくるので、痛みに呻《うめ》いて転がったことなんて数え切れない。流石《さすが》に喉を突かれた時は本気で死ぬかと思った。

お陰で最近、気が立って仕方ない。いつミニリル様が襲ってくるかわからない状況に身を置いているので、家であってもリラックスが出来ない。

けれど睡眠が不足すれば身体の動きが鈍り、ミニリル様との稽古で滅多打ちにされる。更に気を抜いていると不意打ちを受けて痛撃を受けてしまう。最早《もはや》、理不尽の極みであった。

「……カテナ、大丈夫かい？」

「大丈夫に見えるのなら父様に医者にかかるように勧めていたところです」

「そ、そうか……」

唯一、気が安らぐ時間が食事の時間だった。流石に食事の場ではミニリル様が仕掛けてくることはない。けれど、いきなり意識が切り替えられる訳でもないし、下手に切り替えると対応が遅れてしまいそうになるから気が抜けない。

気が急《せ》いているせいか、気持ち早めに夕食を終えてしまう。本当はこの時間にこそゆっくり休んで、食事を楽しみながら少しでも回復を促すべきだと頭ではわかっていても、身体が追いついて来ない。

結局、慣れの問題なのかもしれないけれど、簡単に慣れることが出来たら人は苦労なんてしないんだ。

「ミニリル様は随分と厳しいのね」

母上がそんな私の様子を見て、穏やかに微笑を浮かべながら告げた。厳しいなんて話では済まないと思う。そんな不満を呑《の》み込みつつも、油断なく部屋へと戻った。

「……刀の手入れでもしよう」

手入れの道具を用意して、鞘から日本刀を抜く。持ち歩くのがすっかり習慣化してしまったけど、今でも日本刀の刃文を見つめると笑みが浮かんでしまう。

長い苦労をかけて出来上がった日本刀には思い入れがある。勿論、この出来に満足している訳ではないけれど、成果の一つとしてどうしても胸が躍ってしまう。

『楽しそうだな』

不意にかけられた声に反射的に日本刀をそちらに向けてしまう。その先にはミニリル様がいて、けれど紙一重の距離で日本刀が空を切った。

「うむ、良い反応だ。理想は時と場合を使い分けられるようになることだがな」

「……時と場合って何さ」

「事前の気配の察知、察知から臨戦態勢への移行の短さ、それに加えて敵意の有無も即座に判別出来るのが理想だな。今は気を緩めるなと教えているが、いずれは気を緩めていても僅かな異常を察知して切り替えられるのが望む目標だ」

「……それが出来たら苦労はしないんだろうけど」

「当たり前だ。だから出来るようになるまで修練を積むしかないのだ」

「わかってるよ……」

泣き言を言ったって状況が変わる訳ではないし、投げ捨てて良いものじゃないことだって私もわかってる。それでも苦しい状況ばかりが続けば嫌になる気持ちだって湧く。

そう思うと浮かび上がるのは忌々しい俺様王子の顔だ。魔族に備えなきゃいけないって理由もあるけれど、何より頭に来るのはアイツだ。

「敵意が表に出ているな、カーネリアンの神子《みこ》のことでも思い出していたか？　確かに無礼者ではあったがな、今のお前では相手にはなるまい」

「……ミニリル様から見て、強いんですか？」

「才能はあると見ている。習いたてのお前では相手にはならんだろう。だからあの王子の鼻を明かすには並の努力では足らん。足りない時間は質で補うしかあるまい」

「はいはい……」

本当に忌々しい奴《やつ》だな、あの俺様王子。そんなことを思いながら私は刀の手入れで気を落ち着かせることにするのだった。

＊　＊　＊

ミニリル様から修行をつけられ、気まぐれに奇襲を受ける日々を過ごすようになって数週間が経過した。その頃になって、以前から予定されていた王家からの使者がやって来た。

使者との顔合わせということで、私も身綺麗《みぎれい》にしてお出迎えをする。

「アイアンウィル男爵、此度《このたび》の訪問と逗留《とうりゅう》を許して頂きありがとうございます。私はラッセル・マクラーレンと申します。所属は近衛《このえ》騎士団です。本日から陛下の名代としてよろしくお願いします」

「はるばる王都からよく来てくれました。我が家は貴方《あなた》を歓迎します」

ラッセル・マクラーレンと名乗った騎士は、まだ二十代くらいの男性だ。髪の色は白みを帯びた水色で、尻尾のように伸ばした髪を後ろで結んでいる。

瞳の色も群青色で全体的にブルーな色彩の人だ。物腰も丁重で、真面目でクールな印象を受ける。眼鏡もかけているのが印象を加速させている要因だろう。

それにしても近衛騎士か。騎士の中でもエリート中のエリートしかなれない近衛騎士団の一員が来るなんて。それにマクラーレンって侯爵家じゃなかったっけ？　しかも王妃様の生家。ラッセル様もよくよく見れば王妃様と似たような髪の色をしているし……ご親戚？

そんな疑問からラッセル様を見つめていると、私の視線に気付いたのかラッセル様も視線を向けてくる。するとラッセル様が表情を引き締めた。

「貴方が、カテナ・アイアンウィル嬢でしょうか？」

「カテナ・アイアンウィルと申します。本日は我が屋敷にお越し頂き、ありがとうございます」

「ご丁寧にありがとうございます。……早速ですが、何よりも先に伝えなければならない陛下からのお言葉がございます」

ラッセル様の言葉に父様と母様の表情が引き締まった。

ラッセル様と会うための場として選ばれたのは父様の執務室で、予《あらかじ》め人払いがされている。こうなることを予想して人払いしておいたんだろう。

すると、ラッセル様が勢い良く深く頭を下げる。突然のことに私たちは呆気《あっけ》に取られてラッセル様を見つめることになってしまった。

「まず陛下は先日のカテナ嬢に対するベリアス殿下の無作法を謝罪したいと仰《おっしゃ》っていました。従者の目もあったため、すぐに謝罪出来なかったことを改めてお詫《わ》び申し上げるとのことです。私からも改めて謝罪させてください。ベリアス殿下の無作法、真《まこと》に申し訳ございませんでした」

「はぁ……そうですか」

あの場で王族が頭なんて下げたら問題になるのはわかる。こうして人払いをして、当事者だけだから謝罪していると伝えることが出来るんだと思う。釈然とはしないけどね。

「殿下の無作法はカテナ嬢だけでなく、カテナ嬢を見初めたヴィズリル様に対する無礼でもあったため、本来であれば本人に謝罪させるのが筋ではあると思いますが、このように口答での謝罪にな

ることを許して頂きたいと……陛下はそう仰っておりました」

「……許します、って言わないとダメですよね？」

一応聞いてみる。顔を上げたラッセル様は申し訳なさそうにしつつも、困ったような表情になってしまった。まぁ、仕方ないよね。

父様と母様を見ると頷《うなず》いておきなさい、と言うように見てくる。ここでラッセル様に文句を言ったところで何の意味もないしね。

「わかりました。……ただ一つだけ聞いても良いですか？」

「なんでしょうか？」

「なんであの場にベリアス殿下までいたんです？　ヴィズリル様の神子になった報告を聞くのなら陛下だけでも良いですよね？」

「それは……次代を担う神子同士、顔合わせを、ということで……」

「それって、私をベリアス殿下に宛《あて》がうつもりだったと？」

私の問いかけにラッセル様は何も言わず、曖昧な微笑を浮かべるだけだった。まぁ、そういうことだろうと思ってたけど。あんな俺様王子、私の好みから外れているし頼まれたって婚約なんてお断りだけど。

「無論、陛下も無理強いするつもりはありませんでした。神子という立場は同じであれど、恩恵を与えた神々は別なのですから礼儀を持って然《しか》るべきです。あくまで、その可能性が芽生えるなら望ましいことだと……」

「でも、なれば良いって思ってたんですよね？」

「……否定はしません」

「ベリアス殿下っていつもあんな感じなんです？」

「……少々、自信が過ぎるところがあるのが我々の悩みの種です」

言葉濁してても問題児だって言ってるのが伝わってくる。はぁ、もう最悪だ。

「率直に聞きますけど、王家は私をどうしたいと思ってるんです？」

「……それは」

「王家に逆らうつもりはありませんが、国が私の力や立場を利用するために家族や領地に手を出そうというなら黙ってられませんし、巻き込むぐらいなら家も国も捨てる覚悟は出来ています」

「陛下から直接伺った訳ではありませんが、そのようにお考えになる方ではございません。神子となろうとも、貴方は我が国の民なのですから」

ラッセル様は表情を引き締めて、私と正面から向き合う。彼から聞ける言葉には誠実さを感じる。少なくともラッセル様から見た陛下はそんなことを望まないし、私や私の周囲に何かするつもりはない、と思えた。

「不信感を煽《あお》ってしまったのは王宮に仕える者たちやベリアス殿下の教育を担当した者たちの責となります。既に殿下にも関係者にも罰が下っております。どうかそれで溜飲《りゅういん》を下げて頂ければ

「……」

「あぁ、いえ。別にそんな、ただ単純にこのままこの国で暮らしていいのかわからなかったもので。私のせいで家や領民に迷惑をかけるのは嫌なので」

「……本当に申し訳ありませんでした。殿下の護衛を担当した一人として、恥じ入るばかりです」

ラッセル様はこちらが申し訳なくなってしまいそうな程に表情を暗くしてしまっている。

というか、ラッセル様も殿下の護衛を務めたことがあるのか。罰は下ったって言うし、もしかしてラッセル様がここにいるのも罰の一環なのかもしれない。そう思うと、彼に当たるのは気の毒だ。

「気にしないでください。それに殿下の言うことも一理ありますから。工芸品だと言われても、実績がない以上は信用のさせようもないですし」

「……カテナ嬢。謝罪してすぐにこの話をするのはどうかと思うのですが、良ければ此度の一品をどのように作り上げたか見学させて頂くことは可能ですか？　勿論、製法に秘密などがある場合は決して漏らさぬことを誓います。今回の男爵家への訪問の目的はカテナ嬢の一品を見定めることにありますので」

「あぁ、構いませんよ。製法も秘密にするようなものではないので。好んで作ろうという人がいるなら紹介して欲しいぐらいです」

私は敢《あ》えて魔法を使って日本刀を鍛造したけれど、別に魔法がなくても日本刀そのものを作ることは出来る。それで魔法を使わないで作った日本刀がうっかり神器にでもなるなら、私の価値も減ってくれるかもしれない。なので日本刀の製法そのものを秘密にするつもりは私にはない。

「ありがとうございます。しかし、カテナ嬢の製法はアイアンウィル家の財産でございますので。みだりに口にしないことを神々に誓いましょう」

「それならそれで構いませんけど。良いですよね？　父様、母様」

「お前がそう言うなら構わんが……アレをいきなり見せるのか？」

「大丈夫？　ラッセル様、引っ繰り返らないかしら？」

「……は？　引っ繰り返る……？」

私たちの会話を聞く姿勢になっていた父様たち。私が日本刀の製作風景を見せても良いか確認すると途端にラッセル様を心配し始めた。

一方、心配されたラッセル様は目を点にして訝《いぶか》しげに呟きを零《こぼ》す。

「ふむ。……カテナ」

「はい？」

「お手玉」

「……あぁ、あれですね」

父様が〝お手玉〟と言ったのは、私が家族に見せた一発芸の一つだ。兄様から絶叫を賜った一発芸をラッセル様にも見て貰おうって話なんだろう。

「〝ファイアーボール〟、〝ウォーターボール〟、〝ウィンドボール〟、〝ロックボール〟、続けてもう一周！　〝ファイアーボール〟、〝ウォーターボール〟、〝ウィンドボール〟、〝ロックボール〟！　回ります、回ります！」

「…………は？」

「カテナ・アイアンウィル！　いつもより、多く回しております！」

「本当に増えてるんだが!?」

「あらあら、四個から八個になってるのね。凄いわぁ」

出現させた魔法に触れても問題がないように調節をして、そのままお手玉をする。

ぐるぐると回る炎の球、水の球、風の球、岩の球を見て父様はツッコミを入れ、母様は手を叩いて拍手をしている。

父様たちに最初に見せた時は、まだヴィズリル様から恩恵を頂いていなかったからね。でも、今なら魔法を同時に八つまで行使することが出来る。勿論、威力そのものはヘッポコだよ？　流石に出力を上げたら数を減らさないといけないし。

「はぁぁあああああああああッ!?」

ラッセル様はキャラ崩壊したと言わんばかりに眼鏡をずり落ちさせながら絶叫するのだった。

＊　＊　＊

ラッセル様に〝お手玉〟を見せた後、私は彼を工房へと案内すると、日本刀を作る手順を紹介した。最初は説明する度に何度も念押しをするように確認をしていたラッセル様だけど、だんだん何も言わずに気のない返事をするだけになってしまった。

流石に心配して様子を窺《うかが》っていると、ラッセル様は眼鏡を指で押し上げながら硬い声で言った。

「カテナ嬢、これは……軽々しく他人に広めてはいけません」

「はい？」

「剣の製法〝だけ〟ならまだしも、貴方が行っている製法の手順は広めるべきではありません」

「そんなに不味《まず》いですか？」

「同時に八つの、それも属性が異なる魔法の並行発動と操作。四大属性の適性持ち、更には女神の神子である。知れば誰もが貴方の身柄を狙うでしょう」

「……そこまで言われる希少価値が私にあります？」

「あります。……本当に、陛下へのご報告を考えると気が重たくなる程には」

「……その、なんだか、ごめんなさい？」

あまりにも気の毒な様子に思わず謝罪してしまう。するとラッセル様は力なく首を左右に振りながら苦笑を浮かべた。

「魔法そのものはともかく、魔法を操る技量は他の追随を許さないでしょう。その技術を駆使することで貴方は神器を〝量産〟出来る。これだけでも国で保護されるべきです」

「そう簡単でもないですけどね。これだけの一品を作るのだって大変でしたし。だから色々と面倒が多そうな王族にはなりたくないんですよ」

「……王家の支援を受ければ、思いのままに素材を使えて作れるとしてもですか？」

「それ、本当に自由です？　飼い殺しって言いません？」

ラッセル様は私の指摘に言葉を詰まらせた。それに小さく溜息を吐きつつ、ぼんやり考えてみる。

「贅沢《ぜいたく》をすれば、本当に良いものが作れるんですかね？」

「……え？」

「勿論、使える素材が良いものに越したことはないですよ？　私の技術だって、素材の質が良ければやらなくて済む工程もありますし。省けることは省いた方が効率が良くなります。でも、効率を良くすることだけが正しいなら、正しいことだけしかない世の中なんてつまらないなって思います。だって、それなら皆が同じことだけやっていれば良いんですから」

今だったらわざわざ砂鉄から玉鋼《たまはがね》を作らなくても、鉄鉱石を父様に言えば融通してくれるかもしれない。それを加工した方が手間がかからないと思う。

それに、工程の一つを省くということは、私の魔法を使う工程が減るってことだから、もしかしたら神器に至る可能性も減らせるかもしれない。むしろ、量産するならそっちの方がいいのかも。

「間違いなく私より贅沢な暮らしをして、私よりずっと良い教育を受けられる殿下がアレですよ？　お金をかければ必ず良いものになるなんて幻想ですよ、幻想」

「――殿下は！」

ラッセル様が思わずといった様子で大きくなった声で訴えかけるように何かを言いかける。けれど、すぐに自分の声量に気付いて申し訳なさそうに眉を寄せて、首を左右に振った。

「……申し訳ありません。その、あの方も、悪いところばかりではないのですが……」

「こちらこそすみません。私の作ったものを扱《こ》き下ろされたので、殿下への印象が最悪で……」

脳裏に俺様殿下の顔が浮かぶと苦々しい思いが込み上げて来るけど、ラッセル様に言う必要はなかった。これは反省しなきゃ。自分が仕える人を貶《けな》されたら黙っていられない立場だよね。

それにラッセル様から見て、あの俺様殿下にも褒められるような一面があるのかもしれない。私よりも付き合いが長いんだろうし、知っていて当然だ。

「……ともあれ、お金だって、時間だって、技術だって、願いだって、そういうものと真剣に向き合った分だけ返ってくるものなんだと私は思いたいんです。だから、ただ贅沢にすれば良いものが出来るって思われるのは癪《しゃく》と言うか、納得いかないいんですよね。真剣に向き合うとしても、きっと一番良い形ってあるんだろうな、って」

「一番良い形……」

「鞘の形が違うなら、剣なんて収められないでしょう？　それじゃあ無価値じゃないですか。でも、剣と鞘がピッタリならそれは良いものです。人によってそれぞれピッタリ合う形があると思うんですよ。私はそんな風に生きられたらいいなって」

誰かに強要される訳でもなく、自分が自分で選んだ道として。

今は状況に流されるしかない。流されてしまうのは、私に力が足りないからだ。それが私にぴったりの人生だなんて思いたくない。

自分が思い描く理想を叶えることも、大事なものを守ることも。何一つ、まだ私は果たせそうにない。だから、私は強くならなきゃいけない。誰よりも自分の人生のために。

「……貴方は、その力で何を為《な》すのですか？」

「はい？」

ラッセル様が真剣な表情で私を見つめていることに気付いた。この力で何を為すか、と聞かれても困る。私はただ理想の日本刀が自分の手で作りたいだけであって、それ以外に大層な願いは持っていない。

「私は、ただ自分の好きなように生きるだけですよ」

「その力があれば、もっと多くのことを成し遂げられるとは思わないのですか？」

「私は手が届く範囲のものがあれば、それで十分ですよ」

「それだけの力を持ちながら……？」

「力があれば理想が叶えられるなら、とても生きやすい世界になりそうですね」

「……本当に貴方には野心がないのですね」

肩の力を抜くようにラッセル様は溜息を吐いた。私は思わず苦笑を浮かべてしまう。

「私、面倒なことは嫌いなので」

「……よくわかりました。不躾《ぶしつけ》な質問をしてしまったこと、お許しください」

「いえいえ、私を見定めるお仕事もあるんですよね？　だったら是非とも、私が危険人物ではないことを王家にご報告して頂ければ！」

「……野心はありませんが、危険がないとは言えないですね」

「えぇーっ!?」

そんな、どうして……！　こんなフレンドリーに接しているというのに、私は何も企《たくら》んでいないし、国に逆らうようなつもりなんてないのに！

でも俺様王子が即位したらどうしようかな。今のままだと、国を出て行くしかなさそうかな。肩身が狭くなっちゃいそうだし。

「ふふ……貴方とはこれからも良き関係でいられればと思っていますよ」

「えぇ、こちらこそ」

私はラッセル様に手を差し出して握手を求める。私の顔をまじまじと見つめていたラッセル様だったけど、すぐに笑みを浮かべて私と握手を交わしてくれた。

よーし、私が人畜無害なことをアピールして平和を勝ち取るぞ！　頑張れ、私！

間章 ― 国王陛下の悩みは尽きない ―

「失礼致します、国王陛下。ラッセル・マクラレーンです」

「ラッセルか、入れ」

アイアンウィル領から一時、王都へと戻ったラッセルは国王の執務室を訪ねていた。

執務室に入室したラッセルを部屋の主であるイリディアムが快く迎え入れる。執務の手を止めて立ち上がり、ラッセルの傍《そば》まで来て労《ねぎら》うように肩を叩《たた》く。

「よくぞ戻った。カテナ嬢の保護と監視の任務、ご苦労であった」

「ありがとうございます」

「うむ。……では、報告を聞こう」

イリディアムの言葉にラッセルが表情を引き締める。二人は来客用のソファーに対面で向かい合うように座ってから話を始める。勿論《もちろん》、話題はカテナ・アイアンウィルについてだ。

「ラッセル、お前はカテナ嬢の人となりをどう見る？」

「野心は非常に薄く、名誉や金銭といった報償は効果が薄いでしょう。毒を含むような気質ではありませんが、それ故に誇り高く、束縛を嫌う人柄と見ました。貴族として見れば扱いに悩む相手ですね」

「……ふむ、私も同意見だな。私と謁見した時も、緊張ばかりではなく会話そのものを厭《いと》うような気配があったからな。身分相応に弁《わきま》えていると言えばそうなのだが、それにしては彼女自身が持つ価値が計り知れないのが難点だな」

ラッセルからの報告を受けて、イリディアムは悩ましげに溜息《ためいき》を吐《つ》いた。

父親であるクレイからカテナのことを報《しら》された時は、豪放と言われるイリディアムを以《もっ》てしても耳を疑ったものだ。

「過去、人は神に神器として祝福を授かる程の武具を生み出すことが出来たと伝えられている。だが、それは〝神が地上にあった時代の話〟だ。神が地上を去った後、神器の発見例は皆無と言っても良い」

神は滅多に地上に降りてこない。神はただ在るだけで世界に影響を及ぼしてしまうからだ。

しかし、そんな神々も最初から天にいた訳ではない。太古の記録には、神々が地上で活動し、その力を振るっていた時代について記されていた。

「今よりも〝神秘〟が身近だった時代ですか……」

「そうだ。神は人の超越種、それが天へと招かれたことで神と称されるようになったが、それ以前は人であったとも言われている」

神話で語られる神々の物語も、それは天上での物語ではなく地上で実際に起きたことが後世に残されたとされている。しかし、この事実は伏せられることとなった。

理由は神の信仰を確かなものにするためだ。人が国を築き、神の威光を借りながらも統治していくには必要な処置だった。

それは現代まで続き、この真実を知っているのは一部の権力者までに留《とど》まっている。

「神器は神が我々に授けた武器だ。かつて神自身が振るった武器か、或《ある》いはその模造品だ。地上から神が去った後、神器を生み出せる者は現代まで残ることはなかった。故に、現代において純粋な神器を得ることはほぼ不可能だと断言しても良い」

「年月をかけて祈禱《きとう》し、神々によって祝福された武器が準神器級の武器として保管されていることは知っていましたが……カテナ嬢の剣は、それらとは違います」

「然様《さよう》。あれは純粋に神々に認められたものだ。長い祈禱を通じて祝福し、神々の〝慈悲〟で神器化したものとは異なる」

純粋な神器ではなく、神への祈りを捧《ささ》げ、慈悲を賜ることで準神器級と呼ばれる力を持つ武具は存在する。だが、この完成を一代で成し遂げられる者はほとんどいない。

そんな準神器級の武具の製作は教会が主導で行っている。だからこそ祈りを捧ぐ者は一人でも多い方がいいということで、教会は弱者の救済を看板に掲げている。日々生きることに困る者たちでも、教会が保護すれば人類の敵である魔族の脅威に対抗する力にすることが出来る。

「準神器級の武器は神器程ではなくとも力を持つ武具だ。それ故に魔族に狙われる可能性もあれば、悪心を抱いた者に利用される恐れがある」

「だからその製法は秘匿されている。そうですね？」

「その通りだ。教会が主導しているという事実も、な」

グランアゲート王国では、準神器級の武具は王家から下賜するという名目で渡し、教会が製造していることを隠している。あくまで神から授かった神器の内の一つだとすることによって。

そんな事情を抱えるイリディアムの下に、神器をたった一人で作り上げた子供が現れたと報告が飛び込んできたのだ。耳を疑うな、という方が無理がある。

「正に神話の再臨なのだ、カテナ嬢は。下手をすれば王家などよりもずっと価値のある、真の意味での〝神の子〟とも言える」

「……陛下はカテナ嬢をどう扱うおつもりなのですか？」

「可能であれば王家に迎えたいが、王族として迎えるには性根が向いておらぬ。かといって、お抱えの職人とするのは……癪《しゃく》ではあるがベリアスの言うこともわからんでもないのだ」

カテナは〝作りたいものだけ作る〟職人だ。望まぬものは作るつもりがない、というのは謁見した時の会話でイリディアムも把握している。

だからこそ、表向きの理由はカテナを王家に抱え込むには弱い。まさか彼女が神器を製造することが出来るだなんて、とてもではないが公表する訳にはいかない。

そうなれば王家とてカテナを庇《かば》いきれないだろう。それだけカテナの価値は重すぎるのだ。

「幸いにもカテナ嬢は国に対して害意を持つような方ではありません。我が国が住みやすい国であれば出て行く理由もないでしょう。彼女は自分の領を愛《いと》おしく思っていますし、無理さえ言わなければ協力的な態度を引き出すことも可能かと」

「アイアンウィル男爵領には密《ひそ》かに守り手を置く必要があるな。万が一にでも家族や領民が人質に取られる訳にはいかん。人選は悩ましいが……クレイが元傭兵《ようへい》だったな。その伝手《つて》を利用してこちらの手の者が送れるか検討してみよう」

「そうですね、恩を売っておけばこちらに寄ってくれる可能性も高いでしょう」

「……となると、今は静観する他ないな。カテナ嬢には監視の必要はあるが、国の不利益にならない限りは無理強いはしないと伝えるのが良いか」

カテナに首輪をつけようとすれば、恐らく彼女は拒否するだろう。だからこそ彼女が望む環境を維持しつつ、その環境ごと囲い込む方が良いとイリディアムは判断した。

「上手《うま》く関係を結べば、今は否であっても我らのために腕を振るってくれる可能性もある。例の剣の製法はどうだった？」

「……製法だけなら問題ないかと思いますが」

妙に歯切れの悪いラッセルの様子に、イリディアムは訝《いぶか》しげに眉を寄せた。

「武器そのものは既存にないものですし、まだ評価は難しいです。ただ、カテナ嬢の製法は迂闊《うかつ》に広めてはいけません。はっきり言って、彼女は化け物です。属性別に八つまでの魔法を同時に発動し、その全てを精密操作出来るのです。何故《なぜ》か魔法が飛ばせないという欠点こそありますが……」

「…………ははっ、まさかであろう？」

イリディアムの頬が引き攣《つ》る。一体、それは何の冗談だ、と言うように。

属性別に八つの魔法を同時に発動し、操作が出来る？　いや、あり得ない。例えるなら、手が八本あって、それを自分の意志で自在に動かせることに等しい。カテナ嬢はタコであったのか？

「この目で見ました。陛下もいつか、彼女の〝お手玉〟をご覧になればよろしいかと。魔法でお手玉なんて出来るものなんだと、最早《もはや》驚きを通り越して感心してしまいましたよ」

「魔法でお手玉？　なんだ、それは……訳がわからぬ……」

「正に〝一人工房〟ですよ。あれ、真似《まね》出来る人がいるんでしょうか……？」

思わずラッセルは視線を遠くしてしまいながら呟《つぶや》いた。そもそもの話、四大属性全てに適性を持っている者そのものが稀少《きしょう》であるし、カテナ並の制御力を身につけているとなると、もっと条件が狭くなる。

彼女は〝やろうと思ったら出来ました〟と軽く言っていたが、国で抱えている専属の魔法使いに同じことをやれと言ったら、勢い良く首を左右に振る光景が簡単に想像出来る。

本当に幸いなのは、彼女は魔法が飛ばせないという欠点があるため、その力がそのまま魔法として振るわれないことか。

「末恐ろしいな……これで野心などあろうものなら、どうなっていたことか」

「本当に彼女の気質に助けられております。だからこそ頭が痛くもありますが……」

「……私が退位した後のことを思うと、溜息も吐きたくなるな」

「……ベリアス殿下ですか」

深く溜息を吐きながら出たイリディアムの言葉に、ラッセルが沈痛な表情を浮かべる。

「ベリアスには、まだ王家の抱える秘密の全てを伝えられておらぬとはいえ……頭の痛い話だ」

「我々の教育が不十分でございました。誠に申し訳ございません」

「良い。この失態はカテナ嬢との繋《つな》がりを維持することで返してくれ」

「はい……」

「しかし……どうしたものか。良い刺激になればと思ったのだが、裏目に出たか……」

第一王子、ベリアス。彼は王家に待ち望まれた一子だった。待望される理由は、クリスティアがベリアスを授かったのが、大変遅かったためである。

クリスティアは二十代半ばを超えていて、不幸なことに難産まで重なってしまった。これでは次の子供が望めないということで、唯一の正妻の子になったベリアスにかけられた期待は並々ならぬものだった。

しかし、その並々ならぬ思いがベリアスの心に傲慢さを育ててしまった。自負に見合う実績も上げているのだが、己こそが一番であり、一番でなければならないと思い込んでしまっているのが今の彼だ。

そして王族であり、神子《みこ》の一族であるという生まれがベリアスの傲慢を更に加速させてしまった。

それ故、ベリアスに表立って苦言を申し立てる者も数少なく、その数少ない言葉もベリアスには届かない。そんな悪循環がイリディアムを悩ませていた。

イリディアムはクリスティアの薦めで娶《めと》った側室との間に第二王子と、双子の第一王女と第二王女を授かっている。このままベリアスに変化の兆しが見られず、他人の言葉を聞き入れないのであれば第二王子を担ぎ出す者も出てくるのではないかと懸念している。

「なんとか矯正せねばならんのだが……私の言うことだけに頷《うなず》くようになっても困るな」

「だからこそカテナ嬢でしたか……」

「存在価値だけで言えばカテナ嬢はベリアスにとって同格どころか、最早格上とも言える。神々の恩恵ばかりが全てを決める訳ではないがな」

「そこは難しい話ですね。正真正銘の神子と、神子の血を受け継ぐ生粋の王族。どちらの価値が高いなどと比べられる話ではありません」

神は国を統べている訳ではないのだから、人の世においては神子といえども王族を軽々しく扱って良い訳でもない。直接の神子ではなくても、その力を受け継ぐのが王族なのだから。

ベリアスにとって親以外で初めて対等、或いはそれ以上の価値を秘めているカテナの存在は悪循環に陥っていたベリアスが変わるキッカケになるかもしれないとイリディアムは期待していた。

「しかし、期待に任せてカテナ嬢の不興を買う訳にはいかない。あれでは……ダメだな」

「殿下は荒れておりますか？」

「完全に目の敵にしているな……カテナ嬢には本当にすまないことをした」

「カテナ嬢は自分がベリアス殿下に宛《あて》がわれるのでは、と不安に思っていたそうです」

「そうであろうな。勿論、あわよくばと思ったが……」

王族として迎えるのにも、ベリアスとの相性を鑑みてカテナではダメだろうとイリディアムは判断を下す。あれは良い意味でも、悪い意味でも王族に収まる器ではない。

「流石《さすが》は、逸話多きヴィズリル様の神子か……」

「その手の逸話は数多いですからね……」

女神ヴィズリルは、その美しさから数多《あまた》の恋心を向けられた。しかし、その全てをすげなく振り払ったという逸話がある。

美と戦いを司《つかさど》るかの女神は、神々の中ではトラブルメーカーの立ち位置にいるのだ。

「なるべくカテナ嬢の周囲は静かでいて欲しいな。……すまんが、頼めるか？　ラッセル」

「畏《かしこ》まりました、陛下。殿下の教育不十分の責は、ここで取り返させていただきたく思います」

「……ベリアスも、もっとお前に心を開いてくれれば良かったのだがな」

「……それは言わないでください、〝伯父上〟」

ラッセルは表情を崩して、苦く笑みを浮かべながら〝伯父〟であるイリディアムに言った。

最愛の妻であるクリスティアの弟の息子であり、立派に育った甥《おい》の姿を見てイリディアムは複雑そうな笑みを浮かべるのだった。

第六章　刀匠令嬢、神器について学ぶ

ミニリル様との修行が始まってから早くも数ヶ月の時が経《た》とうとしていた。

未《いま》だにミニリル様との稽古で木剣を切り落とすことは出来ていないけど、一方的にタコ殴りにされるようなことは減ってきた。これもスパルタ教育の賜物《たまもの》かと思うと涙が出てくる。

「様にはなってきたな、悪くない」

「それは、どうもっ！」

鋭く放たれたミニリル様の一撃を受け止め、お返しと言わんばかりに刀を振るう。その一撃は手首を返すような動きで逸《そ》らされ、刃が立たない。そのまま受け流され、互いに距離を取り合う。

ミニリル様は涼しげな表情を浮かべているけれど、私は汗だくだ。暫《しば》し睨《にら》み合うように見つめ合っていたけれど、ミニリル様が構えを解いて木剣を下げた。

「基礎の動きは出来るようになってきたな。では、そろそろ次の段階に進んでも良い頃か」

「へ？　次の段階ですか？」

「剣を振るうのは様になってきた。ならば次は応用、そして神器について教えなければならないだろう。純粋な技量を身につけるのも大事だが、そればかりに時間もかけてはいられないからな」

「はぁ……具体的に次の段階って、私は何をすれば良いんですか？」

「応用だと言っただろう？　剣を振るう基礎は出来てきたのだ。その応用となれば、お前の持つ別の力も扱えるようにする必要がある」

「別の力……っていうと、魔法ってことですか？」

確認するように私が問いかけると、ミニリル様はその通りだと言わんばかりに頷《うなず》いた。一方で私は渋い表情を浮かべてしまったと思う。

「魔法って言っても、身体強化ならまだしも他の魔法は相変わらず飛ばせないままですよ？　実戦で使い物にならないんじゃないでしょうか？」

魔法を扱う上での基礎である魔力の操作による身体強化といった例外を除けば、私の魔法は相変わらず手元で扱う分には問題はないけれど、遠くの目標に向かって飛ばすようなことは出来ないままだ。

「お前は複数の魔法を同時に行使出来るだけの力がある。魔法こそ飛ばせずとも、有効な使い道は幾らでもあるだろう。基礎さえ出来てしまえば応用までは早いと考えている。例えば身体強化の魔法を維持しながら武器に魔法を纏《まと》わせて使うなどはお前でも想像しやすい方法ではないか？」

「……それは、そうですけど」

「故に今後は剣の稽古だけではなく、応用も含めた稽古も織り交ぜていくぞ。基礎の積み重ねを続けながら実戦に向けたお前自身の戦い方を身につける必要がある。それには魔法だけに限らず、自分の神器について知らなければならない」

「魔法はともかく神器について知る……？」

「お前は神器をただ振り回すだけの武器だと思っているのか？」

ミニリル様の問いかけに私は少し間を空けてから首を横に振った。神器という程だから普通の武器ではないとは思っている。だけど、改めて言われると日本刀がどんな風に特別で、他の一般的な武器とはどう違うのか知らないんだと気付かされた。

むしろ、今までなんで疑問に思わなかったんだろうとは思うけど、それだけ指摘されるまでの日々が慌ただしくて余裕がなかったからだと思う。割と命の危機を常に感じる程だったからね！

「神器は神器と呼ばれるに足る力を秘めている。それはお前の刀とて例外ではない」

「はぁ……あまり実感はないですが」

「それは致し方あるまい。既に神が去った時代に生まれた無垢《むく》なる神器だからな。継承されてきた神器とは事情が異なる。神器の多くはかつて神自身が振るい、自身に連なる神子《みこ》に授けたもの。自《おの》ずと使い方は受け継がれていくものだ」

「つまり神器になった刀の力っていうのはわからないままってことじゃないですか？」

思わず首を傾《かし》げて問いかけてしまうけど、ミニリル様は首を左右に振った。

「そうでもない。カテナよ、お前は我が本体の神子となった。直系の系譜ではないが、ある程度は我と似た力に行き着く。無論、元から我の権能と近しいからこそ可能であったとも言えるが」

「ヴィズリル様の権能ですか……？」

美と戦いを司《つかさど》る女神、ヴィズリル様。その具体的な権能と言われるとピンと来ない。首を傾げているとミニリル様は肩を竦《すく》めた。

「我の権能については追々教えてやろう。お前が得るだろう力とは似て異なるからな」

「似て異なる、ですか？」

「今は知らぬ方が良いだろう、下手に影響を受けてもらっても困る」

「そうは言っても、手本もないならどうやって力を身につければ良いのかもわかりませんよ……」

神器の持つ力について、なんて言われてもさっぱりわからない。そんな不安と不満から零《こぼ》れ出た言葉にミニリル様は一つ頷いてから告げる。

「無論、助言はする。先程も言った通り、お前は我の神子ではあるが直系ではない。我と似た力には行き着くだろうが、同一ではない。お前は他の神々の神子にもなれる資質すらあるからな」

「他の神々の神子にも……？」

「魔法とは神々が人に己の力を授けるための力の法則だ。その力の法則を十全に駆使して生まれたお前の神器は数多《あまた》の神の受け皿となり得る。それは転じて、お前自身もまた神の力を預かるに相応《ふさわ》しい才覚を秘めているということでもある。仮の話だが、お前を神子として任じたのが他の神々であればまた別の形になっていただろう」

思わずごくりと喉を鳴らしてしまった。私はただ日本刀が作りたかっただけなのに、どうしてこんなにも話が凄《すご》い方向に飛んで行ってしまうのだろう。訳がわからなくなってきた。

「それこそが神器の力となり、お前自身の在り方にも繋《つな》がるであろう。だから助言するとすれば、そうだな……別に特別なことをする必要はない」

「へ？」

「お前自身、既にその神器が行き着く先を体現しているということだ。武器を鍛え、武器を研ぎ澄ます技を磨き、あらゆる力を以《もっ》てして偉業を成し遂げると良い。己を知れば自ずと目指すべき完成形が見えてくるだろう」

ミニリル様の言葉は感覚的にはしっくり来たけれど、かといって明確な理想の輪郭が見えてこないままだ。言っていることはわかる、だけど一朝一夕で形に出来るものじゃないと思う。そんな複雑な感情が私の表情を曇らせた。

「流石《さすが》に魔法までは口出しは出来ぬからな。魔法そのものは己自身で研鑽《けんさん》すると良い。それが我とお前の違いにも繋がるであろう。故に、我が出来るのはお前が更に研ぎ澄ますことが出来るように力を尽くすことのみだ」

「……はい？」

「次から少し本気を出すことにしよう。今までの研鑽と魔法を組み合わせ、死ぬ気で抗《あらが》うが良い」

綺麗《きれい》な笑みで物騒なことを言い出すミニリル様に私は口元が引き攣《つ》った。顔は笑ってても目が笑ってないんですけど!?

迫り来る死の気配に私は頭を抱えることしか出来なかった。

＊　＊　＊

「――という訳なんです。助けてください、ラッセル様！」

「は、はぁ……？」

ミニリル様から宣告を受けた私はすぐさま次の地獄を乗り切るための手段の模索に走った。

私が生き延びるために必要なのは魔法である。単純に身体強化だけでミニリル様を退けられるとは思わない。なら、この末だに力だけは持て余している魔法の使い道を模索しなければならない。

けれど魔法の使い方まではミニリル様も教えるつもりがないようだった。だったら手本を探さなければならない。流石に今のままでは手詰まりだ。そして閃《ひらめ》いたのは我が屋敷に逗留《とうりゅう》しているラッセル様だった。

ラッセル様は近衛《このえ》騎士を務める程のエリートだ。魔法を組み合わせた戦い方にだって熟知している筈《はず》である。そして私は藁《わら》にも縋《すが》る思いでラッセル様へと突撃訪問を仕掛けたのであった。

「つまり騎士の戦い方を学びたいということですか？」

「騎士の戦い方というより、剣と魔法を同時に扱っている人の参考例が知りたいんです。ミニリル様には剣の手ほどきはされてますけど、魔法を組み合わせて戦う方法までは面倒を見ないと言われたので……」

「……ですが、カテナ嬢は制御と出力こそ見事ですが魔法を飛ばせないという欠点をお持ちでしたよね？」

「そこなんですよ……」

相変わらず私の魔法は私の手元から離れると制御が甘くなり、すぐに使い物にならなくなる。手元で操作する分には得意だけれども、遠距離攻撃にはまったく使えない代物となっている。するとラッセル様が難しそうな表情を浮かべた。

「使い道がない訳ではないのですが、それですと私でも教えられることは限られてしまいますね」

「やっぱりですか。剣と魔法を同時に扱うっていうのは剣で近接、魔法で遠距離に対応するような使い方をしてるんですか？」

「それが一番多いです。手元でしか魔法を扱えないとなると、どちらかと言えば魔法を不得手とする方々と同じ戦い方になるかと。その方たちも不得手だからこそ身体強化に注力しているようなものなので、更に魔法を組み合わせるとなると一般的な戦い方とは言えないと思います」

「そうなると一番参考に出来そうな人って誰ですか？」

一般的ではなくても、前例があるなら参考にしたい。そう思って問いかけるとラッセル様が奇妙な表情を浮かべてしまった。

はて？　と首を傾げると、ラッセル様が気を取り直したように咳払《せきばら》いをした。

「参考に出来そうだと言えば……やはりイリディアム陛下でしょうか」

「えっ、イリディアム陛下ですか？」

「王家は大地と豊穣《ほうじょう》を司るカーネリアン様の神子に連なる一族です。つまり代々、土属性の魔法に恵まれた資質を授かっています。さて、カテナさん。土属性の魔法とはどんな魔法ですか？」

「大地を操作したり、土塊《つちくれ》をぶつけたり、あとは……武具の強化などですか？」

「正解です。グランアゲート王国はカーネリアン様の加護がありますから、土属性の魔法の資質に恵まれる人が多いです。そして受け継がれる魔法の性質も相まって、我々が騎士に帰結した理由でもあります。防御に優れ、武器の強化も出来る。日常的には農地を耕すことで食料の生産にも貢献しています。魔族との戦いに明け暮れても尚《なお》、我が国が力を失わない理由はそうした基盤を整えているから成り立っているものと言えるでしょう」

グランアゲート王国が魔族の侵攻を防ぐ大いなる盾と言われる由縁を説明されて、私は頷いた。

それこそが我が国の誇りであり、だからこそ騎士という存在の重要さも指し示している。

「その中でもやはり頂点と言えるのはイリディアム陛下です。陛下は大地からも魔力も取り入れ、圧倒的な身体能力を発揮していました。更には地形を変化させる程の力で大軍を押し留《とど》め、遠距離からの攻撃すらも無力化して切り込んでいく戦い方をしていました」

「……それが私の参考になりますか？」

「カテナ嬢は出力だけ見れば陛下にも劣らないと私は思っています。ですので、圧倒的な力で遠距離からの攻撃をものともしない力を身につけるのが理想ではないかと」

「……言うのは簡単だと思いますけど」

「確かに困難ではあるのでしょう。ですが、恐らくヴィズリル様もそれを見越してカテナ嬢を鍛えているると思います。不意打ちに対する訓練が厳しいのも、そうした状況を踏まえてのことだと」

「あー……つまり、最初から想定して鍛えられてたってことですか？」

「もしくはヴィズリル様自身がそうした戦い方を身につけたのかもしれませんね。どんな状況でも生き延びることが出来るように」

そこまで言ってから、ラッセル様はふと不思議そうに首を傾げた。

「しかし、カテナ嬢は率先して戦場に立ちたい訳ではないのですよね？」

「本業は一応、鍛冶師のつもりなんですけど……」

「……本来であれば貴族令嬢としてあることが本分だとは思うんですけどね」

ラッセル様が奇妙なものを見たかのような表情で私を見つめた。貴族って言っても成り上がりの男爵家だし、そこまでなんというか貴族らしくありたい訳でもないというか……。

ともあれ、ラッセル様に相談してはみたけど、結局は圧倒的な力を身につけて、どんな攻撃でも叩《たた》き落として生き残ることが出来るのが理想ってこと？

「……参考になってるのか、ならないのか……」

「一般的な騎士や魔法使いの話ならともかく、カテナ嬢は神子ですので……やはり区分が違うと思いますよ？」

「そういうものになっちゃうんでしょうかね、やっぱり」

はぁ、と思わず深い溜息《ためいき》が出てしまう。するとラッセル様が真剣な表情へと切り替えて私を見た。

「カテナ嬢、貴方《あなた》の価値を思えば自衛出来るだけの力を身につけることは私も賛成です」

「ラッセル様？」

「貴方の価値は最早《もはや》、替えが利くような存在ではありません。本業は鍛冶師と仰《おっしゃ》っていますが、それも正しいのでしょう。ですが、同時に貴方は神子であらせられるのです。はっきり言って貴族として地位が上の私であっても、貴方の価値と比べればやはり下になるのでしょう」

ラッセル様が真《ま》っ直《す》ぐ、真摯に言葉を伝えてくる。自然と姿勢を正して、ラッセル様と向き合う。

「貴方が戦いに積極的でないのもわかります。自衛の力を身につけようとしているのも、自分自身の価値を守るためなのでしょう。だからこそ、守らなければいけないものを見誤ってはいけないと私は思います。言わせて頂けるのであれば、その芯となるものがなければ戦い方は身につかないのです」

「芯となるもの……」

「王族であれば民のため、騎士であれば仕える主と力なき民のために。戦わなければならない理由に応じた戦い方があります。騎士は時として命を投げ出すことも覚悟しなければなりませんが、王族が軽々しく命を捨てるようなことは許されません。王とは旗頭であり、失われてはならないものだからです」

まるで家庭教師の授業のようだ。ラッセル様は私に何かを教え、理解して貰《もら》うために言葉を尽くしている。だからこそ自然と私もラッセル様の言葉を聞き入れることが出来た。

「カテナ嬢、貴方は王族でもなく、騎士でもありません。神子です。ですから王や騎士のように戦う必要はないのです。自分を見つめ直し、何が必要なのか見定めてください。貴方にはきっとそれが必要です」

ラッセル様の言ったことは、どこかミニリル様から伝えられた言葉に通じるものがある。二人揃《そろ》って自分を見つめ直せと言っている。そこに答えがあると言わんばかりに。

きっとミニリル様はそれを見据えているし、その答えを探すために必要な道はラッセル様が改めてわかりやすく教えてくれた。

私はまだ前例がない道を進む人なんだ。神器も神から受け継がれたものではなく、その神器の在り方は私自身が示していかなければならない。

私自身を見つめ直すことで、神器の力の在り方を知ることが出来るとミニリル様は言った。その在り方は王のようでもなく、騎士のようでもない。更に言うなら魔法使いのようにある必要もない。

私の芯となるもの。それはやっぱり刀だ。刀に憧れて、今世まで持ち越して、ただ憧れに向かって進んできた。その原動力は飽くなき情熱と大きな夢がこの胸にあるから。

私にとってあるべき形、進むべき正道。少しずつ朧気《おぼろげ》だったものが輪郭を得ていくような実感が私の胸に広がっていく。

「ラッセル様、ありがとうございます。自分なりにもうちょっと考えてみます」

「力になれたのであれば幸いです」

そう言ってくれたラッセル様は、とても穏やかな笑みを浮かべていた。

＊＊＊

ラッセル様と言葉を交わした次の日、私はいつものようにミニリル様との稽古に臨んでいた。

木剣を手にして私を見据えていたミニリル様は僅かに目を細めてから、少しだけ口の端を釣り上げるように私を見た。

「答えは出たか？」

「はっきりとこれだ、と言える自信はまだありませんけど……」

「良かろう。ならば、その答えを我に示すと良い」

ミニリル様が笑みと共に告げた言葉に私も刀を構えて応じる。ミニリル様が木剣を構えると威圧感が一気に膨れ上がって、一瞬竦み上がりそうになる。

けれど、この威圧感にも慣れたものだ。それに私は今日、自分を試しにきたとも言える。怖《お》じ気《け》づいている暇などない。短く息を吐き出すのと同時にミニリル様へと駆け出す。

この数ヶ月で身に染み付かせた基本の動作だ。だからこそ速く、鋭く。それでもミニリル様には届いたことは一度だってない。でも、今日はこの先へと踏み込むために力強く地を蹴る。

ミニリル様が構えた木剣の切っ先がぶれた。消えた、と思った瞬間には衝撃が来ていた。ミニリル様が横から刀を殴りつけるように弾《はじ》いたのだ。

衝撃が一気に手へと伝わって痺《しび》れそうになる。それでも体勢は崩さずに踏みこたえる。

「ははっ、やる！　見事な身体強化だ！　普段であれば今ので終わっていたぞ！」

嬉々《きき》とした様子でミニリル様が笑う。私は顔を顰《しか》めながら、もう一度ミニリル様へと攻撃を仕掛ける。一度、二度、私の仕掛けた攻撃はあっさりとミニリル様に弾かれる。見かけからはとても想像出来ない衝撃が返ってきて、何度感じたかわからない理不尽さを覚える。

萎縮する訳にはいかない。相手がどんな存在であれ、私は負けてはいけない。それが神子であり、私が望んだ理由のために。だからこそ私は自分を奮い立たせてミニリル様に挑みかかる。

目標はミニリル様の構える木剣だ。未だ切り落とすことが叶《かな》っていない。今日のミニリル様はいつもよりも容赦はない。だけど、それでも！

（証明するんだ。この戦いも、これから起きるだろう戦いも、私が挑むのはただ証明するために！）

私の原点は刀にある。そして、これからも刀と共にある。だからこそ証明するのだ、この刀への思いを。力はある。大きな力だ。後はそれを正しい形に導くだけ。その答えはずっと知っていた。今まで成し遂げてきたことの延長線にあるものだから。

（行くよ……――ッ！）

心の中で呟《つぶや》き、今までよりも強く一歩を踏み出して私はミニリル様へと斬りかかる。端から見れば今まで何度か見た光景だろう。

――でも、今までとは違う。私の刀に〝焔《ほのお》〟が灯《とも》った。それは根本から刃先に向けて、波紋のように波打ちながら刃を覆っていく。

――〝刀技：焔刃《ほむらば》〟

刃に沿う炎が刃の形となる。炎を纏った一撃を渾身《こんしん》の力を込めてミニリル様へと振り下ろす。ミニリル様は木剣で刀を打ち払おうとするけど、振るっているのはただの木剣だ。木剣が刃に届くのと同時に炎が木剣に絡みつくように焼いていく。そこに本来の刃が到達し、確かな手応えと共に刀を振り抜く。

木剣が両断され、断面が焼き切られた木剣の半分が転がっていった。私は息を荒く吐きながらミニリル様を見た。ミニリル様は両断された木剣を見て、満足そうに頷いた。

「やれやれ、多少の助言でここまでやるとはな。迷いのない良い一撃であったぞ、カテナ」

「……ありがとうございます！」

稽古でミニリル様に褒められたのはもしかして初めてかもしれない。それに木剣を切り落とすという目標が達成出来た喜びが一気に胸に広がっていく。

「お前の魔法は確かに魔法としては欠点を持つかもしれぬ。だが、お前はその魔法の腕前を鍛冶師の技能として昇華させた。出力とその制御に関しては保証されていた。後はお前自身が型を見出《みいだ》せば良かった」

「はい。私は、これは〝刀の技〟とすることに決めました。私は鍛冶師……もっと正確に言えば刀鍛冶です。神子である以上、戦わなければいけないのもわかっているんですが、それでも戦いだけが私の本分ではないと思いたいんです」

刃に炎を纏わせるのはずっと何年もやってきたことだ。後は何度か練習すればイメージ通りに繰り出すことが出来た。

「その道がお前にとって正しいと信じた道なら迷いなく進むと良い。見事だったぞ」

「はい！」

「では、次から魔法を使わずに純粋な技だけで木剣を切り落とすことを目標としつつ、並行して技を磨くためにもっと実戦を意識した訓練に切り替えていくぞ。そうだな……魔法を日常的に維持しつつ、即座に反応出来るように慣れさせるのもありだな。魔法の維持と警戒を並行して行えるようになるのが理想だな。今後は襲撃のタイミングも増やそう」

「えっ？」

「ん？」

「……何言ってるか、ちょっとよくわかんないです」

私は先程まで浮かべていた笑顔を引き攣《つ》らせながら呟く。するとミニリル様が慈母の如《ごと》く優しい笑みを浮かべた。

「安心しろ。お前の身体《からだ》に嫌という程、叩き込んでやるからな」

「安心出来る要素が何一つないんですけどーっ!?」

どうやら私の地獄はまだまだ終わりそうにないらしい。そして数分後、私の悲鳴が虚《むな》しく響き渡るのであった。

第七章 ― 刀匠令嬢、学院に通う ――

ミニリル様との修行を始めてから早くも二年が経過した。私は十五歳となり手足は伸びて大人に近づいたように思える。髪も順調に伸びたので、こちらはポニーテールに纏《まと》めている。

そんな私は今、ミニリル様と中庭で向き合って稽古を行っていた。

「ハァッ！」

短く吐き出した呼吸と共に繰り出した突きをミニリル様が最小限の動作で避ける。ミニリル様はそのまま私の懐に入り、顎を打ち上げようと木剣を振るう。

お返しと言わんばかりに私も僅かに仰《の》け反《ぞ》り、紙一重で木剣を回避する。そのまま後ろへと飛ぶように距離を取り、すぐに反撃に転じる。

横に薙《な》ぐようにして振るった刀は空を裂く。今度は刀の持ち手を狙って振るわれた一撃を避け、そのまま回転するようにミニリル様へと再度、横薙ぎの一閃《いっせん》を放つ。

短く息を吐き出し、最小限で身体《からだ》の捻《ひね》りを加えた回転切り。それはミニリル様の木剣を捉え、そのまま両断する。二つに別《わか》れた木剣は地に落ちて音を立てた。

「……ふむ。まぁ、及第点ということにしておこうか」

「やった――――！」

もう何度か木剣を切り落とすことは出来ていたけれど、改まってミニリル様に認められたとなれば喜びが湧くというもの。達成感に私は両手を挙げて、地面に倒れ込みながら喜びの声を上げる。日本刀の完成からヴィズリル様との出会い。そして陛下への謁見と、俺様殿下から味わった屈辱。それを切っ掛けとして日本刀の凄《すご》さを証明する力を手にすると決めてからの日々はすぐ過ぎ去っていった。

正直、振り返っている暇がなかったとも言える。思い出すとトラウマが再発しそうになるから、過去を掘り起こしそうになった自分を咎《とが》めるように首を左右に振る。数えた青痣《あおあざ》の数で泣いたりなんてしてない、してないったらしてない。

「しかし、あっという間だったな。それでも最低限は形になっただろう。遂《つい》にあの王子に今日までの研鑽《けんさん》を見せ付ける日が来たな」

「……なんか、もう、鼻を明かさなくてもいいかなって思えて来たんですけど」

「なんだと、何故《なぜ》だ!?」

「いや、だって面倒臭いし……」

さも驚いたといった反応をするミニリル様だったけど、私は割と正直にそう思っていたりする。俺様殿下が嫌いって気持ちは薄れてはいないけど、見返してやろうという気持ちは大分薄くなっていた。

何故だと言われても、そんなことも考える暇がない程にミニリル様がスパルタだったからですが？　生き残ることだけに気持ちが研ぎ澄まされて、余分な感情を削《そ》ぎ落としてしまった気がする。

つまり、あんな奴《やつ》にいちいち構っていられる余裕が私にはなかった。これでもまだ最低限って言われてるんだから、正直もう勘弁して欲しい。

「しかし、それでは何のために学院に通うのだ？　カテナよ」

「将来のためだよ!?　私が起こした問題のせいで兄様は家を継ぎたくないって言ってるし、私まで放棄したら家がなくなっちゃいますよ。本当に兄様が商人になるなら私が継ぐしかないですし」

兄様は例の騒動以降、隙あらば貴族を止《や》められないか模索しているようで父様に説得されている姿を見かけるようになってしまった。原因である私としては何とも言えないのだけど。

最初の頃はあまりにも落ち込む姿を見せるから、なんとか励まそうと色々と言ってあげたりもしてたんだけど、ある日突然、開き直ったように良い笑顔で兄様は言った。

「お前が婿を取って家を継げば解決するんじゃないか？」

勿論《もちろん》、私としては出来ればそうなって欲しくはない。だからといって兄様に全部押し付けるのは流石《さすが》に申し訳ない。なので一応、備えとしては家を私が継ぐことになった時に備えて勉強する必要が出てきた。

問題がこれ以上起きなければ兄様が家を継いでくれるだろうけど、必ずとは言えない。私自身、家を継ぐのが嫌な訳じゃない。そういう意味では私も兄様と同じで貴族を止めたいだけだと思う。

問題なのは、やっぱりあの俺様王子の存在だ。

私は王子に目を付けられているから下手なことは出来ない。この問題に兄様も巻き込まれたくないから家を継ぎたくないと騒いでいるのだ。

（本当に、そこだけはどうにかしないとなぁ……）

本当に何から何まで私にとって厄介者でしかないな、あの俺様殿下。ただ、殿下がキッカケにならなかったらここまで力をつけようって思わなかったかもしれないので複雑な気持ちだ。

（とにかく命の危険をミニリル様に叩《たた》き込まれたけど、端末でしかないミニリル様は自分のことを〝優れた剣士〟程度だって自分で言ってるし、まだまだ足りないって言われるんだろうなぁ……）

どちらにせよ、私には魔物や魔族と戦わなければいけない運命はついて回る。だから力をつけることは必要だった。だからどの道、通らなければいけない道だったのだろう。

あれから何かと我が家にいることが増えたラッセル様も、力をつけるのは良いことだと言ってくれたし。自分で自分の身を守れるのは必要なことだと。

ミニリル様との地獄の猛特訓で自分でもやれる方だと思えるようになったけど、だからと言って積極的に戦いたい訳ではないのは変わらなかった。痛いのも、面倒なのも嫌いだ。

「はぁー、思うまま日本刀を作ることに向き合える日はいつになるやら」

ミニリル様の稽古とは別に、魔法の鍛錬も兼ねて日本刀作りは並行して行っていた。

結局最初の日本刀を超えるようなものは出来なかったけど。本来やっていた手順を簡略化したりしていたから、それも当然だと言えば当然なんだけど。

やっぱり魔法で玉鋼《たまはがね》作りから始めて、全ての工程に私が魔法で手を加えなければ神器に至りそうな日本刀は出来ないということなんだろう。それだけ作業の手順に魔法を組み込むことが重要だということがわかったのは良いことだ。

ちなみに王家には日本刀の品定めのために試作品の中でも出来の良いものを一本、献上してある。これはラッセル様を通じて私に頼まれたことだ。実際に実物を見ないと品定めも出来ないからね。

……その際に、〝刀〟と伝えた筈《はず》が〝カテナ〟と私の名前で伝わってしまい、この世界で日本刀の名前が〝カテナ〟になってしまった。

制作者自身の名前をつけることも前例がない訳じゃないから、ということで日本刀の名前はカテナで認識されてしまっている。どうしてそうなった……？

(もう一度、最初の手法で作るなら私の立場をハッキリさせておかないと)

この国でどう生きていくのか。その道を決めるために学院には通う必要があると思う。人の繋《つな》がりもそうだけど、私には知らないことがまだまだたくさんあるし。

「んー、何事もなく平和に学生生活を送れれば良いんだけどなぁ」

多分、無理なんだろうなぁ。そんな予感をひしひしと感じて、私は溜息《ためいき》を吐《つ》いた。

＊　＊　＊

「カテナ、忘れ物はないか？」

「はい、父様。大丈夫ですよ」

「……くれぐれも、どうかくれぐれも、トラブルを起こさないようにな」

貴族学院に通うため、王都に向かう日。出発前に父様が投げかけた言葉がこれである。

父様、もうちょっと娘自身の心配をしてくれませんか？　えっ、私が何かをしでかす方が心配？

そうですね……。

「身体に気をつけるのよ、カテナ。ザックスにもよろしく伝えておいて頂戴」

「はい、母様」

「ザックスが泣かないように大人しくしてるのよ？」

「母様まで酷《ひど》い……」

「ふふ、冗談よ。学生生活、楽しんでらっしゃい」

穏やかに笑いながら母様は私をそっと抱き締めてくれた。これから長期休みでもないと家に戻ってこられなくなるだろうから、ちょっとだけ切ない。

「カテナ嬢、準備はよろしいですか？」

父様と母様に挨拶を済ませていると声をかけてきたのはラッセル様だった。

すっかり我が家に馴染《なじ》んで、お客様というより同居人に近しい関係になってしまった。たまに稽古もつけてくれたり、勉強を教えてくれたので私にとってはもう一人の兄様のように思えていた。

「ラッセル様、道中の護衛を引き受けてくれてありがとうございます」

「いえ、私も王都に戻るついでですから」

「これでラッセル様も暫《しばら》く王都にいられますね。学院を卒業するぐらいには、お目付役も不要になっていると良いんですが」

「それは難しいかと。カテナ嬢はもっと自分の価値と立場をご自覚されるべきかと思います」

「これでも十分、弁《わきま》えていると思うんですけどねぇ」

「まだまだ無自覚と謙遜が過ぎると思います」

ラッセル様が真顔でそう言うものだから、ちょっと肩身を狭くしてしまう。長い付き合いにはなったけど、ラッセル様の前だと身が引き締まるというか、ちゃんとしなきゃって思うようになってしまった。

王都に戻ってもラッセル様は私の近くにいるらしい。学院では臨時の講師として勤務するのだとか。イケメン眼鏡の男性教師……これは女子が黙ってなさそうだね。

どうなることやら、と思いながら私はラッセル様と共に王都へと旅立つのだった。

＊　＊　＊

私が通う学院、ブラットフォード貴族学院はグランアゲート王国の王都に存在している。

貴族学院の基礎を生み出した過去の王、ブラットフォード・グランアゲートによって開校されたこの学院は長い伝統を積み重ねながら、今日まで多くの生徒を導いてきた。

ブラットフォード貴族学院は、その敷地の広さもあって一個の街のようになっている。最初は王都の端に建てられたのだが、増築と改装を重ねた結果、今のように巨大化したそうだ。

貴族学院と名前がついているものの、後の時代で貴族に仲間入りする可能性が高い平民などの入学も許され、それが普通の平民も試験を受けて合格すれば入学出来るように変化していった経緯がある。

ブラットフォード貴族学院を発端として学院という概念は王国全体に根付きつつあるものの、高度な専門的教育を施せるのはブラットフォード貴族学院しかないのが実情だ。なので、ここの卒業生というだけで箔《はく》がつく。

平民にとっては将来の道を開くことが出来るし、貴族にとってはここを卒業出来ていないということは不名誉にも等しいと言われる程だ。それぞれの思いや事情を抱えて、生徒たちは学院へと通う訳だ。

「カテナ・アイアンウィル様。はい、アイアンウィル男爵のご令嬢様ですね？」

「はい」

「確認が取れました。改めてようこそ、ブラットフォード貴族学院へ。私たちは貴方《あなた》たちを歓迎します」

入寮するための手続きを担当してくれた受付のお姉さんが人好きのする笑顔で私を歓迎してくれた。なんというか新鮮だ。

実家での私の扱いは珍獣扱いだし、領民からも親しまれているけれどお嬢様って感じでは扱われなくなっていた。皆して私のことをお嬢って呼ぶし、気分はヤクザの跡取り娘だった。いや、日本刀は持ってるけどさ！

「あっ、そうだ。武器持ち込みの登録手続きもお願いします」

「あぁ、持ち込み。……将来は騎士志望で？」

「いえ、あくまで護身用に……」

私みたいに武器を所持している人は学院に武器の所持を登録しておかないといけない。もし刃《にん》傷《じょう》沙汰が起きたら犯人を特定しないといけないし、当然の処置だと思う。

ちなみに登録申請をしない武器を所持していることがバレたらほぼ一発で退学、場合によっては隠蔽の罪で牢屋《ろうや》まで直行だとか。この辺りの事情は兄様やラッセル様が教えてくれた。

「これは……湾曲剣ですか？　随分と変わったものですね」

「はい。アイアンウィル領で研究されている新型なんですよ」

私が個人的に研究しているだけだけど、嘘《うそ》は言っていない。

「なるほど、そうなんですね。それでは試し切りで切断面なども見たいので演習場に向かってください。そこで担当の者が待っていますので、所持登録に来ましたと言えば案内して貰《もら》えます」

「わかりました」

手早く手元の書類に何か書き込んでから、受付のお姉さんは私へ手渡した。書類を受け取って、それから道順を聞いて、そのまま演習場へと向かう。

私の他にも何人か武器の登録に来ているのか、ちらほら人がいるのが見えた。他の人が持っている武器がやや気になりつつも、受付を担当していると思わしきお兄さんへと声をかける。

「あの、すみません」

「ん？……お嬢さん？　ここに何の用でしょうか？」

「武器の持ち込みがありますので所持登録を受けにきました。こちら、書類です」

「可愛《かわい》いお嬢さんなのに勇ましいですな。……えっ、アイアンウィル!?　アイアンウィルってことは、クレイの兄貴の娘さん!?」

笑いながら書類を受け取ったお兄さんが書類に記された私の名前に反応を見せた。

「えっと、クレイ・アイアンウィルなら父ですが……」

「これは失礼しました！　ははぁ、確かに言われるとシルエラ様の面影がありますね」

「父とはお知り合いで？」

「私が駆け出しだった頃にお世話になった恩人です。そうか、兄貴の娘さんですか。もうこんなに大きくなったんですねぇ、年を食ったものだなぁ。私はモッドと申します。この学院の警備として雇われています」

モッドと名乗った男性を改めて見つめた。私が見上げる程に長身で、剽軽《ひょうきん》な印象を受ける笑顔を浮かべている。髪の色は褐色、肌には過去についた古傷が所々に見えた。それが過去、傭兵《ようへい》だったことが本当なんだと思わせる。

「ご丁寧にありがとうございます。それで、武器の登録に来たんですけど」

「はいはい。じゃあ、持ち込む武器を見せてもらっても良いですか？」

「こちらです」

私が日本刀を手渡すと、受け取ったモッドさんは目を丸くした。

「うぉ、見たことがない形状だな……湾曲剣ですか？」

「アイアンウィル領で研究されている新型です」

「へぇ！　じゃあ、こいつも近々売り出されるんですか？」

「それはまだ未定でして、何とも……」

「そうなんですか。こいつはちょっと切断面を見せて貰わないと分類がなぁ、それはそれで助かるけれど、あまり例がないとな……」

「モッドさん？」

「あぁ、すいません。持ち込んだ武器が独特だと犯人捜しをする時には助かるんですが、それが冤《えん》罪《ざい》だった場合もあるんで怖いんですよ。盗難には気をつけてくださいね」

「……わかりました」

盗んだらミニリル様にやられてしまうかもしれないけれど、そうなると管理がなってないと怒られるのは私なんだろうな、と思ったのでしっかりしないと。

「切断するのを見せるだけでいいんですか？」

「それだけで全部わかる訳じゃないですが……こういうチェックをしてるから監視はちゃんとしてるんだぞ、っていう周知のためでもありますね。さっきも言った通り、冤罪を仕向ける奴が出る可能性もゼロじゃないんで。あ、試し切りはそこの巻藁《まきわら》を使ってください」

試し切りのために設置されている巻藁を束ねた的を示しながらモッドさんは言う。

さて、試し切りをするのは構わないんだけど……。

「モッドさん。全力でやった方が良いですか？　こう、切ってるところを見せる必要があるかって質問なんですけど」

「そうですね。手加減して人を斬り付けるようなことなんてそうそうないでしょう？」

「わかりました」

確認を取ってから、私は日本刀を腰に戻す。日本刀用に誂《あつら》えた剣帯がズレていないかを確認して、精神統一のために深呼吸。

無駄な力を抜いて、脱力した状態を作って――抜刀。

一拍の間に巻藁を切り裂き、そのまま鞘《さや》へと走らせて納刀する。そして、刀を収めるのと同時に巻藁が思い出したように地へと落ちた。

「終わりました」

「…………」

「……え？　モッドさん？」

「ええ、切りましたけど」

「……え？　あ、あれ？　は……？　今、抜いた……？」

「……速すぎて、何が何だか。えっ、怖っ」

「怖い!?」

モッドさんは口元を押さえて、まるでドン引きしたと言わんばかりに私を見ている。

しまった、普通に抜いてから切れば良かった。つい居合いをやってしまった私が悪いね、これは。

「うわぁ……断面もすっぱりいってる……怖ぁ……」

「せ、切断力が売りなので……」

「それ、本当に売りに出さないんですか？　俺……ごほん、私も興味が出てきたんですが」

「ちょっと普通の剣とは勝手が違うんですけど、それでもですか？」

「あぁ、こいつは騎士には不評かもしれませんが、傭兵とかなら需要があると思いますよ。騎士様となれば全身を鎧《よろい》で固めてますし、馬での移動も多いんで馬上でも使える大剣とかが都合が良いんですけどね。騎士は魔物や魔族だけじゃなくて他国に対しての力を示すためにも必要で、だから見た目とかの厳《いか》つさも重要ですし」

「以前、父とも似たような話をした覚えはありますね」

「傭兵は騎士に比べて斥候や個人単位での護衛が主な仕事ですからね。勿論、大規模の魔物討伐に呼ばれる時もありますが、普段の仕事としては斥候や護衛の方が主です。なので取り回しやすい武器の方が好まれるんですよ。勿論、騎士みたいに大剣振り回してる勇猛な傭兵もいますが、基本的に何でもやらないと傭兵ってのは食っていけないんで……」

「ある意味、大剣が騎士の象徴とも思われてる訳ですよね」

「騎士は魔物を相手にすることも多いので、どうしたって数が多い時は一対多数なんて状況もありますからね。薙ぎ払っても良し、咄嗟《とっさ》の盾に使っても良い。だから大剣が都合が良いって話です」

だからこそ大剣が騎士たちには尊ばれる訳である。それなら日本刀が細くて頼りない、って俺様殿下に言われたのはある意味で間違ってはいない。

じゃあ、この世界で日本刀がまったく需要がない訳じゃないのかと聞かれるとモッドさんの言う通りない訳ではない。

まぁ、流通させるとなると父様や親方、あとはラッセル様とかにも相談する必要がある。以前、それとなく話題にした時は結局、今売り出すのは得策ではないと言われているし。

「ともあれ、カテナお嬢様の武器登録は確認させて頂きました。これだけ断面がすっぱりいくと、本当に武器を盗まれた時とか疑われる可能性が高いんで十分注意してください。あと、揉《も》め事《ごと》も起こさないようにして貰えると仕事が減ります」

「わかりました、気をつけます」

「……カテナお嬢様、自分は平民なんで敬語は使わなくて良いっすよ？」

「あー……つい年長は敬わないといけないと思ってしまって……」

「大事なことですけど、自分は平民でお嬢様は貴族ですから。学院は建前として生徒は身分を気にせず、とは言ってますが無視出来ることじゃないんで。目をつけられないようにしてください」

「……そう出来れば良いんだけどね」

はぁ、と深く溜息を吐いた私にモッドさんは不思議そうに首を傾《かし》げていた。

私だって静かに暮らせるなら静かに暮らしたい！

＊＊＊

学院の女子寮は相部屋の寮と、個室の寮に分かれている。相部屋は平民の生徒が使い、個室は貴族が使っているので平民寮と貴族寮と呼ばれることもある。

男子寮も同じような分け方になっていて、その四つの寮から繋がって中央に位置しているのが食堂である。中庭の景観も見応えがあり、オープンテラスの席もある。

数多くの学生を抱えているので、広さ、席の数、そしてメニューの種類から何でも多い。厨房《ちゅうぼう》では数多くの料理人たちが忙《せわ》しなく動き回っているのが見える。

武器の登録を終えた後、私は寮に戻って食事にしに来た。今日の食事は初日ということもあって兄様と一緒に食べる予定だったんだけど……。

「カテナ、ここだ」

「兄様！」

自分の食事を載せたトレイを抱えてウロウロしていると私の姿を見つけた兄様が手を上げて呼んでくれた。私はすぐさま他の人の邪魔にならないように兄様が確保していた席に座る。

「ついにお前も入学か……感慨深いなぁ」

「兄様は今年で卒業だけど、一年の間よろしく？」

「……本当に頼むから大人しくしてくれよ」

「ぜ、善処します……」

切実な顔で言われると罪悪感が湧いてくる。兄様から視線を逸《そ》らしつつ、食事に手をつける。

「うん、美味《おい》しい！」

「だろう？　流石、グランアゲート王国最大の学院と呼ばれるだけあるよな」

「これは他のメニューも制覇したくなるね」

「色んなメニューを食べていると話の話題にも出来るからな。特に農作物は領地ごとに自慢にしている者や、同じ品種を育ててライバル視している家があったりと、話を聞いていると色々と押さえておくポイントが聞けてだな……」

それから兄様と久しぶりの雑談を楽しみながら食事をした。こうしてじっくりと顔を合わせて話す機会は兄様が学院に通うようになって減ってしまったので、ついつい会話が弾んでしまう。まったりとお茶を飲みながら兄様と情報交換をしたり雑談に興じていると――不意にぞくり、と背筋に悪寒が走った。

私が反応したのは敵意だ。勢い良く視線の方へと振り返ってしまう。そこに見たくもない顔があったことに気付いて、表情を歪《ゆが》ませてしまった。

「……ベリアス殿下」

兄様が私の様子の変化に気付いて小さく呟《つぶや》きを零《こぼ》した。私たちの視線の先にはベリアス殿下が側近と思わしき人たちを連れていた。

足を止めて私に視線を送っていたようだったけど、私と目が合うと何事もなかったように食堂から出て行くところだった。

……一瞬だったけど完全に敵意を向けてたよ？　あの俺様殿下。二年経《た》ってたけど、第一印象からまったく変わっていない。

「…………本当に大丈夫ぅ？」

「そんな情けない声を出さないでください、兄様……」

私、まだ何もしてないからね!?　とにかく、あっちから関わって来るまでは無視でいこう。私からは絶対に何も仕掛けないぞ、目指せ、平穏な学生生活！

第八章 ― 刀匠令嬢、お嬢様と従者に出会う ―

ブラットフォード貴族学院は、前世で言うところの大学のような場所だ。

授業は選択式。必要な単位を取得して、受けた授業ごとに進級のための試験をクリアすれば良い。なので同学年で全員が揃《そろ》って受けるような授業はほとんどない。だからこそ授業後にサロンを開いて、交流を広げているグループも多いと兄様から聞いている。

私が選択したのは領地の経営や法律などを学べる法政科と、淑女としての嗜《たしな》みが学べる淑女科だ。

私は選択しなかったけど、他にも騎士志望の卵を育てる騎士科や、魔法使いの卵を育てる魔導科などが存在している。

他にも細々とした科があるけれど、大きく挙げるとしたらこの四つが主な科目となる。私は騎士にはなるつもりはないし、魔法も結局魔法として飛ばせないままなので学ぶつもりもなかった。

法政科は私が婿を取って実家を継ぐ場合に備えてだけど、淑女科は私が受けたかったので希望した。

何故《なぜ》かって？　空いてる時間をなくすためだよ！　こうでもしないと、ミニリル様に空いた時間は暇なら鍛錬にでも費やしたらどうだ？　と言われるからだ。

鍛錬は必要なことだから最低限はやるけれど、学院に来てまで最低限以上の鍛錬はしたくない！

実家にいるんだったら日本刀の鍛造でもするんだけど、実家じゃないから鍛造も暫《しばら》く出来ない。だったら折角なんだし学生生活を満喫したい！

そんな思惑から選択した淑女科の授業。見事に女子だけだよね、皆凄《すご》い綺麗《きれい》でお嬢様してる。この授業が貴族の女子向けだから当然なんだけど。

尚《なお》、中には授業を受ける必要もない程、しっかりしている人がいるのが普通らしい。その人はお手本や相談役として振る舞うのだとか。

恐らく家の面子《メンツ》だとか、そういう話も多分含まれているんだろうとは思う。あまり触れたくないから、私は静かに大人しくしていようと思っていた。

しかし、実際に教室に入って私は問題に気付いてしまった。この中にいると、私は滅茶苦茶《めちゃくちゃ》目立つということに！

（皆、肌白い！）

そう、皆、肌が白いの！　比べてしまうと自分が如何《いか》に日焼けをしているのか突きつけられてしまう。別に私も凄い肌が黒くなってる訳じゃないのに、並べられると私だけ浮いている感が酷《ひど》い。

そのせいで私に向けられる視線もどこか訝《いぶか》しげなものだったりする。どこの田舎娘？　みたいな囁《ささや》きも聞こえて来る程だ。いや、しがない男爵家の娘ではあるので事実ですけど？

一人だけ浮いてると絶対、目をつけられるんだよなぁ。いや、ここは敢《あ》えて地味な田舎上がりの存在として埋もれていくのが良いかもしれない？

　でも、それだと学生生活を満喫したいと思っていた私の野望から遠退《とおの》くのでは？　そんなことをぐるぐると考えていると、つい唸《うな》ってしまう。

「失礼、ちょっとよろしいかしら？」

「ほぇぁ？」

「……ほぇぁ？」

「ひぃっ!?　ち、違うんです！　な、なんでござりましょうか!?」

　なんか、滅茶苦茶凄い綺麗な子に声をかけられてしまったんですけど!?

　上品な白い髪にワインレッドの瞳、肌は日の光を弾《はじ》いているのでは？　と思う程に艶やかさを保っている。私と並ぶと石ころと宝石だ。勿論《もちろん》、私が石ころね。

　背は私よりやや低めだ。それと多分、武術を嗜んでいると思わしき足運びをしていた。身体《からだ》の動きを見ていると細かな癖のようなものを見出《みいだ》してしまう。

　これもミニリル様式スパルタ教育の成果か。思わず遠い目になってしまいそうになるけれど、意識を飛ばしてる場合じゃない。この人、絶対に高位貴族のお嬢様だし、失礼がないようにしないと。

「……ふっ……くふ……っ……くふふ……！　な、なんでござりましょうか……！　ぷふふふっ」

　もう手遅れかもしれない。私のおかしな言葉使いがツボに嵌《は》まったのか、口元を押さえながら笑いを堪《こら》えるように震えてしまっている。こ、これは不敬判定!?　セーフ!?　アウト!?　どっちなの!?

「……ふぅ、ごめんなさい。失礼したわ」

「い、いえ……」

「貴方《あなた》の名前をお伺いしても良いかしら？」

「カテナ・アイアンウィルです……」

「やっぱり！　貴方があの〝カテナ〟の！」

「はい？」

喜びを滲《にじ》ませた笑みを浮かべて、彼女は私の手を取った。もしかして、私のことを知っている？

「あぁ、ごめんなさい。ビックリさせてしまったかしら？」

「え、えっと……貴方は？」

「そうね、自己紹介がまだだったわ」

私の手を離して、自分の胸に手を当てて微笑《ほほえ》みながら彼女は己の名前を名乗った。

「私はリルヒルテ・ガードナー。ガードナー侯爵家の娘よ、よろしくね」

「ガードナー侯爵家……えっ、〝王家の盾〟の？」

「ええ、我が家はそう呼ばれているわね」

「ひぃっ」

ガードナー侯爵家は王家の盾と呼ばれているバリバリ武闘派の家だ。現当主は元騎士団長で、今は引退して後任に譲っている。それでも騎士団の方針を決める会議にはご意見番として呼ばれる程に影響力がある国防の要とも言える家だ。

王家との関係も良好で、王族の降嫁先の一つとして候補にすぐ名前が挙がる程の名家中の名家だ。なんでそんな雲の上の立場の令嬢がどうして私を知っているのかがわからない。

「なんで自分を知っているのか？　という顔ね。答えは、貴方の腰のソレよ」

私の腰に下げられたもの、つまり日本刀だ。そこで心当たりに行き着いた。

「……もしかして、王家の方とご縁が？」

「私、王女様方の遊び相手を務めさせて頂いて、将来は専属護衛になる予定なのよ。その繋《つな》がりで貴方が作った〝カテナ〟、拝見させて貰《もら》ったわ」

あー、やっぱり。日本刀を〝カテナ〟として知っているなんて、心当たりが王家しかない。リルヒルテ様が見たという日本刀は、恐らく王家に献上した日本刀のことだろう。

「だから貴方と詳しく話をさせて頂きたかったの。仲良くして頂けるかしら？」

「は、はぁ……お、お望みのままに？」

「ふふ、ありがとう。何か困ったことがあったら頼って頂戴。もう私たちはお友達だもの」

そう言って、リルヒルテ様は私の手を取って微笑む。私は彼女の勢いに呑《の》まれて引き攣《つ》らないように微笑むので精一杯だった。

＊　＊　＊

「はぁぁ……美しい……素晴らしいわ……」

「あ、ありがとうございます……」

「王家に献上されたカテナも素晴らしかったですが……こちらのカテナも素晴らしいですね……」

私の名前がゲシュタルト崩壊を起こしている。今、私の前には日本刀の刀身を眺めてうっとりと溜息《ためいき》を吐《つ》いているリルヒルテ様がいる。どうしてこうなったのか？

淑女科の授業ではリルヒルテ様が手取り足取り教えてくれたので、苦もなく乗り切ることが出来た。遠巻きに私を見ている視線には不審さが増していたけれど。

そんなキッカケからリルヒルテ様が私を見かけると声をかけてくれるようになって数日。リルヒルテ様が私をお茶会に招待したのはそんな時だった。

兄様に行くべきか聞いてみたけれど、断るという選択肢はないときっぱり突き放されてしまった。戦々恐々としながらお茶会の場に行くと、そこにはリルヒルテ様と一人の少女が待ち構えていた。

「ようこそ、カテナさん。こちらを紹介するわ、私の侍女のレノア・ポーターよ」

「初めまして、ご紹介に預かりましたレノア・ポーターです」

「あ、はい、どうも。カテナ・アイアンウィルです」

レノアさんは一言で言い表すなら凛々《りり》しい女性だ。やや紫がかった黒髪は編み込んで後ろで纏《まと》めている。目は吊《つ》り目《め》気味で、瞳の色はダークブラウン。静かにリルヒルテ様の後ろに控えている姿

は従者の鑑《かがみ》のようだ。

彼女は私に静かに黙礼だけ返すと、そのまま黙り込んでしまった。

「レノアも将来は私と同じで王女専属の護衛を目指しているのよ。私が心配で目を離せないのですって。さぁ、座ってカテナさん。今日は親睦を深められたらと思って貴方を呼んだの」

「親睦ですか……その、私には畏れ多いと言いますか……」

「いえ、そんなことはないわ。それとも……私とお茶はやっぱり嫌かしら？」

少しだけ悲しげにリルヒルテ様が言うと、レノアさんの目がゆっくりと細くなっていく。……これは断るのも逃げるのも無理なヤツだね？

私が席につくとレノアさんが事前に準備を済ませていたのか、お茶を手早く用意する。お茶を淹《い》れ終わるとレノアさんも席についた。

二人がお茶に口をつけているので、私も倣うようにして口につける。けれど、緊張で味がわからない。

「そんなに緊張しなくても良いのよ、カテナさん」

「えぅ……」

「えぅ……？」

「ふふ、カテナさんは動揺すると面白い鳴き声を上げるのよ？　レノア」

「……失礼しました」

「あ、いえ……」

レノアさんが訝しげな表情を浮かべたことに失礼だと思ったのか私に頭を下げて来る。いや、本当に頭を下げるようなことじゃないから……。

「からかってばかりだと嫌われてしまうかしら？　それじゃあ、先に本題を済ませておくべきかしら」

「……本題？」

「カテナさん、良ければ……貴方のそのカテナに触らせて頂けないかしらっ？」

ふんす、と少しだけ鼻息を荒くしてリルヒルテ様が身を乗り出してきた。その勢いに少しだけ仰《の》け反《ぞ》ってしまう。

「あの、もしかしてそれが目的で……？」

「そうね。白状するわ、私は一度カテナに触れてみたかったのよっ！」

「カテナ様、申し訳ありません……お嬢様は少々、圧《お》しの強いところがありまして」

「いえ、まぁ、別に構いませんけれども……」

私は剣帯で下げていた日本刀をリルヒルテ様に手渡した。リルヒルテ様はおずおずと日本刀を受け取り、そっと鞘《さや》から刀身を覗《のぞ》かせる。

そして、話は冒頭に戻る。うっとりと日本刀の刀身を見つめたまま戻って来ないリルヒルテ様にレノアさんが溜息を吐く。

「お嬢様が本当に申し訳ございません。何でも、一目惚《ひとめぼ》れでございまして」

「一目惚れ？」

「貴方様のカテナに一目惚れをしてしまったのです」

それはありがたいんだけど、やっぱり私の名前が武器についていると変な感じがするね!?

どう返答したらいいのかわからず、愛想笑いを浮かべてしまう。すると、リルヒルテ様がようやく現実に戻ってきた。

「……はぁ、ありがとうございました。お返ししますね」

「どうも……」

「出来れば一度、試し切りもさせて頂きたいのですが……」

私に返しても日本刀から視線を逸《そ》らさないリルヒルテ様。そこまで気に入って貰えてありがたいけれど、立場を思うと冷や汗が出るというか、とにかく複雑だ……。

「……実は、カテナさんのことは以前から聞いておりましたの」

「私のことを？」

「えぇ、ラッセル様から」

「ラッセル様!?」

「私は王女様方の遊び相手ですので、ベリアス殿下の護衛を務めることが多かったラッセル様とはよくお話し致しますの。それで貴方のこともお伺いしていたのですわ。カテナさんとお友達になったのもラッセル様から頼まれていたからです」

「頼まれた？　ラッセル様から？」

「……詳しくお聞きはしていませんが、ベリアス殿下から疎まれているとお伺いしています」

表情を引き締め、声を小さくしながらリルヒルテ様はそう言った。思わず私は目を見開いてしまう。ラッセル様、私が知らないところでそんなことを頼んでたのか。言ってくれれば良いのに。

「ですから何か起きる可能性を考えて、私に可能な限りでいいから見守って欲しいと頼まれていたのです」

「……でも、それはリルヒルテ様にご迷惑になるのでは？」

「私は王女殿下方の遊び相手ですから。その立場を利用すればベリアス殿下との間に仲裁として入れます。ラッセル様が言うにはベリアス殿下のためにもその方が良い、と。事情はよくわかりませんが、カテナさんとベリアス殿下が諍《いさか》いを起こすのは都合が悪いのですよね？」

「……それは、まぁ」

「でしたら、どうぞ私を頼ってください。こちらは貴方の力になることでお近づきになれるという下心もありますから」

「私は下心を出される程の者ではございませんが……」

「ですが、カテナを作っているのは貴方だけなのでしょう？」

「……もしかして、その、欲しいんですか？」

私の問いにリルヒルテ様はただ笑みを浮かべるだけで何も答えなかった。

……それだけで察することが出来るのだから、なんだか凄い。

「申し訳ありませんが……流通させているようなものではないので」

「えぇ、わかっております。何か事情があるのでしょう？　心得ていますので大丈夫です。ただ、一度使用しているところを見学させて頂ければと思います」

すっ、とリルヒルテ様は目を細めた。笑みのままだけど、笑顔の裏の気迫が増す。

「それに、カテナ様は私よりもお強いでしょう？」

「……畏れ多いことです」

「謙遜なさらなくても良いのですよ。ただ、残念ですね。騎士科の授業も受けていたならば模擬戦なども申し込んでいたのですが……」

気迫を引っ込めて、本当に残念そうにリルヒルテ様はそっと息を吐く。それは本当に私との手合わせを惜しんでいるようだった。

うーん、稽古程度ならって言いかけたけれど、そこまで言っても良いのかどうか判断が出来ない。ついつい悩ましげな思いを表情に出してしまう。すると、察したようにリルヒルテ様が苦笑を浮かべた。

「カテナさん、あまり恐縮しないで欲しいの。私は自分への利益があって貴方と友になれることを望んでいます。ただお友達になりたい、と言うよりは信用を頂けるかと思っております」

「リルヒルテ様……」

「ラッセル様から貴方の望みは静かに学生生活を送ることと聞いていますわ。私はそれに協力致します。ですから仲良くしてくださいませんか？　私だけでなくてレノアを頼ってくださっても構いませんから」

「お嬢様が望むのなら、そのように」

リルヒルテさんがそう言って、レノアさんが目礼をしながら言葉を続けた。

ありがたいような、申し訳ないような複雑な思いが綯《な》い交《ま》ぜになって胸を満たしていく。信じていいのかは、正直わからない。でも、彼女は心を開いて私の信用を得ようとしてくれた。

その思いには応えたいと思う。ラッセル様も絡んでいるなら信じても良い。王家に近い立場なのは怖いけれど、だからこそ間に立ってくれるというのなら、心強い味方になるだろう。

「ありがとうございます、リルヒルテ様、レノアさん。私で良ければ、改めてお友達になってください」

「ええ、勿論ですわ」

「……私は平民で、あくまでリルヒルテ様の従者です。ご友人など畏れ多いかと」

「レノア。ここは乗るところよ？　それにここは学院じゃない。立場は横に置きましょう？」

「建前と本音というものがありますから」

「私は平民だからって気にしないですよ？」

「……でしたら、さん付けはいりません。敬語も止《や》めてください」

「あ、ごめんなさい。じゃあ、レノアって呼ぶね。迫力があって敬語つけちゃってたわ……」

「……迫力」

レノアが暗く影を背負って肩を落としてしまった。あ、あれ？　もしかして……地雷だった？

私が冷や汗を掻《か》いていると、リルヒルテ様が笑いを堪えるように顔を背けて震えていた。

「……お嬢様」

「は、迫力……ぷっ、ふふ……っ！　それ、王女様たちにも言われたわよね……！」

「……お嬢様？」

レノアが鋭くリルヒルテ様を睨《にら》み付けて、リルヒルテ様が誤魔化すようにわざとらしく咳払《せきばら》いをしている。その光景になんだか肩の力が抜けた。程良く力が抜ければ、雑談は軽やかに進む。

「カテナさんは淑女科と法政科の授業を選択しているのですよね？　法政科に進む女子は少ないので困ってませんか？」

「実は私、女性より男性の方がまだ相手にしやすいというか……昔から男所帯の中で育ったもので、むしろキラキラしてる同性を前にすると緊張して上手《うま》く話せないんですよね」

「あら、お上手ね」

実家にいても工房や研究室に引き籠もってたから接する機会が多かったのは異性の方で、同性となるといまいち何を話して良いかわからない。身近な女性というとミニリル様と母様なので、この二人はまったくもって普通の女性を相手にする際の参考にならない。

なるべく目立ちたくないということで家からほとんど出なかったし、同年代の女子と会話する機会がなかった。だから淑女科の授業より法政科の授業の方がまだ気が楽だったりする。

「私は淑女科、騎士科、魔導科ね」

「なるほど」

リルヒルテ様の将来の目標が近衛《このえ》騎士志望だと言うのなら当然の選択だと思う。

「レノアは？」

「……私は騎士科のみです」

「本当は魔導科の授業も受けたかったみたいなのだけど、結局止めてしまったのよ」

「止めた？」

「……魔法が不得手ですので。近衛騎士になるなら受けるべきかとも考えたのですが、伸びもしないものに時間とお金をかけるのは損失ですから」

「父様も気にしないと言っているのに」

「ガードナー侯爵家の名に泥を塗る訳には参りません」

軽く言い合いになっている二人の様子から察するに、近衛騎士になるなら魔法の腕前があった方が評価されやすい。

だから魔導科の授業を受けたかったけれど、レノアは魔法の腕に自信がなくて、それで雇い主であるガードナー家の評判を落とさないために授業を受けなかった、と。

で、それをリルヒルテ様は勿体《もったい》なく思っている、と。どっちの気持ちもわかるので複雑な問題だなぁ、と他人事《ひとごと》ながら思ってしまう。

「私も魔法は不得手だから気持ちは少しわかるかも」

「あら、カテナさんも？」

「発動はさせられても魔法として飛ばせないんですよ」

「……私も似たような感じですね。魔法を飛ばすという感覚がいまいちわからなくて」

レノアが肩を落として、溜息を吐きながら同意してくれた。これればかりは生まれ持ったものだから仕方ない。

「レノアの魔法属性は？」

「土属性ですが」

「土属性かぁ、確かに土属性の魔法だと遠距離が苦手って人もいそうだよね。でも、それなら割り切って身体強化に割り振っちゃえば？　そうしている人が多いって聞いたことがあるけど」

「そうしてますが……その」

「？」

「……すぐに武器を傷めてしまうので」

「あー」

「こればかりは私の未熟ですので」

身体は身体強化に専念することで強力になっても武器が追いつかない、か。

力を強化出来ても、使い所を誤ると強すぎる力に振り回されて、無駄に力を込めて武器を破損させてしまうことがあるとラッセル様から聞いたような覚えがある。

「じゃあ、普段から身体強化をかけて生活して慣らせば良いんじゃないかな？」

「は？」

「へ？」

「……ん？」

沈黙、そして驚愕《きようがく》。リルヒルテ様とレノアの視線が突き刺さるように痛い。しまった。つい自分の感覚で物を言ってしまった。

「そんなことをしたらすぐ魔力が枯渇しませんか？」

「それはそうだよ。ずっと全力疾走してるようなものだから疲れる。だから常に全力じゃなくて、最低限の身体強化を維持して出力を操作出来るようにすればいいんじゃないかなって」

「……もしかして、カテナさんは出来るんですか？」

ジッ、とリルヒルテ様が私の目を真《ま》っ直《す》ぐ見つめながら問いかけてきた。

「……出来なくはないけど」

「具体的にどれだけの時間、身体強化を維持出来るのですか？」

「流石《さすが》に寝てる時は無理かな」

「……つまり眠るまでずっと自分に身体強化をかけ続けていられると？」

だって、そうでもしないとミニリル様に青痣《あおあざ》つけられるんだよ!?　常に気が抜けないんだよ、忘れた頃に奇襲してくるから察知出来るように感覚も研ぎ澄ませておかないといけないし！

そんなトラウマの扉が勢い良く開きそうになったので、慌てて記憶を閉じて誤魔化すように笑う。

そんな私の曖昧な笑顔を見た二人は怪しむような顔を浮かべる。

「そ、そうだ！　なら、レノア！　ちょっと組み手してみようか？」

「……組み手？」

「そう、身体強化ありで。魔力の操作のコツとか教えられたらレノアも助かるかなって……」

「……よろしいのですか？」

「いいよ、いいよ。ここ十分広いし、ちょっと軽く合わせるだけでもやってみようよ」

「はぁ……」

私が立ち上がってレノアを誘うとレノアは釈然としないまま、席を立って私と向き合う。

「じゃあ、レノアからどうぞ。私は受けに回るから」

「……しかし、怪我《けが》などさせた場合は責任が」

「あぁ、それは大丈夫。――絶対に当たらないから」

敢えてレノアの懸念を打ち消すように挑発的に言う。するとレノアはぴくりと眉を上げた。それ

から無言で構えを取る

「合図はなくていいよ。いつでもどうぞ」

「……構えないのですか？」

「いつでもどうぞ?」

私が棒立ちになっているのにレノアは眉を寄せて私を睨む。じりじりと距離を測っていたレノアだけど、意を決したように強く踏み込んで私に向かって来る。

踏み込みも良いし、速い。下手に避けようとして、当たり所が悪ければ骨を折るかもしれない。

「――でも、見え見えだね」

「えっ」

レノアが押し出すように突き出した手を紙一重で避けて、そのまま腕を摑《つか》む。

勢いは殺さぬまま手を引いて、足払いをかけて宙に浮かせる。体勢が不安定になったレノアの制服を摑んで、そのまま崩すようにして地面に押さえつける。

この間、瞬き程の時間しか経《た》っていない。私はレノアを組み伏せて、彼女の首に手をかける。レノアは首を押さえられ、何が起きたかわからないと言った様子で目を白黒とさせていた。

「はい、終わり」

「……何、が」

「身体強化の爆発力は凄いね。だけど、爆発させるための前動作がわかりやすいから動きの予測が立てられる。身体が追いつくなら、後はタイミングに合わせて貴方の爆発のタイミングをズラして、崩して、押さえ付けて終わり。今、これで私が首を折ったら貴方が抵抗する前に終わり」

レノアの首に少しだけ力を込めると、レノアがびくりと身体を震わせた。それを確認してから私はレノアを解放し、起き上がらせて制服についた汚れを払う。

「力を爆発させるなら、もっと短い時間で溜《た》めて、最小の動作で力を無駄にしない。だから程良い脱力は大事。不要な力は身体を硬くして動作をわかりやすくさせる。だから全身を解《ほぐ》すように身体強化を行うのがいいよ。……油断してたなら、もう一回やる？」

「……いえ。私では、貴方に何度やっても勝てないでしょう。止めておきます」

レノアは力なく首を左右に振ってそう言った。声に力がなくて、もしかして落ち込ませてしまったかもしれない、と思った瞬間だった。

レノアが私の両手を包むように持ち上げながら私に顔を寄せてきた。その瞳には眩《まばゆ》いまでの光が宿っていて、それが私に一心に向けられていた。

「カテナ様、私を弟子にしてください！」

「へっ？」

「どうか、貴方の技を身につけたいのです……！」

「いや、弟子とか取ってないし、教えるなら普通に教えるけれど？」

「本当ですか!?」

「う、うん。だから普通に接してくれていいよ……？」

「はいっ！」

レノアは私に尊敬の念を込めたキラキラした視線を向けてくる。そんな視線を向けられたことがあまりないので、どうすれば良いのかわからずオロオロしてしまう。

すると、何やら不満げな表情を浮かべたリルヒルテ様に服の裾を引かれてしまった。

「……レノアばかりずるいのではないですか？　カテナさん、次は私と組み手を」

「……いや、あの、リルヒルテ様？」

「私だってカテナさんと手合わせしてみたかったのに！　レノアが先に取っちゃうなんてズルいわ！　さぁ、カテナさん！」

「さぁ！　じゃありませんけど!?　えぇい、どうしてこうなったの!?」

第九章　刀匠令嬢、学院で日常を謳歌する

——夢を見ていた。それは実家にいた頃、ミニリル様の修行を受けていた時の記憶。

『目だ』

『……目ですか？』

『貴様は身体《からだ》そのものはしっかりしている。鍛冶のために鍛えていた身体に、体力をつけるためにダンスを多く取り入れていた。動くための基礎自体は出来上がっている。しかし貴様は達人ではない。何故《なぜ》、自分を達人ではないと思う？』

『……剣士じゃないから？』

『それはそうだが。もっと言えば、適切な力の使い方を知らないからだ。その感覚を身体に経験させて覚え込ませる必要がある』

ミニリル様はそう言って、私の鼻先に木剣を突きつけた。

『刀は鋭いが、無闇に扱えばなまくらに成り下がる。どのように刃を立てるのか、それはお前自身が常に最適な動きを判断しなければならない』

『それは、そうですね』

『だから目だ。人の判断の多くは目に頼っている。まずは見ろ。そして避けろ。無闇に武器を振る

な。無駄を削《そ》ぎ落とせ。貴様が鉄を打つのと変わらない。己の無駄を削ぎ落とすのが鍛練だ』

『だから木剣を切り落とせっていう条件なんですね……』

『そうだ。我の動きを見極め、目的を達するための最短距離を見出《みいだ》す。無駄な動きは力を分散させる、それは美しくあるまい』

『……はぁ』

『そして、お前が木剣を切り落とした暁には――』

『ご褒美ですか!?』

『――今度は、その目をも封じて同じことをして貰《もら》おう』

＊＊＊

「アァアアア――ッ!?　折れる、死んじゃう、泣いちゃうッ！　もう止《や》め……！　はっ……!?　はぁ……っ……はぁ……っ……?……ゆ、夢……?」

ベッドから飛び起きた私は全身汗だくになりながら息を整える。ついつい昨日、リルヒルテ様とレノアに私の鍛練方法を教えていたからだろうか。

そして、何故か朝練まで約束させられてしまった。いや、嫌ではないから別に良いんだけど。

「何故、悲鳴を上げているのだ？　貴様は」

　すると、日本刀から実体化して姿を見せたミニリル様が呆《あき》れたように言ってきた。

「出たな、諸悪の根源」

「は？　時間に寝過ごすようだったら起こせと言ったのは貴様だろうが？」

「悪夢の原因ーッ！」

「知らぬ。それより、さっさと支度をしたらどうだ？」

「うぅ……わかってますぅ……」

　私はベッドから起きて、まずは寝間着を脱ぐ。汗をかいたせいでとても気持ち悪いので、水魔法を発動させて全身に水球を走らせて汗を落としていく。

　汗を落とした水を一箇所に集めて圧縮して小さな水球へと変化させる。それを炎の魔法で熱して蒸発させる。よし、これでようやくスッキリした。

　濡《ぬ》れた髪は炎の魔法と風の魔法を操作して、ドライヤーのように乾かす。後は身支度を整えれば朝練の準備は完了だ。

「……無駄に凄《すご》い技術とはお前のための言葉だな」

「馬鹿にしてます!?」

「呆れてはいるな。だが清潔さを保つ心がけは良いと思うぞ」

「私が身綺麗《みぎれい》にしてても誰の目を惹《ひ》く訳でもないですけどね」

「それは自己評価が低いだけだ。我はお前のことは愛《う》い奴《やつ》だと思って愛《め》でているぞ」

「へっ？」

言うだけ言ってミニリル様は姿を消してしまった。……暫《しばら》く呆《ほう》けてしまったけれど、とりあえず忘れることにした。

あの女神様はたまにこうやって好意らしきものを向けてくる。毎回、不意打ち気味に来るから心構えが出来ない。

「……よし！　鍛練に行こう！」

余計なことを考えないためにはそれが一番！　そうして私は勢い良く部屋を飛び出すのだった。

＊　＊　＊

「おはようございます、カテナさん」

「おはようございます。レノアもおはよう」

「改めて今日からお世話になります。カテナ様」

「いや、ちょっとコツとか教えるだけだから……」

昨日から態度が敬服するようになってしまったレノアに苦笑しつつ、目をキラキラさせているリルヒルテ様から目を逸《そ》らす。

昨日、リルヒルテ様から聞いた話を思い出す。代々、騎士として重い役につく家に生まれた彼女は昔から武芸には慣れ親しんでいた。王女殿下たちの遊び相手も務め、将来は近衛《このえ》騎士になるという目標を決めてから夢に向かって邁進《まいしん》していたとか。

経緯を聞けば私も共感出来る話だ。私にとっての鍛冶がリルヒルテ様にとっては武芸なんだろう。しかし、最近は男女の差を感じる機会が多く、密《ひそ》かに悩んでいた。

だから自分が使う武器の候補として日本刀に目をつけたらしい。そこに何の偶然か、ラッセル様から私の面倒を見てくれと頼まれたことで縁が結ばれた訳だ。

ともあれ、リルヒルテ様もレノアも強くなることに貪欲だ。けれど今のままでは殻を破れないことを予感していて思い悩んでいた。ある意味では私との出会いは運命的であるとさえ言える。

「えーと、昨日、私の鍛錬方法は軽く教えたと思うんですけど、改めておさらいします。これからやることは〝無駄なこと〟です」

例えば、身体強化。この効果が最大に発揮されるのを百だとする。

私がこれから二人に教えるのは、この百を瞬間的に出す力を常に十の力まで加減しながら使い続けるということだ。

「十の効果の身体強化の使い方を覚えても、はっきり言って無駄です。百の効果の身体強化の前にはあっさり負けるでしょう。だから無駄だと言うんですが、この無駄を知ることが重要です」

無駄を知る。それがこの訓練方法の一番の目的だ。

身体強化は身体を強化することに意識を割かないといけない。瞬間的になら特に考えなくても良いけれど、持続すると事情が異なる。

力を一定に保つことを意識しながら持続させる。言うだけなら簡単だけど実行するのは難しい。何せ、持続させるというのは〝維持する力〟も別に求められることだ。これが慣れるまで精神力を削る。

「最初は時間を決めて、呼吸することに合わせて身体強化を使うと良いです。そして、呼吸に合わせて身体強化が維持出来るようになったら日常生活に応用です」

「つまり身体強化の力を絞り、その維持を無意識に出来るようにするということですね？」

「はい。なので〝無駄〟なんですよ。敢《あ》えて負荷をかけることで、負荷をかけた動きを身体に覚えさせます。その中から最も労力が少ない動きを身につけ、身体の動かし方を最適化させます。これればかりは個人個人によるので、もう慣れろとしか言いようがないです」

あくまで共通する例えでイメージは伝えたけれど、そのイメージと身体は個人個人で違う。身長や魔法の適性、様々な条件で共通出来るものがない。あくまで手段として統一は出来るけれど、その手段を自分に馴染《なじ》ませるかはその人次第だ。

「身体強化の強弱が自由につけられるようになったら、それをフェイントとして扱うことも出来ます。動きを読みづらくするので」

「なるほど……」

「あと、副産物として魔力の操作を磨けばこんな一発芸も出来るようになりますよ」

そう言いながら私は〝お手玉〟を披露してみせた。ファイアボール、ウォーターボール、ウィンドボール、ロックボールを同時に展開し、それを手で触れるように調節しつつ、展開を維持しながらくるくると回す。

「は？……いやいや。……は？」

「えぇ……？」

レノアは意味がわからない、と言うように瞬きをして目を何度も擦《こす》っている。

リルヒルテ様に至っては顔が引き攣《つ》っている。足も一歩、後ろに引いているのが彼女のドン引き具合を示していた。

「まぁ、ここまでやれって話ではないですけど……皆から真似《まね》させるな、真似出来ないって言われるので」

「……真似するのに気の遠くなりそうな努力は必要でしょうね」

「私は一生無理だと思います……」

リルヒルテ様が気を取り直したように軽く咳払《せきばら》いをしてから言うけれど、レノアはなんだか落ち込んでしまった。いや、本当真似出来なくても困らない技術だから……。

「……ここまで精密な制御が出来て魔法が不得手なんですか？」

「これは手元にあるから維持出来てるだけで、これを手元から飛ばすとなると……」

例えば、火炎放射器みたいに使うようなことは出来てもそれは力任せの垂れ流しでしかないので消費する魔力に見合わない。

こればかりはミニリル様から〝絶望的に才能がない〟って言われてるので、潔く諦めている。

「それじゃあ、最初は私が二人の身体強化にブレがないか見張ってるんで。それが慣れてきたら、維持したまま組み手とか手合わせですね」

「これが出来たらカテナさんと手合わせが出来るんですね!?」

この人、将来強い人を見たら挑みかかっていくようなバトルジャンキーになったりしないよね？　大丈夫だよね？　私より強い人に会いに行くとか言い出さない？

思わずレノアに視線を向けてしまったけど、思いっきり目を逸らされてしまった。ねぇ、ちょっと、なんとか言ってよレノア！

＊　＊　＊

リルヒルテ様とレノアとの鍛練は朝と放課後に行っていた。二人とも身体強化にまだ揺らぎはあるけれど、身体強化を維持することには慣れてきた。

組み手をしながら身体強化の出力がブレたところから矯正するように強めに叩《たた》いて報《しら》せる。まるで鉄のように鍛えられてるみたいだ、とレノアに言われて自分でも納得した。

そう思えば二人に教えるのにもなんだか抵抗がなくなってきた。もっと無駄なく洗練させるために動きを矯正していくのは案外、楽しいのかもしれない。

そんな日々に慣れてきたある日のこと、授業が終わったのを見計らったように声をかけられた。

「アイアンウィル男爵令嬢、ちょっと良いかしら？」

「はい？」

声の方へと振り返ってみると、そこには数人の女子生徒が私を睨《にら》むような鋭い目をしながら立っていた。

……うわぁ、なんだか剣呑《けんのん》な感じがして私は困惑してしまう。一体、何事？

「あの、何か御用でしょうか？」

「最近、リルヒルテ様とよくご一緒にいらっしゃるようですね？」

「え、えぇ……」

「……そのリルヒルテ様の従者も含めて鍛練をなさっているとか。貴方《あなた》はご自身の立場というものを弁《わきま》えておられないのでしょうか？」

「……申し訳ありません。何を仰《おっしゃ》りたいのでしょうか？」

「まぁ！　これだから田舎者の成り上がり貴族は困りますわ！」

大袈裟《おおげさ》なまでに驚いた様子を見せた令嬢に同調するように他の生徒たちもクスクスと笑い始める。

絵に描いたようないびり方だ。実際にいるものなんだな、と逆に感心してしまう。

「本来であれば、リルヒルテ様は貴方のような方に時間をお使いになられる方ではありませんのよ？　身の程というのを弁えては如何《いかが》でしょうか？」

忌々しそうに睨み付けながら言われると、なんだかなぁ、という表情になってしまう。

そもそもリルヒルテ様が私に目をかけてくれてる理由は公には言えないものだし、鍛練はリルヒルテ様が望んでいるものだし……。

ただ、そんな事情を私が言ったところで彼女たちが納得してくれるかと言えば、多分納得してくれないと思う。ここはとりあえず頷《うなず》いておいて、リルヒルテ様に伝えておいた方が良いかな……？

「――そこで何をしている」

そこに予想外の声が聞こえてきた。ギョッとしながら声が聞こえてきた方向を見ると、ベリアス殿下が立っていた。

普段は連れている人たちは傍《そば》にいないのか、今はベリアス殿下一人だ。まるで睥睨《へいげい》するように私たちを見つめている姿には威圧感がある。

「べ、ベリアス殿下……その、これは」

「……下らぬことで道を塞ぐな。身の程を弁えろと叱責するならば、上の立場である貴様も相応の振る舞いをしなければ道理が合わんだろう。この女がリルヒルテと付き合う価値もないというならリルヒルテに直接言えば良い。誰と付き合うのか決めるのはリルヒルテだ、ガードナー侯爵家の令嬢が望めば身分が低いこの女が拒める訳がないこともわからんのか？」

「そ、それは……」

「散れ。目障りだ」

ベリアス殿下の一声で、女子生徒たちは蜘蛛《くも》の子を散らすようにそそくさと立ち去っていく。

呆然《ぼうぜん》と見送っていると、私とベリアス殿下だけが残されたことに気付いてしまった。

「……あの」

「リルヒルテは王女と関係が近い、その旨《うま》みから繋《つな》がりを深めたい貴族は多い。迂闊《うかつ》に目立てば今のような輩《やから》が湧く。……お前にどうにかしろと言われても無理だろうな。一応、リルヒルテに報告しておけ」

「……何で庇《かば》ったんですか？」

ベリアス殿下の顔を見つめながら私は問いかける。ベリアス殿下は表情を一切動かすことなく、視線も合わせない。

「庇ったつもりはない。アレが目障りだっただけだ」

「……そうですか」

「何事もなく平穏に過ごしたいなら貴様も謹め。貴様に注目が集まるのは俺も望まん」

「はぁ？」

「……ラッセルから嫌という程聞かされた。貴様が目立たず平穏に生きたいという話はな」

心底面倒だと表情で言いながらベリアス殿下が私に目線を向けた。やっぱり私への敵意がある。

もっと正確に言えば敵意の他にも様々な感情が混ざり合った複雑なものだった。

けれど、だからこそ次に続いたベリアス殿下の言葉に目を瞬きさせてしまった。

「二年前は俺が見誤った。……謝罪する」

「……へ？」

「だが、俺はお前の存在が気に食わん。目立ちたくないというなら、それで良い。俺も出来る限り貴様など視界に入れたくはないからな」

「……普通、謝ってすぐ喧嘩《けんか》売ってきます？　そもそも、なんでそんなに私を嫌うんです？」

「貴様個人はどうでも良い。だが、貴様の存在は疎ましい。それだけだ」

「……いや、同じじゃないんですか？　それ」

「ならば言い換えよう。俺は、俺より価値ある〝神子《みこ》〟である貴様が邪魔だ」

「……邪魔？」

「俺は正室の唯一の王子だ。俺は誰よりも特別でなければならない。誰よりも、何よりも。お前は存在しているだけで俺を脅かす。疎ましく思わずしてどうしろと言う？」

「……嫉妬ですか？」

「あぁ、そうだな。疎ましい程に妬ましく、憎らしいよ。貴様という存在そのものがな」

私を睨み付けるベリアス殿下の瞳に宿る光、それが燃ゆる炎のように揺らめいている。

「……なのに貴様が望むのはただの平穏とはな。はっ、まったくもって気に入らん。なら、そのまま永遠に燻《くすぶ》っていてくれ」

それは真《ま》っ直《す》ぐすぎる負の感情だった。私が疎ましいことを隠さず、ベリアス殿下は私を見つめている。

それは間違いなく悪意だ。けれど、何故だろう。胸はざわつかない。ただ、どうしようもない孤独をベリアス殿下から感じた。

だからこそ理解してしまう。この人は、俺様になるぐらい我が強くて、それを自覚しているのに曲げないで……孤独になることを良しとしたんだ。

「……私は、貴方の邪魔をするつもりなんて毛頭ありませんよ」

「だが、世界はお前を放っておかない。……俺は、貴様を認めない。俺の前に立つ日が来るなら喜んで雌雄を決することを望むだろう」

「そんなことに何の意味があるんですか？」

「貴様は特別であることを誇らず、望まないのだろう？　なら、理解出来ないだろうさ。それとも理解したいとでも言うのか？」

何故、ここまでベリアス殿下が私を嫌っているのか。その理由は気になる。でも、知りたいだとか、理解したいのかと言われると違うような気がする。

お互い、歩み寄ることを求めていない。私たちは互いに疎ましくなる程に噛《か》み合わない。それでいてお互いの立ち位置を正確に測っていないと、私たちはお互いの姿を見ることは出来ないような気がした。

あぁ、そうか。しっくり来た。特別であることに固執する彼は、その特別から背を向けたい私とは対極にいるんだ。今まで不鮮明だった彼と改めて向き合ったことでようやく理解出来た。

「わかり合えそうにないですね、私たち」

「そこだけは同意してやる」

逆に言えば、そこだけしか同意出来るものがない。

お互いに疎ましく感じているのは、個人の在り方がどうかじゃない。互いの存在そのものが同じ極の磁石のように反発するしかないんだ。

特別であることを誰よりも望み、尊ぶベリアス殿下と。特別を手放せるならそれでいいと思っている私。でも、お互いに特別であることを手放せないのも一緒で。

でも、だからこそ気になってしまう。どうしてベリアス殿下がそこまで特別であることに拘《こだわ》るのか。その最後のピースがあれば、きっと私たちの関係はもっと鮮明になるだろう。

「……ベリアス殿下は、何故そうも特別に拘るのですか？」

わざわざ特別になろうとしなくても、彼は十分特別なのに。

「――俺が俺である意味だからだ。特別でない俺など、俺ではない」

それはまるで、特別以外のものを全て切り捨ててしまっているかのようだ。

特別であろうと何も手放したくないから特別であることを受け入れた私と。

特別であろうとするために特別以外のものを手放しているようなベリアス殿下。

あぁ、お互い気に入らなくもなると納得した。でも知らずに反発するのと、知るからこそ反発するのとでは心持ちが違う。

「……私も、貴方とぶつかる時が来るなら遠慮なくぶっ飛ばしますよ」

私だって、この王子様が気に入らないのだから。

そう言うとベリアス殿下は不敵に笑った。少しだけ肩の力を抜いて、良かったとでも言うように。

「あぁ、それでいい。これでお互い、不用意に関わり合わなくて済む」

「そうですね。是非ともこのまま放っておいてください」

「俺の前に立ってくれるなよ、カテナ」

「そっくりそのまま返しますよ、殿下」

そう言って、私たちはお互いに背を向け合って歩いて行く。それが私たちの関係に相応《ふさわ》しい在り方だと思えた。

第十章　――刀匠令嬢、見学授業に向かう――

　ベリアス殿下と会話した後の放課後、私はリルヒルテ様とレノアに先程の出来事を報告した。するとリルヒルテ様が悩ましそうに顔を歪《ゆが》ませて、額に手を添えた。

「……そんなことが。申し訳ありません、私の責任ですね。ご迷惑をおかけしてしまいました」

「そんな、リルヒルテ様が謝ることじゃないですから……」

「いいえ、自分の立場と影響力を軽んじた結果です。カテナさんとの鍛練が楽しくて役割を忘れていました。今度からそちらにも力を入れたいと思います」

　悔恨極まると言わんばかりの表情を浮かべてリルヒルテ様は強く言い切った。これぱかりは私が何の力にもなれないことなので、申し訳なく思うことしか出来ない。

「ですが、ベリアス殿下から話しかけて頂いたのですよね？　険悪だとは聞いていたので、なるべく私も傍《そば》にいるべきかと思ったのですが……」

「いや、険悪なのは変わらないです。お互いにお互いが気に入らないのも。けれど事を荒立てるつもりはないというか……なので、大丈夫だと思いますよ」

「……なんと言いますか、カテナさんは本当に規格外の方なのですね。だからベリアス殿下も気にしてらっしゃるのでしょうか……」

規格外と言われると否定出来ない。実際、神子《みこ》に認定されている訳だし。そう思っているとリルヒルテ様が悩ましげな溜息《ためいき》を吐《つ》いた。

「……ベリアス殿下も、昔はあんな方ではなかったのですが」

「……そうなんです？」

「はい。昔はもっと私や王女様たちに優しくて、良き兄君だったんです。でも、いつからか誰にも心を開かなくなってしまったんです。その分、王子としての務めや教育には力を入れるようになったのです。王子としての自覚が出たのだ、という方もいますが、私にはそうは思えないのです」

あのベリアス殿下が良い兄をしていた？　いまいち今の印象と結びつかなくて首を傾《かし》げてしまう。

すると、私の様子を見たリルヒルテ様が寂しげに笑みを浮かべたことに気付いた。

「無理もありません。今のベリアス殿下を見れば、良き兄であったなんて信じられないですよね。でも、本当に良い兄だったんです」

「……いつから変わってしまったんですか？　何かキッカケとか……」

「五年程前ですね。キッカケといっても、特にこれといって心当たりはないのです。その頃から王女様たちの所にも尋ねてこられなくなって……」

「側室様との関係は？」

「特に悪い訳でもないかと……正直、ラッセル様でも理由を把握しかねてるので、どうしてベリアス殿下が心を閉ざしてしまったのかはわからないのです」

特に周囲はキッカケとなるような出来事があったとは思えなくて、原因があったのだとしてもベリアス殿下以外にはわからない、か。

「……やっぱり理解出来ないなぁ」

ベリアス殿下がやってることは私とは真逆と言っても良い。私は自分が特別な存在だとしても特別であることに価値を見出《みいだ》していない。

でも、ベリアス殿下は特別であることにこそ価値を見出している。私と逆の考え方をしているとするなら、特別であるために普通であることを捨てたのがベリアス殿下だ。だからこそ思うことだってある。

「……捨てていいものじゃないでしょ」

ラッセル様も、リルヒルテ様だってベリアス殿下を疎ましく思っている訳じゃない。むしろ心配をして、言葉が届かないことに心を痛めている。

あの俺様殿下が何を思ってそこまで頑《かたく》なになっているのか知らないけれど、気に入らない以外の言葉が浮かばない。でも気に入らないと思うのと同じぐらい、きっとそこまでしなければいけない理由があるんだろうとも思う。はぁ、面倒臭い。ベリアス殿下が関わるとそれしか言葉が出て来なくなる。

「あの調子でしたらベリアス殿下が私に何かしてくるってことはないと思いますから、リルヒルテ様は自分のことを優先してください」

「……申し訳ありません。では、今度から毎日ではなくてお互い日を決めてということで。あと、カテナさんも私たちのお茶会に参加するのも良いと思うのですが？」

「あー、まぁ、それは追々ということで……」

リルヒルテ様とは個人としてはお付き合いしても良いと思っているけれど、そこまで行くと派閥だとか面倒な話になりそうなので断りたい。

それはリルヒルテ様も察してくれたのか、笑って話を流してくれた。それから私たちは別の話題で盛り上がりながら解散するのだった。

＊＊＊

法政科の授業の中には、領地を見学してその実態を調査する授業がある。

毎年、領地が幾つか選ばれて学生たちが見学するため、事前に調査が入る。これも不正を防ぐための一環であり、学生たちの参考にもなるので一石二鳥なのだとか。

法政科の生徒の他にも騎士科や魔導科の生徒が護衛として同行している。

護衛としての同行は希望者だけとされているけど、よほどのことがなければ経験を積んだり単位欲しさに皆、参加している。

「……で、わざわざ私の護衛として付いて来たんですか、二人とも」

「えへっ」

この授業、予《あらかじ》めパートナーを指定していて合意を貰《もら》えれば組を組むことが出来る。

なので、何故《なぜ》か私の護衛としてリルヒルテ様とレノアが付いて来た。いや、本来だったら身分的に立場が逆なんじゃないかと思うんだけど。

「別にガードナー侯爵家に生まれたことを嫌だと思ったことはありませんが、時には身分や立場を忘れて一介の騎士を夢見る乙女として振る舞いたい時があるのです」

「だからって私の護衛を指定する必要はないじゃないですか。というか、私は直前に聞いたんですけど？」

「そこはお嬢様がラッセル様に協力をお願いしました」

「ラッセル様……」

これ、私たちが組んでいた方が良いっていう判断なんだろうなぁ。私の護衛という名目でリルヒルテ様が付いて来るなら、もし仮に何かが起こった時には私がリルヒルテ様を守ることが出来る。

一方で、一応はベリアス殿下とは相互不干渉を決めたとは言っても何が起きるかわからないので、王家に近しい関係者の目を置いておきたいという思惑もあるんだと思う。

「はぁ、深く考えないようにしておこう……それで今回の見学先については聞いてますよね？」

「ヘイムパーラ伯爵領にあるマイアですね。流通の拠点の一つとも言われて、栄えている街の一つとして数えられています」

マイアという都市はリルヒルテ様が言うように流通の拠点の一つだ。武器も食料も必要としている人に届かなければ無用の長物、だから届ける人もまた重要だ。

それだけでも見学の対象になるマイアだけど、選ばれた理由はもう一つある。

「マイアは昔から魔物の襲撃も多く、それを退け続けてきた堅牢《けんろう》な都市でもあります。この都市がどのように維持されているのか、それを見るのも大事なことですね」

人類の忌むべき天敵、魔族。その魔族によって生み出された魔物はいつだって世界を脅かしている。魔物の厄介なところは、発生が神出鬼没であることだ。何の前触れもなく魔物が出現し、小さな村が潰されるなんてこともある。今日に至るまで魔物の出現条件となるような手がかりは何一つ摑《つか》めていない。

マイアは頻繁に魔物の襲撃が起きる都市なので、魔物出現の法則を探る手がかりになるかもしれないと言われている訳だ。

そんな思惑から予算もかけられ、マイアは華やかでありながら堅牢な都市となった。

「私も父様に連れられて子供の頃に連れてきて貰ったことがあるんです。だから少しなら道案内が出来るかと思いますわ」

リルヒルテ様はそう言って、楽しそうに笑みを零《こぼ》す。

あまり浮ついていたら怒られるんだろうけども、ちょっとした旅行みたいなものだ。少しばかり楽しんでも罰は当たらないだろう、と思うのだった。

＊＊＊

「……うわぁ、凄《すご》い賑《にぎ》わい」

マイアの市場は王都よりも賑わっているんじゃないかと思う程に人と物が溢《あふ》れていた。その光景に圧倒されていると、リルヒルテ様がクスクスと笑った。

「凄いですよね。流通の拠点となる街はそれぞれ競うように盛り立てていますが、その中で最も勢いがあるのがマイアだと言われています」

「へぇ……最も勢いのある商いの街か。それなら街が賑やかになるのも当然だね」

レノアの説明に感心していると、リルヒルテ様が意気揚々と声を上げた。

「さぁ、折角の自由時間ですので参りましょう。カテナさん、レノア」

「……絶対それが目当てで付いて来ましたよね？　リルヒルテ様」

ぺろ、と可愛《かわい》らしく舌を出すリルヒルテ様に溜息を吐いてしまう。思わずレイアを見ると、レノアも眉を寄せて溜息を吐いていた。お互い顔を見合わせて苦笑してしまう。

見学授業は領主などから話を聞いたり、街のシンボルや産業を見学する時間とは別に自由行動が認められている。護衛につく騎士科や魔導科の生徒はお忍びを想定した実践でもあり、これを目当てに付いて来る人もいるとか。

「普段は護衛される側ですからね。ですが、将来を思えば経験は積んでこそだと思うのです」

「建前はそういうことにしておきましょう」

「カテナ様、どこか興味がある場所はありますか？」

「そうだね……街全体を巡ってみるのが良いかな。特にここって所はないし、雰囲気が知りたい」

「畏《かしこ》まりました」

「では案内は私とレノアにお任せください、カテナさん」

上機嫌なリルヒルテ様といつもの調子のレノアに挟まれながら、私はマイアの街へと繰り出した。

目に飛び込んでくる商品は目まぐるしく変わっていく。食料からアクセサリー、国外からの輸入品も扱っている店もあれば、道行く人たちを楽しませようと芸を披露する者たちもいる。

「あっ、カテナさん。武器屋がありますよ。覗《のぞ》いてみませんか？」

「別に構いませんけど……」

「むしろお嬢様が行きたいだけですよね。……護衛とは？」

「あー、あー、聞こえませんっ。さぁ、行きましょう！」

武器屋を見つけると目を輝かせ始めたリルヒルテ様、そんな彼女にレノアは深々と溜息を吐く。

中へと入ると、女子三人で入って来た私たちにじろりと店の男性が視線を向けて来た。けれど私たちの制服と下げている武器を見て何も言うことはなかった。

「見てください！　カテナさん！　こちら、アイアンウィル領の工房で作られた大剣ですよ！」

「え？　あ、本当ですね」

アイアンウィル領の工房で作られた武器はブランド品のような扱いになっている。棚に並べた際にわかりやすいように工房印のプレートが掲げられていた。

こうして自分の領の特産品が離れた街でも販売されているのを見ると、なんだか不思議な心持ちになってしまう。

「……カテナ？　もしかして、お嬢さんはアイアンウィルの？」

「えっ？　あ、はい」

私たちの会話が聞こえていたのか、恐らくは店主だと思われる男性が声をかけてきた。

「そうか。……その腰の曲剣は新型かい？」

「えっと、そうですね」

「珍しい形状だな。流通の予定はあるのか？」

「えっと、まだ検討中です。……どうでしょうか、需要はありそうですか？」

「見てみないとわからん。ただ、新型と言われれば確認しておきたいな。良ければ見せて貰えんか？」

なんかこのパターン、慣れてきたなぁ。私は了承して剣帯から日本刀を鞘《さや》ごと外して店主へと手渡す。店主は鞘から日本刀を抜いて、刀身をじっくりと眺めている。

「……切断力重視の新型か。刀身は細めだが、こいつは普通の作りじゃねぇな」

「わかるんですか？」

「加工の仕方が見たことがねぇな。何をどうやったらこうなるのか……かなり手間暇かけて作ったんじゃねぇのか？」

「えぇ、加工の手間はかなりかかっています。素材からやってますので……」

「なるほど。流通されるとしても値段がつきそうだな」

店主が鞘に日本刀を戻して返してくれる。それを受け取って剣帯へと戻す。すると物欲しそうな顔をして日本刀を見ているリルヒルテ様に気付いた。

「……やはり流通しないんですか？」

「……検討中ですから」

「残念です。……予約は出来ますか？」

「お嬢様」

レノアに窘《たしな》められて、渋々といった様子でリルヒルテ様が下がった。その様子を見ていた店主が腕を組んで、不敵に笑ってみせた。

「流石《さすが》はアイアンウィルだな、武器にかけては一流と名高いだけはある」

「そこまで言って頂けると誇らしいです」

「武器ってのは人の命に関わるものだ。出来が良ければそれだけで良い。だから皆、アイアンウィルの工房の武器を信頼して買うのさ」

それはかつて親方から教えられたこととよく似た言葉だった。その言葉が遠く離れた別の街でも聞けたことが嬉《うれ》しくて、私は笑みが浮かぶのが抑えられなかった。

武器屋を後にして、街を歩きながら私は思う。こういう自分の知る働きが誰かに喜んで貰えるのは良いことだな、って。

(いつか日本刀が流通されるようになったら、日本刀があって良かったって喜んで貰えるのかな)

そんな未来を想像してみたら、案外悪くないような気がしてきた。私はただ日本刀を作りたいだけだけど、それが誰かのためになるのだったら少しぐらい頑張っても良いのかもしれない。

そんなことを思いながら私はリルヒルテ様とレノアと一緒に街を歩いていくのだった。

＊＊＊

日も沈み、予約していた宿に戻ってきて私たちは部屋で休んでいた。

私の護衛をしているという名目なので、リルヒルテ様とレノアも同じ部屋だ。

夜も深まり、良い時間になっていた。窓を見れば満月が浮かんでいるのが見えた。

「もうこんな時間ですね。そろそろ就寝しませんと」

つい今日の授業について話が盛り上がってしまっていたけれど、リルヒルテ様が言うように就寝時間が迫っていた。明日の予定もあるのだから、今日はもう寝ないと。

——そう思った時だった。遠くから甲高く鐘を打ち鳴らす音が聞こえてきたのは。

その鐘の音を聞いた瞬間、就寝の準備をしようとしていた私たちは揃《そろ》って身支度を整えて武器を腰に差した。私たちはこの鐘の音が何を意味するのか知っていた。

これは——魔物の襲撃を報《しら》せる鐘の音だ。

「マイアは魔物の襲撃が多いとは聞いていましたが、まさかここで重なりましたか……！」

レノアが焦燥を表情に浮かべながら呟《つぶや》く。リルヒルテ様も引き締めた表情を浮かべているけれど、緊張を隠しきれていない。

「……恐らくは避難することになるでしょうね。現地の騎士団や傭兵《ようへい》たちが上手《うま》く退けてくれると良いのですが」

リルヒルテ様が呟き終わるのと同時に部屋の扉が勢い良くノックされた。

「カテナさん、リルヒルテ、レノア、起きていますか!?」

「ラッセル様？」

「起きていましたか、良かったです！　既に察していると思いますが、マイア郊外で魔物の群れが確認されたそうです。大事を取って避難を行いますので、ロビーに集まってください！」

「わかりました！　すぐに向かいます！」

私の返事を聞いたラッセル様の気配がすぐ遠ざかっていくのを感じる。次の生徒へ報せるために駆け回っているんだろう。

「行きましょう、リルヒルテ様、レノア」

まさかのタイミングで巻き込まれるなんて運が悪い。後は、このまま何も起きなければ良いんだけど。なんだか嫌な予感が拭いきれず、私は日本刀の柄《つか》に手を這《は》わせた。

＊＊＊

「皆さん！　落ち着いて避難してください！　焦らず！　既にマイアの騎士団が対応に向かっています！　街の中は安全です！　誘導に従って！」

ロビーに集まった学院の生徒たちは、ラッセル様をはじめとした引率の教師の指示を受けて避難を始める。途中で街の住民たちも合わさって避難が始まり、誰もが不安そうな顔を浮かべているけれども避難の誘導に問題が起きた様子はなかった。

「お母さん……」

「大丈夫よ、魔物なんかの襲撃ぐらいで騎士団はやられないわ。私たちは邪魔にならないように避難しましょうね？」

「……うん！」

マイアに住んでいる人たちは慣れているのか、不安がる子供を落ち着かせるような余裕が見受けられた。それが逆にマイアが魔物の襲撃に晒《さら》されることが多いことの証明に思える。

学院の生徒たちの反応も様々だ。多くの生徒は不安に顔を曇らせているけれど、何人かはこの状況でも落ち着いた様子を見せて避難の流れに乗っている。

「……大丈夫ですよね？」

「……リルヒルテ様こそ大丈夫ですか？」

「魔物の襲撃に立ち会ったのは初めてではありませんから。ただ、今までは護衛がいたので、流石に緊張します」

リルヒルテ様は緊張で少し動きが硬い。そんなリルヒルテ様を気遣うようにレノアが彼女の手を取って握り締める。それで少しは不安が和らいだのか、リルヒルテ様の表情が柔らかくなる。

このまま避難をして、騎士たちが魔物を討伐してくれれば日常に戻れる。マイアの人々はそうやって、この非日常を乗り越えてきたのだと思う。

――そんな祈りを裏切るように轟音《ごうおん》が鳴り響いた。

「キャァアアアアアッ!?」

誰かの悲鳴が響き渡り、それと同時に街を囲む城壁から炎が上がる。まるで街を囲むように燃え広がる炎は私たちを城壁の内側へと閉じ込めているかのようだ。

そして、遅れたように街の中から爆音が響き渡った。

本来であれば炎が燃えれば闇を照らす筈《はず》が、その炎色の普通ではなかった。それは仄暗《ほのぐら》い色をした禍々《まがまが》しい焰《ほのお》。肌で感じる程の異質な気配に肌が粟立《あわだ》っていく。

『——カテナ』

「……ミニリル様？」

『気をつけよ。魔族が来ているぞ』

脳内に直接語りかけてくるようなミニリル様の声、そして告げられた内容に息を呑《の》む。

（まさか……魔物で騎士団を陽動された!?）

外で発見された魔物を討伐するために騎士団は出撃した筈。その後に時間を空けて街を囲むようにして炎に包む。これで逃げ場を防ぎつつ、救援を許さないための方策だとすれば？

周囲の悲鳴や怒号がどんどんと大きくなっていく。このような異常事態は流石に体験したことはなかったんだろう。

そんな私たちを嘲笑《あざわら》うように、また別の場所で大きな爆炎が轟音を立てながら上がった。

「——静まれッ!!」

爆音、悲鳴、怒号。そんな不協和音に満ち溢れていた空気を塗り替えたのはベリアス殿下だった。その力強い声に誰もがベリアス殿下を見た。彼は威風堂々と前に進み出て、声を張り上げる。

「マイアの住人たちよ、恐れるな！　この街は幾度も魔物の襲撃を乗り越えてきたのだろう！　ならば信じよ！　今、脅威に立ち向かってくれている我が国の勇士たちを！　そして案ずることはない！　街に迫る脅威には俺が立ち向かう！」

響き渡るベリアス殿下の言葉に私は思わず目を見開いて、彼の顔を凝視してしまった。私が視線を向けたことなど知らぬまま、ベリアス殿下は更に言葉を続ける。

「そして卵と言えど、騎士を志す我が国が誇るブラットフォードの生徒たちもいる！　我が国の民よ！　狼狽《うろた》えるなッ！　顔を上げろ！　前を向けッ！　勇気ある最善こそが命を繋《つな》ぐのだ！　恐れを勇気に変えろ！　ここに俺が！　第一王子、ベリアス・グランアゲートがいる‼」

ベリアス殿下は背に収めていた大剣を抜き放つ。その剣から感じる気配は、神器に準ずるものだ。彼自身が纏《まと》う空気が、恐怖に錯乱しかけていたこの場を収めていく。

そんな中で、焦燥の色を表情に浮かべさせたラッセル様がベリアス殿下に寄っていく。

「ベリアス殿下！」

「ラッセル、お前は引率の教師と生徒への指示を出し、避難所への誘導と防衛を指揮せよ」

「お待ちください！　御身を危険に晒す訳には……！」

「我が校の生徒は将来有望と言えど、卵であることは変わりない。誰かが導かなければならん。それは教師の役目だろう？」

「それは殿下とて同じです！　それなら私が……」

「違う。俺はこの国の王子であり神子だ。この時に戦わずして、いつこの力を振るうと言うのだ？命令に従え、ラッセル」

「ベリアス殿下!!」

「問答の時間はない」

ベリアス殿下はラッセル様に一瞥《いちべつ》もくれずに歩き出す。その途中で私へと声をかけてきた。

「カテナ・アイアンウィル。ここは任せる」

「……ちょっと、何を勝手に」

「貴様が守れ。……魔族が来ているのはお前も察知しているのだろう？」

耳元で声を潜めてベリアス殿下が聞いてくる。神子としての性質なのか、彼も魔族の存在を察知していたらしい。

「お前が出る必要はない。目立つのは嫌なのだろう？　それに後方に憂いがない方がいい。貴様に頼むのは癪《しゃく》ではあるが、な」

「……勝てるの？」

「愚問だ、神子であるならば魔族に打ち勝たなければならん。それだけだ」

「ちょっと！」

言うだけ言って、ベリアス殿下は駆け出してしまった。その背中に手を伸ばして、駆け出そうとして踏み止《とど》まるラッセル様が目に入る。

苦悶《くもん》に歪んだ顔で目を閉じて、何かを堪《こら》え呑み込むようにして息を吐き出す。そして、振り返って声を張り上げた。

「皆さん！　落ち着いて！　まずは避難所へ！　教員一同、生徒への誘導と避難所の防衛のための指揮を執ります！　私は近衛《このえ》騎士団所属及びマクラーレン侯爵家次期当主、ラッセル・マクラーレン！　この場の総指揮は私が執ります！　私の指示に従ってください！」

血を吐くような叫びに、一拍遅れて誰もが慌ただしく動き始める。避難を誘導する者、生徒へと指示を出す教員たち。戸惑いながらも指示に従って武器を手に取って警戒を始める生徒たち。

動き出す状況を見つめるラッセル様は、目元を押さえるように手を伸ばす。

「あの方は勝手です。守られなければならないのは貴方《あなた》ではないのですか、ベリアス殿下……」

ラッセル様は苦渋を呑み込もうとした表情のまま小さく呟く。そのまま指揮を執るため、皆の方へと向かっていくラッセル様の背を思わず見つめてしまう。

「……カテナさん」

不安そうな表情を浮かべたリルヒルテ様が私に声をかけてくる。その隣には同じような表情を浮かべているレノアがいる。

「……リルヒルテ様。まずは避難所へ。そこに辿《たど》り着かないと防衛どころの話ではありません」

「……はい」

「レノアもいいね？」

「わかりました」

私の確認に応じるように二人は頷《うなず》き、避難誘導の流れに乗るために二人の背を押していく。

その際に、私は一度だけベリアス殿下が走って行った先へと視線を向ける。その背中はもう見えない所まで行ってしまったようだ。

『……カテナよ』

「……わかってますよ」

脳裏に囁《ささや》いてくるミニリル様に返事をしつつ、私は呟く。夜空を焼くように禍々しい焔は今もまだ燃え盛っていた。

間章 ― 遥か高みを目指すもの ―

――生まれてきてくれて、ありがとう。私の可愛《かわい》い子。

彼が最初に覚えたのは、事あるごとに母が口にしていた言葉だった。それが彼、ベリアス・グランアゲートの最初の記憶である。

国王である父、イリディアムと、その正妻である母、クリスティアの間に生まれた彼はこの国で一番高貴な身分であり、神々に認められた神子《みこ》の血と力を受け継ぐ選ばれた者だった。

誰もがベリアスのことを讃《たた》えた。待ちわびた待望の一子、この国を導く尊き者だと。その肩書きが彼にとって何よりの誇りとなるのには、そう時間はかからなかった。

彼は幸せな子供だった。手に入らないものなどなにもない、望めば手に入る。力も、地位も、名誉も。そう思っていた。

だからこそベリアスは思う。自分は誰よりもこの地位に相応《ふさわ》しい者でなければならない。この国を統べる王族として、この国の民を守らなければならない義務と責任がある。

そして今、彼が受け継いだ血がもたらす感覚が敵の存在を告げていた。引き寄せられるようにベリアスは駆け抜ける。

「――――ッ！」

その途中で、突如感じた悪寒にベリアスは勢い良く飛び退《すさ》った。瞬間、彼がいた地点が禍々《まがまが》しい炎によって呑《の》み込まれた。

「――ぎゃはははッ！　外した、おいおい、外しちまったなぁ!!」

禍々しい昏《くら》い色の焔《ほのお》を従えるようにして浮かべる赤髪の男。その男の肌の色は褐色と言うには苦しい程、青い肌をしていた。その異質な色は、彼が人間から逸脱した存在であることを告げている。

そして何より瞳だ。黒い眼球に金色の虹彩《こうさい》、これもまた人にはあり得ぬ色だ。紛れもなくこの男が、この街の脅威である魔族だ。

「貴様か、火を放った下手人は」

「あぁ？　それがどうしたよ！」

「いや、その返答で十分だ」

ベリアスは大剣を構え直す。男を睨《にら》み付け、身体《からだ》の奥底から渦巻く魔力が彼の髪を逆立てさせるように浮かせる。正式な神器でないとはいえ、準神器級の大剣。それがベリアスに与えられた力だ。

「〝覚醒《アウェイク》〟」

神器に秘められし力を解放する言霊を告げる。剣の存在感が増し、清浄な空気すら発し始める。

それは周囲の空気を塗り潰そうとするように広がっていき、魔族の男が漂わせる炎を揺らめかせた。

すると、魔族の男は如何《いか》にも不愉快そうに顔を歪《ゆが》めた。身体を掻《か》きむしるように爪を立て、身を仰《の》け反《ぞ》らせる。

「あー？　あーっ!?　あぁーっ!?　ウッ……ゼェエーッ！　テメェ、神子か!?　ウゼェ、ウゼェ、クソウゼェ！　俺の楽しみを邪魔するんじゃねぇよ！　クソが！　死に果てろ！」

「品性の欠片《かけら》もない魔神の信徒めが。己の罪を悔い改め、地に還《かえ》るが良い」

「神に愛《め》でられてるだけの人間如《ごと》きが俺を舐《な》め腐るんじゃねぇッ！」

魔族の男が漂わせていた炎を捏《こ》ねるようにして形を変化させ、炎の槍《やり》をベリアスへと無数に射出する。

ベリアスは炎の槍に対して、大剣を盾にするように構えながら愚直なまでに突進した。

「馬鹿か！　燃え尽きろぉッ!!」

「やってみろ、燃やせるものならばな」

炎の槍が直撃する。炎の槍は大剣によって解けるように拡散させられ、火の粉を散らす。一つ、二つ、三つ、火の粉を散らしながら直進するベリアスの瞳には魔族しか映っていない。

しかし、無傷とは言わない。火の粉は確実に彼の肌を焼いているし、拡散しきれなかった炎の槍の残滓《ざんし》が手足を掠《かす》って煙を上げている。だが、ベリアスは止まらない。それを些事《さじ》だと言わんばかりに踏み込む。

「おぉ、ォォオオ——ッ!!」

一歩の踏み込みを強く、神器を通して取り込んだ大地の魔力を全身に巡らせたベリアスは放たれた矢のように加速した。

急激に加速したベリアスの速度についていけず、魔族の男はベリアスの大剣を無防備に受けた。

「べぶらぁっ!?」

（……斬れんか！）

とても肉とは思えぬ強度、刃が立っても進まない。まるで肉の線維に搦《から》め捕られているかのようだ。これが魔族の厄介な性質である。彼等《ら》は命あるものを歪ませ、生死の境界すらも薄くする。それを己の身にも適用しない筈《はず》がない。

心臓を潰しても、頭を切り落としても魔族は死なない。魔族を殺すには〝核〟を潰すか、魔力が尽きるまで磨《す》り潰すしかない。

「オォォォオ――――ッ!!」

斬れない。その判断を下したベリアスはすぐさま次の行動へと移った。刃を食い込ませたまま、魔族の男ごと大剣を振り回して壁へと叩《たた》き付ける。

壁ごと粉砕するように魔族を叩き付ければ、魔族は壁の残骸と共に沈んでいった。それでもベリアスは油断なく構えを取り直す。

「……いてぇ、いてぇんだよ、クソがぁ――――ッ!!」

爆炎。瓦礫《がれき》を吹き飛ばしながら魔族の男が起き上がる。大剣によって抉《えぐ》られた肉が芽を伸ばすようにしてくっつき傷を塞いでいる姿は、最早《もはや》人の形をしていても決定的に人と異なるものだ。

爆炎を避けるように後ろに飛び退ったベリアスは魔族の男を睨み付けながら息を吐く。

「俺が、このマグラニカ様がぁ！　この街を楽しく焼くために何年コツコツかけてやってきたと思ってるんだ！　魔物を定期的に襲わせて、それを撃退させて慣れさせ！　油断してきた頃に背後から守りたかった街を焼く！　勇敢な戦士たちは、その勇敢さから己の大事なものが焼かれていく様を指を咥《くわ》えて見ることしか出来ない！　この最高のショーを！　邪魔するんじゃねぇ――ッ！」

「……反吐《へど》が出るな。貴様等、魔族というのは世界にこびり付いた不浄そのものだ。それを祓《はら》うのが神子である我らの使命だ！　正しき命の巡りに還れ、魔族ッ！」

「頭が高いんだよぉ、マグラニカ様と呼べぇぇぇ――――ッ!!」

そして、炎を払う剣舞が始まる。

ベリアスは神器を通して吸い上げた大地の魔力を自身の魔力の延長として扱い、一気に身体能力を上げて敵を薙《な》ぎ倒すことを得意とする。反応出来ない速度で突っ込んで、そのまま制圧する。

シンプルであるからこそ、それを磨き上げたベリアスは強かった。その単純な攻撃を必殺にまで昇華させたのは彼自身の努力もあるし、彼にとっては業腹極まることではあるがある一人の少女が〝魔法で鍛冶をする〟などというふざけた真似《まね》をしたというのがキッカケだった。

奴《やつ》に出来て、己に出来ぬ道理はない。常に魔力を巡らせ、溜《た》め込み、圧縮する。その圧縮した魔力を解放することによって圧倒的な力を発揮して相手を粉砕する。

二年という歳月の最中で磨かれた圧縮魔力の解放による爆発的な威力の底上げはベリアスの実力となっていた。

（――しぶ、とい……！）

それでもベリアスの顔に勝利の確信は浮かばない。

マグラニカと名乗った魔族の男は、別に武を極めている訳でもない。放つ炎の洗練も甘い。ただ単純に力が強いだけだ。だが、そこに死を遠ざける再生能力が加わればそれだけで常人には抗《あらが》えぬ暴力と成り果てる。

許されざる強さだ。研ぎ澄ましたような強さではない。ただ自分の鬱憤を晴らすためだけのような稚拙な暴力だ。それがこの国の民を虐げている。誇りもない暴虐にベリアスの心に怒りが灯《とも》る。

そしてベリアスとて、圧縮魔力のストックが心許《こころもと》ない。戦闘中にも作ることが出来るが〝流れ〟が途切れてしまう。

それは相手に反撃の隙を許すということだ。先程まではベリアスを侮っていたのだろうが、今は必死の形相で煩わしい存在を焼き払わんと炎を猛《たけ》らせている。

この暴威を正面から受け止めるのはベリアスとて難しい。だからこそ、ベリアスが取った手段は――それを上回る暴力と成り果てることだった。

「――オラァァアアアア――ッ!!」

溜め込んでいた圧縮魔力を連鎖的に爆発させる。ベリアスが繰り出せる最高速度を維持したままの高速斬撃だ。最早、斬るというより磨り潰す勢いでベリアスは魔族の男へと大剣を叩き付ける。

潰して、叩いて、何度も、何度も、原型など残さぬという程に連撃を叩き付けていく。

「この、調子に、ぐげぇっ、の、ぶ、乗る、なっ、ぎゃばァッ!?」

まるで木偶《でく》人形のように身動きすらも許されず、マグラニカはベリアスの連撃の波の中へと呑まれた。暴風の如き攻撃は、ベリアスが溜めていた最後の圧縮魔力の解放と共に終わりを告げる。

「――平伏《ひれふ》せェッ!!」

切り上げで打ち上げたマグラニカの身体を、返す刃で地面へと叩き付ける。連続で解放した圧縮魔力の喪失感に目眩《めまい》にも似たような感覚がベリアスを襲う。

立ち上がるな、と念じるように倒れたマグラニカを睨む。しかし、まだ終わっていないだろうという予感もあった。故に油断なくベリアスは圧縮魔力を準備していく。

――その背後で、小さな声が聞こえた。

ベリアスが弾《はじ》かれたように振り向くと、そこにはまだ幼い兄弟が震えて座り込んでいた。兄なのだろう、もう片方よりも背が高い少年が自分よりも小さい弟を庇《かば》うように抱き締めている。

(何故《なぜ》ここに子供が、逃げ遅れた、親はどこに、不味《まず》い――)

目まぐるしくベリアスの思考が流れる。同時にベリアスは魔族の気配が揺らめいたのを感じた。マグラニカは、倒れ伏したままその指先を子供たちへと向けていた。睨み上げるようにベリアスを見る彼の顔は、醜悪なまでの愉悦に歪む。

そして、子供たちを呑み込む程の火球が無慈悲にも放たれた。

「兄ちゃぁん！」

「だ、大丈夫だ！　お、俺が！　俺が守るから!!」

――兄上！

現実と追想が、重なった。

爆炎による轟音《ごうおん》が響き渡る。弟を守ろうと必死に抱き締めていた兄は、自分たちが無事なことに気付いて固く閉じていた目を開く。

満月が浮かぶ空、その月光を背にして両手を広げ、自分たちを庇うように爆炎を背に受けたベリアスが目に移った。

「……ぐ、ぁっ」

その背中は、焼け爛《ただ》れていた。膝が震え、今にも崩れ落ちてしまいそうになっている。それでもベリアスは子供たちを庇うように立ち塞がり続けていた。

「……そうだ。兄は、弟を、守る、ものだ。偉いぞ」

ベリアスは激痛で途切れそうな意識を、言葉をゆっくり噛《か》み締めるように繋《つな》ぎ止めながら幼き兄弟へと語りかける。

その目には、慈悲と憧憬の感情が複雑に入り交じっていることを幼い兄弟は理解出来なかった。

「……走れ」

「……ぁ……ぁぁ……」

「──走れッ！　振り向くな！　兄ならば、弟を守れッ！」

恐怖のためか、それともベリアスの言葉で奮い立ったのか。声を大きく張り上げながら兄が弟の手を引くようにして走り出した。その背中をベリアスは見届け、そっと息を吐く。

「ギャハ、ギャハハハハハッ！　最高、最高だぜぇ──ッ！　これだから人間を焼くのは止《や》められねぇ──ッ！　ここでお前は死んだぜ！　あの子供も焼けて死ぬ！　無駄無駄ァッ！　全部無駄だよなぁ！　でも感動的だよなぁ！　だからこそ、踏みにじるのが堪らねぇ快楽だァ──ッ!!」

再生が終わったのか、マグラニカが腹を抱えて笑いながら立ち上がる。

ベリアスはゆっくりと振り返りながら、笑い転げるマグラニカへと告げる。

「……何を笑っている？」

「……アァ？」

「俺は、まだ生きているぞ？　まさか、自分がまだ死なないと思っている訳じゃないだろうな？」

「……おいおい、その怪我《けが》で俺様に勝てると思ってるのか？　立ってるのも限界だろうよ！　膝が笑ってるんだよ!!」

マグラニカがベリアスへと近づいて蹴り飛ばす。反応しきれなかったベリアスが壁に叩き付けられ、ずるずると壁を伝いながら崩れ落ちそうに──ならない。

「……あァッ？」

大剣を支えにはしていても、それでもベリアスはまだ立っていた。その目の戦意は死んでいない。まだ勝利を諦めていないベリアスにマグラニカの神経が逆撫《さかな》でされた。

「人間はな、悲鳴と絶望で俺様を楽しませていれば良いんだ。俺様を苛《いら》つかせるんじゃねぇッ!!」

苛立ち交じりに放たれた炎の槍がベリアスへと迫る。確実に直撃すると思っていたマグラニカは、ベリアスが大剣を振るって炎を掻き消したのに目を見開く。

どう見ても半死人だ。このまま放っておけば手を下すまでもなく弱って死ぬだろう。それでもベリアスは動いている。

「……何なんだ、テメェは……!」

苛立ち交じりに問いかけられた声に、ベリアスは応える。その表情には皮肉めいた笑みが浮かぶ。

「……グランアゲート王国第一王子にして次期国王……ベリアス・グランアゲートだ。どうした？俺様の威光に恐れをなしたか、臆病者？」

「……俺様をォ、侮るんじゃねェ――ッ!!」

戦いはまだ止まらない。マグラニカへと挑みかかりながらも、ベリアスの脳裏には様々な記憶がよぎっていた。

――自分は幸せな子供だった。ベリアス・グランアゲートは己をそう振り返る。

偉大なる父と尊敬する母の間に生まれた、高貴なる身分の王子。望む限りの贅沢《ぜいたく》を許された。誰よりも高い教育を受けることが出来た。

全ては第一王子という誉れ高い身分に生まれたからこそ。その幸運は、ベリアスにとって間違いなく幸せなものだった。

だから彼は自分の父にもう一人の妻がいることは気にならなかったし、自分の母ではない妻との間に生まれた異母弟である第二王子のことを嫌ってはいなかった。

むしろ弟がいるということは、自分は兄である。兄であるならば弟を守らなければならないと思っていた。兄とはそういうものだからだ。

二人で剣の稽古をして、勉強をして、読んだ本や授業の話で盛り上がる。王子としての生活を窮屈に感じた時は、弟と目を盗んで脱走なんかもした。

自分を愛してくれる両親と、見守ってくれる家来たち。これ以上の幸福は世界を見渡してみても代わるものはないだろうとベリアスは思っていた。

――兄上！　僕に妹が出来たんだよ！　それも二人も！

そんな日々に、新しい幸せが加わった。

弟の母との間に生まれた双子の王女。小さな赤子は触れたら壊れてしまいそうな程に小さくて、無邪気に小さな手で自分の指を摑《つか》んでくる姿には心が和んだ。

守らなければいけない存在が増えれば、兄として、王子としてもっと相応しくならなければならないと思えるようになった。

もっと上へ、遥《はる》かなる高みへ。この身分に願われた理想のために邁進《まいしん》し続けなければならない。

そのための努力を惜しむことはなかった。ベリアスはそれを自身に与えられた幸せだと感じていた。だから、彼は前だけを向き続けていられた。

——兄上！　僕の妹なのに、兄上ばっかり狡《ずる》いですよ！　僕から取らないでください！

……例え、それが。

——母上！　私も母上が産んだ妹が欲しいです！

自分が、その輪の中に入ることが出来なかった幸せなのだとしても。

——ごめんね。ごめんね、ベリアス。それだけは叶《かな》えてあげられないの。ごめんね……！

その時、母がもう二度と子をなせない身体だったことを初めて知った。

自分が生まれるまで、母がどれだけの苦境にあったのかを知った。母がどんな思いで父に側室を娶《めと》るように言ったのかも、自分が望んだことが母にとってどれだけ残酷だったことも。

——ベリアス殿下、貴方《あなた》は特別なのです。弟君とは違うのですよ、どうかご理解ください。

そうだ、俺は特別だ。弟とは違う。俺だけが、母上の唯一の息子にして第一王子なのだ。

俺の存在が母の名誉に直接繋がる。俺の振る舞いに母の幸せがかかっている。父は国王だ。守るべき者が多い父上を支えるのが母上であって、父上は母上を必ず守れる訳ではない。

母上を救えるのは、俺だけなのだ。俺が、誰よりも特別でなければ。この国で誰よりも認められる、次期国王に相応しい王子でなければならない。だから普通など要らない。王子であり続けるために、特別になるために全てを費やさなければならない。

でなければ――普通の子供である俺に、母上を救う価値などないのだから。

「――いい加減、死ねよ！　オラァッ!!」

駆け巡っていた走馬灯が頬に受けた一撃で途切れる。甲高い音を立てて大剣が手を離れ、自分も大地に倒れ伏して転がる。

激痛で背中の感覚がなくなってきた。本来の握力はとうに失《う》せていて、無様に震えている。

（……まさか、あの女から思い付いた付け焼き刃まで使わないといけないとはな）

既にベリアスの身体は動けるような状態ではない。それでも彼が動いているのは、意地と根性。そして土壇場で身につけた魔力制御だった。

圧縮魔力はもう使えない。身体が追いつかないからだ。しかし、魔力はまだある。だからこそベリアスはその魔力を引き延ばして使用していた。

健常な身体をイメージし、身体強化でイメージに近づけていく。

だが、所詮は付け焼き刃。拮抗《きっこう》は出来ても撃退には至れない。刻一刻とベリアスの身体は限界を迎えていて、ついに崩れ落ちた。

それでもベリアスは大剣に手を伸ばす。まだ身体が動くなら、この心が折れていないのであれば、自分は戦わなければならない。

（この身が、魂が朽ちるまでは……俺は、グランアゲート王国の第一王子なのだから……！）

震える膝を奮い立たせ、既に指の感覚も曖昧になりながらも大剣を支えに起き上がろうとする。

……しかし、ベリアスの思いなど、魔族であるマグラニカにとっては塵芥《じんかい》にも等しいものだった。

「――あぁ、もう飽きたよ。つまらないから、もう焼け死ねよ」

まるでゴミでも見るかのように、ただ飽きたという思いでマグラニカは業火をベリアスへと投げつけた。一度、喰《く》らい付いたら対象を燃やし尽くすまで止まらない怨念の焔。

ベリアスに恐怖はない。恐怖があるのだとしたら、それは己が特別でなくなることだ。何の価値もない人になることだ。だからこそ、戦場で誰かを守るために戦って散るならばまだ悪くないだろう、と。

（……父上、母上）

俺は、貴方たちのように立派な王族になりたかった。

貴方たちに胸を張って、自慢の息子だと言われたかった。

誰にも貴方たちを貶《けな》させないように、文句も言わせないように。

その思いを裏切らないために、最後まで誇り高くあろうと顔を上げ続ける。


――そこに銀閃《ぎんせん》が走った。


焔を斬り裂いたのは、月光を受けて煌《きら》めいた刃文の浮かぶ刃。

鉄の色にも似た黒灰色のポニーテールを揺らし、彼女が立っていた。

「は？　なんだ、お前――」

「――うるさい、黙ってて」

突然現れた少女に対してマグラニカが眉を寄せるも、その一瞬の隙に少女が距離を詰めていた。

少女からの蹴りを受けてマグラニカが吹き飛び、建物の残骸へと突っ込んでいった。

「……何を、している。何故、ここに来た！　カテナ・アイアンウィル！」

その姿を見て、ベリアスは憤怒のままに叫んだ。

カテナ・アイアンウィル。自分よりも特別な存在だと思い知らされた少女だ。

それなのに平穏に暮らしたいなどと宣《のたま》う誇りの欠片も感じられない平凡な女。ただ普通でありたいと望んだ、自分が望まなかった道を選んで背を向け合った者。

「馬鹿者が！　ここに来て、貴様が力を示してどうする！　平穏に暮らしたいのではないのか！

力を示せば誰もが放っておかない！　そうまでして……俺の邪魔をしたいのか……！」

認められない。自分よりも特別な存在なのだと。

比べられる訳にはいかない。比類なき者に自分はならなければならない。

そうでなければ、何も守れない。何も守れない自分など、何の価値すらもない。

「――……助けてって頼まれた。貴方が助けた兄弟に」

激昂《げきこう》するベリアスに対して、どこまでも静かにカテナは言った。

「勘違いしないで欲しいんだけど、別に私は貴方に従った訳じゃない。そもそも誰が貴方なんかに従うのよ。自分を犠牲にしてまで、本当にお勤めご苦労様。呆《あき》れる程に立派よ、なのになんで俺様なのよ。もっと周りを見なさいよ」

周り？　と、ベリアスがカテナの言葉を訝《いぶか》しげに思っていると、彼の身体を支える者がいた。

「……ラッセル」

「殿下……馳《は》せ参じるのが遅れて申し訳ありません……！」

「何故……来た……？　お前には、学院の生徒の指示を任せた筈だ……」

「──我らは！　貴方に守られなければならない程に弱き者ばかりではありません！」

ラッセルの叫びが空気を震わせる程に響いた。普段は冷静沈着で諭すように言葉を心がける男の叫びにベリアスは目を見開く。

「貴方は、次期国王となられる御方《おかた》です！　ここで死んではいけません！」

「……しかし、俺は、奴を」

「王が王たるのは最も強き者だからではありません！　その誉れ高さが、我らに誇りを下さるのです！　王とは並び立つ者に誉れを与えるもの！　貴方はもう示しているではありませんか！　なればこそお願いです、ベリアス殿下！　私どもに貴方を守らせてください！　共に戦う名誉をお与えください！」

ラッセルの言葉に、ベリアスは衝撃を受けたように呆《ほう》けることしか出来なかった。その言葉に何を思えばいいのかもわからず、ただ立ち尽くすベリアスに言葉を続けたのはカテナだった。

「王様は剣そのものじゃない、剣を振るうのが王様だ。……貴方に忠誠を捧《ささ》げる剣が信じられないなら、貴方は裸の王様にしかなれない。誰も貴方一人に戦えなんて言ってないでしょ」

「……カテナ・アイアンウィル」

「私は、ただ気に入らないからぶっ飛ばす。相手が王族だろうと、魔族だろうと何だろうと。邪魔をするなって言いたいのは私の方だ。後ろでふんぞり返って周りを動かすのが王様の仕事よ。……ラッセル様！」

「……ッ、感謝します！　そして、申し訳ありません！　カテナさん！」

カテナの叫びにラッセルはベリアスを抱えて走り出す。緊張の糸が千切れたベリアスに今まで忘れていた激痛が襲いかかって来る。

それでもベリアスは意識を失う訳にはいかなかった。決してこちらを見ようともせずに立つカテナの姿を目に焼き付けるために。

「……俺は――」

――やはり、お前が嫌いだ。カテナ・アイアンウィル。

己よりも一歩先に行く姿に、負けたくないのだと。ただ、そう思った。

だから、死ぬなよ。カテナの姿がぼやけるまで、ベリアスはじっと彼女を見つめ続けていた。

第十一章　――　其は魔を祓い断つ者なり　――

――時は、少しだけ遡る。

ベリアス殿下が単身で飛び出して行った後、私たちは無事に避難所へと辿《たど》り着いていた。

彼が残していった指示を受け、学生たちが避難所を守るべく慌ただしく動いているのが見える。

その光景を一瞥《いちべつ》してから、私は避難所から出ようとした。

「カテナさん！　どこに行こうとしてるのですか!?」

そんな私の手を取ったのはリルヒルテ様だった。その傍《そば》にはレノアもいる。

「……ごめんなさい、リルヒルテ様。私、行きます」

「行くって、どこに……」

「今、この街には魔族が来ています」

問いかけようとするリルヒルテ様の言葉を遮るように私は告げる。魔族の襲来を告げるとリルヒルテ様は信じられない、と言うような表情を浮かべた。

「魔族が……？　どうしてそれがわかるんですか？」

レノアが確認するように問いかけてくる。このまま何も告げずに飛び出すことも出来たけれど、それでこの二人に追いかけられても困る。

「私は、神子《みこ》だから」

「……え？」

「これがベリアス殿下に睨《にら》まれていた理由です。私は神に直接、祝福を受けた神子です。だから魔族と戦わなければいけないのは義務です」

「カテナさんが……神子……？」

呆然《ぼうぜん》とした様子でリルヒルテ様が私の告げた内容を復唱している。レノアは言葉もなく立ち尽くしたまま、私を見つめていた。

いつかは話さなければならないとは思っていた。でも、出来れば知られないままでいたかった。事情があることを察してくれてはいたけど、その秘密まで知ってしまえば今までの関係でいられなくなるような気がしていたから。

「カテナさん」

会話に加わってきたのは、ラッセル様だ。ラッセル様は何かを察したように厳しい表情を浮かべて私を見つめている。

「……どこに行かれるおつもりですか？」

「魔族が来ています。私は行かなければなりません」

「……許可出来ません」

「私は神子です。ラッセル様の許可程度で止められるとでも？」

「……貴方《あなた》は、それが何を意味するのかわからない訳ではないでしょう？　行けば、もう隠し立ては出来ませんよ。それはベリアス殿下も望みません。平穏に生きたいのでしょう？　なら、貴方はここで一生徒として……」

「――私よりも飛び出したいのはラッセル様の方でしょう？」

私の指摘にラッセル様は大きく目を見開いた。その後、大きく肩を震わせて視線を逸《そ》らす。握り締めた拳が力を込めすぎて震えている。

「あの馬鹿殿下を一人にしておけません。ここで私が何もしなかったら、それこそ神が私を許さないでしょう。私も自分が許せなくなる。貴方だってそうなんじゃないですか？　ラッセル様」

「……私は……いえ、ですが、殿下はそれを望みません」

「望まないからって、与えたら駄目だって話じゃないと思います」

私の言葉にラッセル様が勢い良く顔を上げて私を見る。

「……あの馬鹿殿下は特別になりたいし、特別になれるんでしょう。でも、はっきり言って理解したくない馬鹿です。あんな頑《かたく》なになって、頭が石で出来てるのかと問い詰めてやりたい程です。頭が固いから殿下は受け入れない。人が普通に受け取れるものを。それすらも捧《ささ》げないといけないと思ってる」

「それは……」

「でも、そんなのふざけるなって思うじゃないですか」

王になりたいんだったら、ただ偉そうにしていれば良かった。なのにあの馬鹿殿下は一人で立ち向かっていった。自分が頭を垂れさせるに相応《ふさわ》しい存在の証明のためだけに。

まったくもって理解出来ないし、共感もしたくない。なのに理解をしてしまうのは自分が選ばない道を進む人だと嫌でも理解させられるから。だからこそ見えてしまう。

――ベリアス殿下は、このまま行かせればずっとどこまでも一人だ。

「私は、一人で全部守れるだなんて思い上がってる馬鹿は大嫌いなんですよ」

一人で出来ることなんて手の届く範囲のことで精一杯だ。王様になるんだったら、もっと大きなことを成し遂げなきゃいけない。だから自分で先陣を切って飛び出すのはどうかと思った。

もっと大局を見ろって、周りの人を見ろって、あの馬鹿殿下に言ってやりたい。こんなに思っている人を悲しませてでも進む道じゃないって首根っこ引っ摑《つか》んで引き摺《ず》り戻してやりたい。

「邪魔なんですよ、無駄に地位があるのに出しゃばられるのは」

もっと他にやるべきことが、貴方にしか出来ないことがあるでしょうって。それを突きつけてやらなきゃ、あの馬鹿はわかりそうにない。

私はベリアス殿下のように大義なんて理由で戦えない。私が戦う理由は、いつだって一つ。

――私の邪魔をする奴《やつ》は、皆ぶっ飛ばす。

この街には人々の営みがあった。その中には親方たちの仕事も含まれていた。そんな繋《つな》がりこそが私にとって守りたいものなんだって気付かされた。

だから、この街に火を放った奴が許せない。理由なんて、それで十分なんだ。

「ラッセル様から見て、あの馬鹿殿下がどう見えるのかはわかりませんし、共感出来ないと思います。私から見ればあいつはただの馬鹿野郎でしかないので。でも、もしラッセル様も馬鹿野郎って思うことがあるなら言うべきだったんじゃないですか？」

「……カテナさん」

「大事なんだって言ってやってください。でないと自覚しないですよ、石頭の俺様なんですから」

私は言いたいように言って背を向ける。結局、私は他の人の責任を背負えるようなことは出来ないし、無責任なことしか言えない。

責任ばかりに雁字《がんじ》搦《がら》めにされるぐらいなら全部叩《たた》き斬って進む。そう生きると決めたから。

「カテナさん！」

「……リルヒルテ様」

「聞きたいことも、言いたいこともいっぱいあります。――だから、ご武運を」

リルヒルテ様は本人が言うように何か言いたげな表情で私を睨んでいる。でも、口から出たのは祈りの言葉だった。

つい、そんなリルヒルテ様の頭を撫《な》でてしまった。リルヒルテ様は驚いて私の顔を見つめる。無意識の行動に自分でも気付いて、すぐに手を離す。

「必ず戻ります。だから、ここをお願いします」

「任されました」

「カテナ様、私からもご武運をお祈りします」

レノアもリルヒルテ様に続くように祈りをかけてくれる。私は笑みを浮かべてレノアに拳を差し出す。私の意図を汲《く》み取ったようにレノアが私と拳を合わせてくれた。

ラッセル様に視線を向ければ、何か葛藤するように唇を固く引き結んでいた。何を言われてももう止まるつもりはなかったけど、それを良いことに私は背を向けて駆け出した。

——私が駆け出したのに遅れて、ラッセル様が追いかけてくる気配を感じながらも私は走る速度を上げて街を駆け抜けた。

＊＊＊

それからベリアス殿下に助けられたという兄弟を発見出来たのは幸いだった。

どうやら避難の混乱の最中で親とはぐれて迷子になってしまっていたらしい。彷徨《さまよ》っている先でベリアス殿下と魔族が戦っている現場に出くわし、ベリアス殿下が二人を庇《かば》ったことを聞いた。

事は一刻を争うと、なんとか兄弟には自分たちで安全な場所まで行くように指示を出した。

この状況で子供だけで安全な場所に向かえ、というのは酷だとは思う。だけど幼い兄は意を決したように歯を噛《か》み締めて頷《うなず》いた。

――僕たちは大丈夫だから！　だから、あのお兄ちゃんを助けて！

その必死な願いを聞き入れて、私はベリアス殿下の下に駆けつけることが出来た。

案の定、私が現れたことが気に入らなかったみたいで喚《わめ》かれたけれど。重傷人は黙ってればいいのに、ラッセル様が付いて来てくれて良かった。

ベリアス殿下を抱えて遠ざかっていくラッセル様の背を見送っていると、私が蹴り飛ばした魔族が瓦礫《がれき》を吹き飛ばしながら起き上がった。

「女ぁ……！　よくもやってくれたなぁ！　このマグラニカ様を足蹴にするとは、生きたまま焼かれて悲鳴を上げたいんだよなぁ……！」

マグラニカと自称した魔族が猛《たけ》るように仄暗《ほのぐら》い炎を展開する。まるで私へ威嚇するように牙を剥《む》いているかのようだった。

私はゆっくりと息を吐き出してから向き直った。明らかに常人とは思えぬ色彩を持つ魔族の姿を視界に収める。

「この気配、お前も神子か？　次から次へと俺様の娯楽を邪魔しやがって……！」

「……今、娯楽って言った？」

「そうだ、娯楽だよ！　人を焼くことこそが至上の快楽だ！　お前も良い悲鳴を上げて――」

――あぁ、なるほど。もう何を喚こうが、こいつは始末する。今、そう決めた。

「――〝お目覚めを〟。カテナ・アイアンウィル、参ります」

『──うむ、見届けようぞ。我が神子、カテナよ』

私は意識を切り替えて戦意を高める。それを察知したのか、魔族の男が動いた。

「──燃えなぁッ!!」

放たれた昏《くら》い色をした火球、それを払うようにして日本刀を振るう。しかし、次々と火球は生み出されて弾幕のように私へと迫る。

「はっはぁっ！　いつまで防げるのか試して──」

──〝刀技：荒波〞

迫り来る火球に対して、私は刀身に水を纏《まと》わせた。水を纏った一閃《いっせん》が火球を斬り裂き、そのまま水が鞭《むち》のようにしなる。水の鞭は私の斬撃の尾を引くようにして空間を駆け巡った。

縦横無尽に駆け巡った水の鞭が火球を一つ残らず叩き落としていく。それは、まるで波に呑《の》まれていくかのようだ。

「チッ、水魔法の使い手かよ！　けどな、水が炎を消すからって優位に立ったと思うなよ──」

──〝刀技：鎌鼬《かまいたち》〞

次の炎を放つために力を込めようとした魔族に、私は水に代わって風を纏わせて袈裟《けさ》斬《ぎ》りと共に風の刃を飛ばす。

剣によって起きる風圧を加速させ、研ぎ澄ますことによって放たれた風の刃は魔族の男の肌を斬り裂き、流血させた。

「ぐぁっ!? ち、二重属性か! だが、この程度かすり傷なんだよぉっ!」

魔族は両手を炎に包ませて私へと向かって疾走してくる。炎を纏ったまま、私を捕まえようと伸びた手を紙一重で見切って回避する。

その回避の動きに合わせて魔族の腹へと刀の柄尻《えじり》を叩き付ける。腹部に打撃を受けて魔族が息を吐き出し、動きが鈍る。その鈍った一瞬の隙に掌底を顎へと叩き付ける。

「げばぁっ!?」

僅かに浮いた魔族の身体《からだ》、部位ごとに身体強化の比率を調整してコマのように全身を回す。地を蹴り、一回転するように振り抜いた一閃が魔族を袈裟斬りにして吹き飛ばす。

地を跳ねるように転がった魔族。胸元の傷を押さえながら起き上がって私を睨み付ける。

「て、テメェ……! 調子に、乗るんじゃねぇェエエッ!!」

狂ったように咆哮《ほうこう》すると、魔族の全身から炎が吹き上がるように荒れ狂う。それは彼の怒りの度合いを示しているようで、余波だけで火がついてしまいそうな程だ。

「殺してやる……! 生きたまま焼き殺してやる!! 悲鳴と苦悶《くもん》の顔を見せろよォッ!!」

まるで隕石《いんせき》のように密度も火力も先程とは段違いの炎が迫ってくる。

地をしっかり踏み締め、軸を固定する。身を捻《ひね》るようにして溜《た》め、一気に力を解放して舞い踊る。

——〝刀技：砂嵐〟

風と土の二乗。風を纏わせた刃の勢いで砂を跳ねさせ、勢い良く振り抜いたタイミングで方向を調整、圧縮された砂が礫《つぶて》の刃へと姿を変える。

火球に衝突した礫の刃は炎へと食い込み、その内部で拡散して弾《はじ》けた。跳ねて踊るように礫の刃を幾つも発生させて炎の勢いを鎮め、拡散していく。最後に残り火となった火球の残骸を刀で払う。

「三重属性!?　な、何なんだ……何者だ、テメェ……!」

「……終わり?」

「……あぁ?」

「お終《しま》いなの?」

小首を傾《かし》げながら問いかけてやる。狼狽《ろうばい》していた魔族の動きがぴたりと止まり、今度は全身が震え始めた。目は血走り、砕けんばかりの勢いで歯を噛み締めている。

「俺を……俺様をォ!　見下すなぁあァァアッ!!　この街ごと、燃え尽きろォッ!!」

胸の前で腕を交差するように身を縮め、大きく腕を広げると魔族の男を中心に炎が爆発した。ドームのように広がろうとする炎の渦が街を呑み込むのにそう時間はかからないだろう。

私は後ろへと引くように飛び退《すさ》りながら迫った炎の壁に刃先を這《は》わせた。

「――〝祓《はら》い給《たま》い、清め給え、神《かむ》ながら守り給い、幸《さきわ》え給え〟」

炎の壁へと這わせた刃先が、火花を散らすようにして炎を纏う。

それは小さな穴、ただのかすり傷。炎の壁にとっては針で刺されたような効果しかないだろう。

(――それで、私には十分だ)

刃先で傷をつけた箇所に、もう一度刃を這わせる。火花が先程よりも大きく散って穴が広がる。

今度は、自分の炎の魔法を日本刀に纏わせて炎の壁へと突き刺す。刃先が完全に炎の壁を貫き、内部へと食い込んでいく。二つの色の炎が互いに喰《く》い合わんと絡み合う。しかし、私の炎に触れる度に昏い炎は裂かれるようにして散っていく。

神器と化した日本刀は、その性質を〝私の魔力〟にも適用させる。それこそが神器としての真価。日本刀の切断力を転じさせ、〝魔を祓い断つ〟ことによって、魔法そのものに穴を開ける。

それは穴の開いた風船のようだ。けれど小さな穴を開けただけでは魔法は揺らがない。術者の力量によって密度が濃ければ表面を掠《かす》るだけでは核までは届かないからだ。

――だから〝斬り払う〟。奥へ、奥へ、深奥へと。

そして、私の感覚が核への到達したことを捉え、そのまま核を引き裂いた。

引いて、引っ張って、引き千切っていく。拡散しようとする魔力を私の魔力で〝清め祓い〟ながら塗り替えていく。同種の魔法を、しかして異なる魔力を持つ二つを混ぜ合わせ、練り合わせる。

それは、まるで合金を生み出すための工程にも似ている。

不浄を祓い、削《そ》ぎ落とし、私の魔力として塗り替えていく。これこそ、神の御技《みわざ》――！

――〝神技：万物流転〟

本来存在していた魔法の核は塗り替えられ、私の支配下へ置かれる。

街を暴虐に包もうとした昏い炎が、一気に眩《まばゆ》い白焔《はくえん》へと姿を変えて私の下へと収束した。

「なんだ、それは」

その光景に、魔族の男が唖然《あぜん》としながら呟《つぶや》きを零《こぼ》す。

「一体、なんなのだ、それは!?」

魔族の男が無数に火球を生み出して、私へと向けて放つ。しかし、恐怖を遠ざけようとするような火球は既に相手の力をも取り込んで支配した力の前にはさざ波すらも起こせない。

既に核を摑む感覚は把握した。小粒であればある程、大波で呑み込むように核ごと押し潰して取り込むことが出来る。

「なんなのだ！　貴様は！」

一歩、前へ進む。すると魔族も一歩、後ろへと下がる。その顔は恐怖と困惑に引き攣《つ》っていた。

先程までの威勢がどこに行ったのかと思う程だ。

「なんだと言うのだ、貴様はァッ!!　貴様は、一体何者だァ――ッ!!」

「――それをお前に聞いただろう者に、お前は一度でも答えたことがあったか？　一度でもお前が誰かの声に応えたことがあったか？　お前の暴虐に苦しむ人が命乞いをしたでしょう？」

魔族は私の問いかけに言葉をなくして、喘《あえ》ぐように呻《うめ》くことしか出来なかった。

「助けてくれ、死にたくない、自分はともかく大事な人だけは許してくれ、と。お前はそれを聞き分けたことがあるか？　誰が何を願い、何を乞うたのか覚えている？」

「あ……あぁ……」

「――お前は、笑ったな？」

人の苦しみを前にして、人の絶望を前にして、この魔族は笑った。楽しいからと、娯楽だと言って焼き払った。ただ、己の欲望を満たすためだけに。

「言ってみなさい」

「……ひ、ひっ、ぁっ……」

「お前は、どうしたい？」

「し、しに、死にたく、ないッ！　死にたく、死にたくない――ッ！　もうお前には手を出さない！　お前には何もしない、だから、だから――ッ!!」

白焔を纏ったままの一閃が、魔族の腕を斬り裂いた。宙を舞った腕は白焔に焼かれて消し炭へと変わる。

「ガァ――ッ!?　再生しない!?　どうして!?　魔力はまだあるのにッ!!　腕が、腕がァッ!!」

「お前たち魔族は、その全身を魔力で変質させているのでしょう？　その強靱《きょうじん》な力も、死を遠ざける再生能力も」

「あ……あぁ……ッ！」

「――私は、魔族《おまえ》たちの〝天敵《ぜつぼう》〟だ」

〝魔を祓い断つ〟。それが魔族にとって何を意味するのか。何故《なぜ》、ヴィズリル様が私を見初めたのか。これこそが理由なんだろう。

私の繰り出した突きが、魔族の胸を食い破る。刃を通じて魔族の身体へと燃え移った白焔が蛇のように絡みついていく。

「アァァア――ッ!? やめろ、やめ、やめてくれぇェッ！ 俺が、俺が消える！ 俺の核が！ 俺が！ 俺が焼けて、俺が焼けているぅ――ッ!!」

「お前を消しても、お前に消された命が還《かえ》って来る訳じゃない。お前が犯した罪の重さを噛み締めて――地に堕《お》ちろッ!!」

どうか、せめて。これがこの魔族によって殺されてしまった命たちへの弔いとならんことを。

――〝刀技：赤花《せっか》繚乱《りょうらん》〟

焔《ほのお》を纏った一閃、それを何度も繰り出す。一閃の名残として残った焔が、互いに火花を散らすように弾け合う。最後の一閃を振り抜き、鞘《さや》に刃を走らせて納刀する。鞘に刀を収めた瞬間、火花は手を繋ぐようにして大きな炎の華を咲かせた。

私によって切断された魔族の身体をも呑み込み、炎の華は天へと昇るようにして散った。残り火となった火花が夜闇を照らしながら宙へと消えていく。

（これで終わり——!?）

間違いなくトドメを確信した。けれど、私はゾッとするような気配を感じ取って構え直した。

何か良くないものがいて、私たちを見ている。まるで背筋に冷たいものを流し込んでくるような気配に顔を顰《しか》める。

『カテナ』

「……ミニリル様？」

『来るぞ。どうやら気付かれたらしい』

誰に？　という疑問を投げかける前に状況が変わった。その変化の始まりは、声。

『——可哀想《かわいそう》に』

それは女性の声だったと思う。とても柔らかくて、耳に心地良い声。同時に得体の知れない怖気《おぞけ》を感じさせる甘やかな声。まるで素直に聞いていたら脳が蕩《とろ》けて、そのまま腐り落ちてしまいそう。

『ダメよ、ダメよ。生きたいのでしょう。なら——私を受け入れて』

その声は包み込むような優しさに満ち溢《あふ》れていた。なのに先程から鳥肌が立つのが止まらない。

まるで私という存在全てがこの声の主を拒絶しているかのようだ。絶対に心を許してはならない、存在することすら認めてはならない、と。

『力を与えましょう。だから死んではダメよ？　滅びになんか屈さないで。その女神にだけは負けてはダメなのよ。——そうでしょう、ヴィズリル!!』

優しい声のまま、まるで子供を窘《たしな》めるような声で。けれど、その声が言いようのない悪寒を感じさせる。この声の主は、徹底的に私と相容《あいい》れることはない存在だと確信を抱ける程に。

『未《いま》だ妄執に囚《とら》われるか……憐《あわ》れな奴だ』

「ミニリル様……あれはやっぱり」

『お前の思う通りだ。——これこそが〝魔神〟だ。生命の理《ことわり》すら歪《ゆが》める、破綻し零落した神よ！』

ミニリル様が告げるのと同時に、先程私が討ち果たした魔族の気配が膨れ上がる。小さな火花程しか残っていなかった気配がだんだんと大きくなっていく。

——生キル、生キタイ、死ニタクナイ、モット、モット、燃ヤシタイ……！

亡者の呻きが聞こえる。既に理性は溶け果て、自我は喪失しているとしか思えない。そこに残るのは残留思念とも言うべきもの。それが魔神の歌うような優しい激励を受けて姿を変えていく。

そして姿を見せたのは、巨大な火の塊。辛うじて人型を象《かたど》っているだけの存在だ。

昏き炎の人型は呻き声のような咆哮を上げた。それは既に生命とは言えないもの、それでも生きているという矛盾。生きた炎の塊という冗談のような存在に私は舌を巻いてしまう。

「なんて馬鹿げてる……！　これが魔神の権能だって言うの!?」

『ここまで来ればあれは最早《もはや》、魔族とは呼べまい。しかし、これが奴の加護の行き着く果てだ。生物として間違いながらも生物であるという矛盾。理性はなく、故に形は崩れ、願いのままに全てがおかしくなっていく』

「……どうしてこうまで熱心に魔族や魔神と戦えって言うのか理解したよ」

これは世界にあってはいけない在り方だ。言うなれば魔神の権能が行き着く先は混沌《こんとん》でしかない。全てを呑み込み、均衡なんて欠いてしまった世界しか残らない。

欲望を加速させ、世界を破壊する形で命を産み落とし続ける混沌にして零落した神。それこそが魔神という神の在り方だ。

「オォォオオオ……！」

炎の巨人が目と思わしき一際色の明るい炎を私に向けた。辛うじて保っている表情から、それが怒りや憎しみに歪んだように見えた。

「――燃エロォォオオオッ!!」

炎の巨人が吼《ほ》えた。拳を振り上げ、私へと叩き付けようとする。素早く地を蹴って離脱するも、巨人の拳が触れた所から発火していく。それは建物へと火が移り、燃え広がろうとする。

「厄介な……！」

『次、来るぞ！』

炎の巨人は執拗《しつよう》に私を潰そうと一撃を繰り出してくる。直撃はしないけど、その分だけ建物へと被害が出てしまう。

「炎の塊……それも魔神の力で象られたものならッ！」

次に来た一撃をすれ違うように回避し、掠めるようにして刀で斬り付ける。炎の表面が散り、予想以上に力を奪い取ることが出来た。

思った通り、この炎の巨人は魔法そのものとも言える。既に一度、肉体は消失して魔力だけで構成されているようなものだ。

（これなら……！　でも……！）

間違いなく倒せる、その確信はある。だけど——間違いなく時間はかかる。

相手は炎の塊だ。今も存在しているだけで建物に火が移り、炎が燃え広がろうとしている。しかも執拗に私を狙ってくるから、下手に攻撃も受けられない。

（こういう時に派手な魔法を使えたら……！）

私はあくまで刀と合わせた刀の技の延長でしか魔法を上手《うま》く出力することが出来ない。つまり大規模な広範囲を吹き飛ばすような手札を持ち合わせていない。

こういう時、巨人をまるごと吹き飛ばすような魔法が使えたらとないものねだりの気持ちが湧き上がってくる。しかし、だからといって手をこまねいていたら被害が広がるだけだ。

『右だ！』

ミニリル様の警告に従って、迫ってきた一撃を回避して――そして、気付いてしまった。

いつの間にか、私は見覚えのある場所まで来ていた。今、まさに炎の巨人が拳を叩き付けようとしている建物はリルヒルテ様たちと一緒に訪れた武器屋だった。

「あっ――」

息が漏れる。少し遅れて武器屋が崩れていく音が響いた。炎に包まれる残骸の中に、私は店主が見せてくれたアイアンウィル領の工房で作られた大剣があるのを見てしまった。

瞬間、前世で名刀と呼ばれた刀が失われた原因の一つを思い出す。それは――火災だ。

戦火によって焼け落ち、失われた名刀。その存在を知ってどれだけ心を痛めたのか、記憶が一気に駆け巡っていく。その時の痛みが、想《おも》いが、目の前の光景と重なる。

燃えていく。まだ誰の手にも取られずに、その役割を果たすこともなく、災害のような炎によって職人の努力が失われていく。

「……ふざけるな」

声は低く、重く。自分のものとは思えない程の声が出た。

かつて、鍛冶を学びたいと申し出た時に親方と言葉を交わしたことを思い出す。武器を作るということがどういうことなのか、武器を作る職人としてどんな心構えでいなければならないのか。

それを親方は言葉だけでなく、その姿で、作り上げた作品で語ってきてくれた。そこにどれだけの努力があったのか。

「踏みにじったな……？」

私たちの努力を、覚悟を、これが誰かの手に取って使われたというのなら溜飲《りゅういん》は下がる。しかし、使い手にも巡り合えずに燃え落ちていく剣を見てしまえば怒りが収まらない。

こんなふざけた存在が、ただ無秩序に暴れて、その果てに誇りが失われてしまう。

「――許さない」

完全に頭に血が上った。こいつらは完膚なきまでに消滅させる。しかし、決意したものの状況が変わる訳じゃない。暴れ回る炎の巨人を一瞬にして片付けるには、手が足りていない。

（こうなったら多少の火傷《やけど》は承知で懐に飛び込む……！）

水を全身に纏えばまだ被害を抑えられる筈《はず》。決意を固めて、炎の巨人に向けて飛びかかろうとした、その時だった。

――不意に大地が揺れた。地震は収まらず、どんどんと大きくなっていく。

「何……!?」

私が突然の地震に驚いていると、私と巨人を囲うような巨大な土の壁が盛り上がっていく。

巨大な土の壁は炎を遮り、それ以上の街への燃焼を防いでいく。それを見た炎の巨人が忌々しげに咆哮を上げた。

その巨人に向けて、土の壁の上から何かが飛来した。それは無数の氷柱《つらら》であり、炎の勢いを弱めるのに成功していた。

「カテナァ――――ッ！」

ふと、聞こえた声。それは土の壁に剣を突き立て、ラッセル様に支えられながら立っているベリアス殿下の叫び声だ。彼はただ名前を叫んだだけ、それでもベリアス殿下の意図をはっきりと感じ取ることが出来た。

――何をしている。とっとと片付けろ、と。

「……ボロボロの癖して、威勢だけは良いんだから」

だけど、これで被害は最小限に抑えられる。ラッセル様も氷柱を放ちつづけて援護してくれているし、好機は私に巡ってきた。

必要なのは、再生も許さぬ圧倒的な一撃。けれど魔法そのものを不得手にしている私では即座に使える手札がない。

――だからといって、まったく手がない訳ではない。

「要は全部吹っ飛ばせるだけの一撃さえ繰り出せば良いんでしょ」

ベリアス殿下が土壁で場を区切ってくれた。今、私が望む最大のサポートだ。本当に気に入らない人ではあるけれど、その立場に見合う力を秘めているのは疑いようもない。なら、それには応えないといけない。

（場を区切られているなら簡単だ。この区切られた場所、全てを祓えるだけの一撃を……！）

息を吸い、構えを取る。周囲に散った魔法の残滓《ざんし》、役目を終えて消えそうな残滓すらも日本刀に収束させていく。唸《うな》りを上げるような声が響き、刀に光が灯《とも》っていく。

寄せて、束ねて、解いて、清めて。本来あった形を丁重に紐解《ひもと》いていく。純粋な魔力へと戻っていくのを一点に集束させる。

淡く輝いていた刀は段々とその光を強めていき、夜闇を照らした。力を溜めている私に気付いたのか、巨人が私へと迫ろうと踏み出してくる。

でも、それを恐れることはない。

「この刀に込めた銘、その在り方をここに。これが私の一刀だ……！」

光を帯びた刃を私は鞘へと収める。光が消え、闇が広がる。闇を照らすのは炎の明かりのみ。炎の巨人が足音を響かせながら、握り合わせた両手を天高く掲げて私へと振り下ろす。迫ってくる拳を睨み付けながら、私は祈るような思いで呟く。

「闇あれば光あり。明けない夜はなく、証明の一撃をもってして証奉《あかし》る！」

抜刀した瞬間、光が爆発した。鞘に収めて、内部に圧縮した魔力。それを抜刀に合わせて最速にして最大の一撃を解き放つ——！

「――〝天照《あまてらす》〟!!」

願いを乗せて、刀の銘を宣言する。前世にて太陽を司《つかさど》る神として讃《たた》えられた大神。その名に肖《あやか》って銘をつけられた刀がその真価を発揮する。

不浄を祓い、清め、自らの力として束ねる。この一撃はその性質だけを込めた広範囲の浄化だ。魔法がその形を解かれ、魔力として還元されていく。

還元された魔力をも取り込んで広がり、魔力によって編み直された炎の巨人の身体を削ぐ。炎の巨人が繰り出そうとした一撃は私に届くことなく、解かれるように光となって消えていく。

「――どうか、貴方にも良き来世があらんことを」

魔神によって齎《もたら》された混沌の闇により、あらざるべき形を得てしまった成れの果てに私は祈りを捧げる。幾多の人を欲望のままに燃やした罪は消えない、何かしらの償いが必要になるだろう。けれど罪を禊《みそ》ぎ終えたのであれば、次の人生こそは闇に目が覆われぬ人生を歩いて欲しい。そんな思いを込めながら鞘に日本刀を収めていく。

戦いは終わり、空は白み始めていて夜明けは近いことを示していた。炎の残り火も浄化によって解かれていき、わずかな火だけが残される。それもいつしか収まることだろう。

こうして、突然始まった動乱の夜は静かに幕引きを迎えるのであった。

第十二章　―　何のために、その刀を振るうのか　――――

「カテナ嬢、本当に心の底から感謝している」

「わ、わかりました！　わかりましたから！　どうか頭を上げてください、陛下に王妃様！」

魔族の襲撃を乗り切ってから数日が経過した。そして今、私はイリディアム陛下とクリスティア王妃に頭を下げられているところであった。

場所は王城の一室、イリディアム陛下から直々に呼び出された私は、入室するなり二人に深々と頭を下げられたのだ。狼狽《うろた》えるなと言う方が無理だと思う。

「君がいなければ息子の命は危なかった。かつて過去の遺恨があったのにも関わらず、これで礼を伝えることも許されないなら私たちはどうしていいかわからなくなってしまう」

「本当にありがとう、カテナさん。私ったら、あんな大怪我《おおけが》をしたベリアスを見たら血の気が引いてしまって……」

マイアで魔族との戦闘が終わった後の話だ。あの後、ベリアス殿下は急遽《きゅうきょ》王都へと搬送された。王都に搬送したのは、王族付きの治癒魔法が使える魔法使いによる治療を受けるためだ。命の危機こそ去ってはいたが、傷が深かったのは事実だ。治療が早かったことが幸いしたのか、ベリアス殿下は起き上がれないものの、元気であるらしい。

そして、魔族と派手に戦闘をした私。やはり抜け出した上であれだけの騒ぎになれば、他の生徒に私の不在は気付かれていた。

抜け出した私が何をしていたのかも、それとなく噂《うわさ》が立っている。しかし、唯一しっかりと目撃していたラッセル様が何も証言せず、真実を話していないので推測に留《とど》まっている段階だ。

ただ、それは真実を言っていないというだけに過ぎない。リルヒルテ様やレノアには把握されているし、他の生徒も魔族と戦っていたのが私だと推測を立て始めている状況だ。

更に言えばベリアス殿下が重傷なのに対して、私がピンピンしているのも疑念や困惑を深めることになってしまっている。

そんな中でのイリディアム陛下からの直接のお呼び出しだ。もう嫌な予感しかしない。

「カテナ嬢、今回の君の功績は類《たぐ》い希《まれ》なものだ。……しかし、それは君が望んだことではないのだろうな」

「神子《みこ》として魔族と戦わなければいけないのは義務ですので……」

「だが必要以上に目立ちたくないとも思っていた筈《はず》だ」

「それは……まぁ……」

でも、だからといって戦わないという選択肢もなかった。こうなると、いつかどこかで隠し立てすることは出来なくなっていたんだろうな、という諦めの思いも浮かんでくる。

「……君は望まないだろうが、やはりカテナ嬢が神子であることは公表するべきだろう」

「やはりそうなってしまいますか」

「でなければ王家の威信が揺らぐ可能性もある。下手に隠し立てすれば事態がどのように動くか予想しきれない。であれば、やはりここで公表することで手綱を握る方が良いと私は判断している」

「今回のことで思いました。やはり隠し立てするのは無理なのでしょう。せめて学院を卒業するまでは伏せてはいたかったですが、こうなれば最早《もはや》仕方ないかと」

「君はベリアスの命を救ってくれた恩人だ。決して悪いようにはしない。今後の公表については協議しなければならないので、こうして王城に足を運んでもらう機会が増えてしまうが……しかし、逆に公表することでの利点もある。王家としては君の後ろ盾となりたいと考えている」

「後ろ盾ですか……」

「私は君の立場を保証し、厄介な事態になる前に介入を行えるようになるだろう。それに以前から王家として君に打診したいことがあったのだ。併せて話をさせてもらっても良いだろうか？」

「私に打診したいこと？」

はて？　と首を傾《かし》げてしまう。王家が私に打診したいこととはなんだろうか。

「……そう身構えるような話ではない。むしろ腹を割って話すことによって君の信頼を得たいと考えている。君の協力がどうしても必要不可欠になってしまうだろうからね」

「それは一体？」

「あぁ、君には知ってもらいたいのだ。我が王家の秘密を」

王家の秘密とかどう考えても面倒事ですよね、嫌ですけど!?って叫びそうになったけれど、これ断れそうな雰囲気じゃないよね？

イリディアム陛下は覚悟を決めたような表情をしているし、王妃様も穏やかな雰囲気から表情を引き締めて凜《りん》とした佇《たたず》まいに変わってるし。

「むしろ、君は正しく知っていなければならないだろう。カテナ嬢は少し自分の価値を軽く見すぎているからな」

「は、はぁ……？」

「ベリアスが持っていた大剣を見たかね？」

「……見ましたけれど。それが何か？」

「あれは王家が保有している神々より授かった神器、その内の一振りとされている。しかし、それは偽りだ。あれは神器ではない」

「……どういうことです？」

「正確には神器に準ずる武具、私たちは準神器級などと呼んでいるが……純正品ではないのだ」

確かに秘密と言うだけはある。王家が保有している神器は、実は神器じゃなくて神器に準ずる武器だっていうのは驚きだ。

同時に納得もした。ベリアス殿下の大剣を見た時に微妙な違和感のようなものを覚えていたけれど、この違和感は神器でなくそれに準ずる物だったからなんだろう。

「準神器級の武具は完成するまでに長い時間を要するのだ。どんなに早くても百年はかかる。人が一代で完成させられるものではない」

「百年……」

「しかし……カテナ嬢、君は違う。君は一代でどころか、純正品の神器を量産することが出来る。もう一度、その価値を再確認して欲しい。君が神器を量産出来るという事実が知られれば、君は表の世界で自由に生きていくことは難しいだろう」

イリディアム陛下が言うことは尤《もっと》もだ。魔族や魔物との戦いにおいて神器の有無は大きく戦局を左右する。数が増やせるなら誰もが求めるだろう。他の手段で量産も難しいとなれば、私が自由に生きられなくなるというのも納得だ。

……なんで、そういう大事なことを説明してくれないのかな!? ウチの女神様は!?

「だからこそ、王家は君の自由を保障するために援助を申し出たいと思っている」

「援助……ですか？」

「君を守るだけなら一番確実なのは王家に入って貰《もら》うことではあるが、君は望まないだろう？」

「……はい」

「しかし、お抱えの職人として君を厚遇するにしてもカテナ嬢の作り出す武器は既存のものとは異なるものだ。製法も異なると言われれば無理強いも出来ない。正直言って、私たちも君への態度を決めかねていたのだ」

「でも、カテナさんは確執があったベリアスを救ってくれたわ。なら私たちは貴方《あなた》に大恩を被ったことになる。この恩を返すには、貴方の自由を保障することでしか返せないと思ったの」

王妃様まで加わって私の援助を申し出ることを決めた経緯を語ってくれた。王族に入る訳でもなく、あくまで国が援助するという形で私の自由を保障してくれる。それは即座に返答してしまいたい程に魅力的だけれど、流石《さすが》に即決出来ることではないと悩ましげな表情を浮かべてしまう。

「無論、ただでこちらも君を庇護《ひご》することは出来ない。建前が必要になる」

「建前、ですか」

「カテナ嬢はリルヒルテと仲良くしてくれているようだね？　彼女から興味深い話を聞いたのだ」

「興味深い話……とは？」

「リルヒルテは将来、王女たちの護衛につきたいという話は聞いていただろう？　彼女たちは護衛として相応《ふさわ》しい武器の選択に長いこと迷っていたようなのだが、君の刀に随分と関心があると聞いた。これを上手《うま》く利用出来ないかと考えている」

リルヒルテ様は私が王家に献上した日本刀を目にしたことがあり、それから私へと興味を持ってくれたという経緯がある。

そのリルヒルテ様の名前を出して利用出来ないか、って言われると思い付くのは一つしかない。

「リルヒルテを君の護衛としてつけたいと思っている。表向きは君が生み出したカテナの性能試験のため、その扱い方を研究する一人として名を置くことになるだろう」

「つまりリルヒルテ様に刀を作って有用性を示させると？」

「そういうことだ。将来、王家や貴族の護衛として立つ際の武器候補の一つとして研究させるという名目でだ。王家から直々に君に依頼をしたとなれば職人としての名目も立つ。どうだろうか？王家から提案出来る最善の策だと思っているのだが」

イリディアム陛下の提案は、はっきり言って諸手《もろて》を挙げてでも歓迎すべきことだった。

王家が後ろ盾として日本刀を作ることを支援してくれるし、私以外の日本刀の使い手を育てても良いということなのだから。でも、そこまで言われても遠慮と警戒が抜けきらない。

「……そんなにして貰っても良いんですか？」

「これは国王として私が為《な》さなければならないことだと思っている。むしろ遅かったくらいだろう。ベリアスとの一件以来、君は王家を疎んでいたようだったからな。対応に悩んでいたのだよ、君と事を構えたい訳ではなかったからね。カテナ嬢もそうだろう？」

「いや、まぁ、それはその……」

「しかし、私は歩み寄りが必要だと考えている。カテナ嬢、これから君の生み出すものが多くの命を守ることに繋《つな》がるかもしれない。今更ではあるが、恥を忍んで頼みたい。どうか、その力を我々のために振るって欲しい。出来うる限りの支援を君に約束する。どうか我らと共に歩んではくれないだろうか？」

イリディアム陛下が私に握手を求めるように手を差し出す。陛下の表情を見て、私は小さく息を吐き出す。ここまで熱心に言われて心を動かさない程、薄情にはなれない。元から賛成に傾いていた心は、陛下の手を取ることで返答をした。

「この国は私にとっても祖国です。出来うる限りでよろしければ」

「……ありがとう、カテナ嬢」

＊＊＊

「──で、そういうことになったから。報告ついでに顔を見に来てやったわよ。ベリアス殿下」

「……随分と礼儀知らずな見舞いもあったものだな」

イリディアム陛下との謁見の後、私はその足でベリアス殿下が身体《からだ》を休めている私室を訪れていた。私たちのやり取りに部屋まで案内してくれたラッセル様が苦笑を浮かべている。

ベッドに横になったベリアス殿下は、包帯が至る所に巻かれている。それでも私に悪態を吐《つ》ける程度には元気のようだ。

「元気なようで何より。メソメソでもされてたら鬱陶しくて反吐《へど》が出てたかもしれないわね」

「はっ、正体を隠さないと決めたからか？　この不敬者が、開き直ってからに」

「えぇ、開き直りもするわよ。そうでもないとやってられないってわかったもの」

初めて魔族と、そして魔神と相対して思った。神々が敵視するだけのことはある、と。

だからこそ放置はしていられない。人類は一丸となって、あの暴虐に抗《あらが》わがないといけないと嫌でも思い知らされた。

「いつまでも隠せるとは思ってなかったし、思ったよりその時期が早くなっただけよ」

「……ふん」

気に入らない、と言わんばかりにベリアス殿下は鼻を鳴らして目を背けた。それに私も返すように鼻を鳴らす。やっぱり互いに気に入らないのは変わらず、どこまでも行っても相性が悪い。

そんな中でふと、ベリアス殿下が目を閉じながら呟《つぶや》いた。

「……負けた、か」

「……あの魔族にやられたことを気にしてるの？　その負傷だって子供を庇《かば》ったからでしょ。普通に戦ってたらわからないわよ」

「だが、守れなければ意味がない」

「守ったわよ。あの子たちは生きてる。貴方が生きてるって聞いて、泣いて喜んでたわよ。ごめんなさい、だって。あと、ありがとうって」

あの子供たちは無事に避難所に辿《たど》り着けていたようで、あの後で再会することが出来た。その時、しきりにベリアス殿下のことを心配していたのでよく覚えている。

彼等《ら》のせいでベリアス殿下が傷を負ったのは事実だ。それを気に病んでいたようだけど、無事であることを知って安心しただろう。それは決して悪い結果とは言えない。

「……感情も事情も抜きにして言うなら、貴方は私を連れていくべきだったのよ」

「……なんだ、説教か？」

「そうね。アンタに死なれると私が死ぬ程、面倒くさいことになるってわかったから。だから簡単に特攻するんじゃないわよ、殿下？」

「臆病者に王が務まるか」

「馬鹿にはもっと務まらないわ」

「……何度も言っているが、さっきから不敬だぞ」

「敬えるようになってから言いなさい」

互いに舌打ちが零《こぼ》れる。まったくもって気に入らない奴《やつ》ね。それはあっちも同じだと思うけど。

「ラッセル様も言ったでしょ。一緒に戦わせろ、って。王だったら度量を広く持って大儀であったって言ってやればいいのよ」

「……それが俺自身の価値に繋がるのか？」

「誰も認めない人が誰かに認められることなんてない。そして貴方は自分に必要な臣下は認めなきゃいけない。誰も必要ないなんて言わせない。人が一人で救えるものなんてたかが知れてる。貴方の言葉には人を動かす力があるでしょ？　だったらそっちも有効活用しなさい。それとも力で有無も言わさずに従わせたいの？」

「……ズケズケと煩《うるさ》い女だ」

忌々しそうに眉を歪《ゆが》めてベリアス殿下は唸《うな》っている。私から視線を逸《そ》らすようにそっぽを向いて、深く溜息《ためいき》を吐く。

「……だが、考えておく。俺には足りていないなどという言い訳は許されない。恥は雪《すす》がなければならないからな」

「……貴方が恥に思うのは勝手だけどね。殿下が自分を犠牲にしてでも国を守りたいって気持ちはわかった。その中には私も守りたいものが重なってる。だから、私たちは嫌い合っても啀《いが》み合うべきじゃない」

「――――」

「私だって貴方と同じ特別だ。どっちが偉いだとか、どっちが凄《すご》いとかじゃない。私たちが啀み合っても魔族には知ったことじゃない。むしろ互いの足を引っ張ることになる。そんなの本末転倒でしょ？」

「……簡単に言ってくれる」

「難しいからって、このままに出来ないでしょう。お互いわかり合って、その上で嫌い合って、それでもこういう奴がいてもいいって思えればいいんじゃないの？」

私の問いにベリアス殿下は何も答えなかった。私も彼に背を向けて部屋を出て行こうとする。

ただ静かに佇んでいたラッセル様に頭を下げて、扉に手をかけたところでベリアス殿下が小さな声を投げかけてきた。

「……今回は助かった。礼を言う」

「……どういたしまして」

ぱたん、と私は扉を閉めて部屋を後にする。私は一度も振り返らなかった。だからベリアス殿下がどんな顔をしていたのかも知らない。

それは、きっとこれからも知る必要がないことだろうから。

＊　＊　＊

王城から学院寮の自室へと戻ってきた私はベッドの上に身を投げ出しながら思考に耽《ふけ》っていた。どうしても思い返すのはマイアでの出来事だ。

初めての魔族との遭遇、その異質な存在に触れた故の嫌悪感は胸の奥にまだ残っている。ムカムカとするような不快な感触は酷《ひど》く私を苛立《いらだ》たせた。

「……あれはダメね、本当に無理」

魔族が総じてあんな振る舞いばかりするなら忌み嫌われて当然だ。魔神だって対峙《たいじ》したのは僅かでも、嫌という程、存在の忌々しさを刻みつけられた。

あれはこの世にあってはいけない存在だ。誰かが倒さなければ災厄をばらまき続ける。だからこそ不愉快だった。こうして戦いが終わっても何もスッキリせず、心が淀《よど》んでしまいそうだった。

「――随分な溜息だな。勝者のものとはとても思えぬ」

唐突に頭すら持ち上げられないのではないか、という程の圧迫感がのし掛かってきた。

その声には覚えがあった。いつもはもっと幼い声だったけれども、それは大人の声だ。忘れる筈もない。慌てて顔を上げれば私のベッドに腰掛けている女神がいたのだから。

「ヴィ、ヴィズリル様!?」

「何を慌てている。なに、端末を通しての一時的な顕現だ。本体が直接降りるよりは影響も少ないが、維持していられる時間も短い。安心せよ」

「いきなり出てこられてもビックリしますよ……端末ってことは、ミニリル様を通して?」

「くく……っ！　ミニリルか、まさか我の端末にそのような渾名《あだな》をつけるとは至極愉快なり。あれは我であって我ではないからな。あれの見聞きしたものは、我にとっては夢を見ているようなものだ。なかなか刺激的であったぞ？　カテナよ」

「はぁ……」

本体と端末ってそういう関係性だったんだ。じゃあ、厳密にはヴィズリル様とミニリル様って完全な同一存在ではないってことなのか。

「それに言っておっただろう?」

「……はい？　何をですか?」

「剣が完成した頃に顔を出すとな」

「……言ってましたけど？　え？　じゃあ、なんで今なんです？」

「確かにお前の生み出す刀という意味でもあるがな。だが、同時にお前自身のことでもある」

「……私？」

「刀はお前と共にあってこそ真価を得る。即《すなわ》ち、お前もまた一振りの剣と見立てることも出来る。魔族の討伐という大任を果たした我が子を労《ねぎら》いに来るのがそんなにおかしなことか？」

「……私は好きで戦ってるんじゃないですよ」

「あぁ、知っている。だからこそ胸の内を燻《くすぶ》らせているのだろう？」

図星を突かれて私は黙り込んでしまう。黙り込んだ私に向けて、ヴィズリル様は手招きをした。

「来い」

……ミニリル様にも似たようなことをされた覚えがあるなぁ、と思いながら私はヴィズリル様の傍《そば》まで行く。

ヴィズリル様は私をそっと包むように抱き締める。幼子をあやすような手付きで私の背中を撫《な》でて、まるで宥《なだ》めているかのようだった。

「……お前の心を燻らせるのは、怒りだ」

「……怒り？」

「理不尽に対する怒り。そして己に対する怒りだ。その怒りは簡単に解きほぐすことは叶《かな》わぬ」

「……理不尽はともかく、私自身ですか？」

「後悔するぐらいなら最初から飛び出していれば良かったと思ったのだろう？　だからお前は歩み寄ったのだ。あの王子の負傷が余程、尾を引いたと見える」

……ヴィズリル様に指摘されて、ようやく私も自覚した。ベリアス殿下を敬えない、と思ったのは見下したからじゃない。敬っている立場のままじゃ言葉が届かないとわかってしまったからだと。ベリアス殿下が私を嫌っていなかったら。お互い、協力し合える立場だったら。戦うのは嫌でも、誰かが傷つくよりはずっとマシだ。

それが嫌い合っている相手だったとしても、あんな目に遭えば良かったとは思えない。……あぁ、だから私は怒っていたんだ。そんな理不尽を齎《もたら》した魔族のことも、半端で踏み止《とど》まっていた私のことも。

「それでいい。その怒りを消す必要はない、カテナよ」

「……必要ない？」

「お前が怒りを消すために戦う必要はない。その怒りはお前の権利だ。この世界に訴えて良いものだ。お前は魔族を討ち倒すという義務を果たした。だが、それが望みでなくても良い。お前はこの世界で地に足をつけ、望みのままに生きて良いのだから」

ヴィズリル様にあやされていると、心の中で蟠《わだかま》っていた嫌な感覚が小さくなっていくようだった。でも、決して消えた訳ではない。ただ静まっただけで、この怒りは私の根幹に根差しているものなのだから。

「魔族の討伐、大儀であった。我が神子にして剣よ。故に心を休めるが良い。鉄を鍛えるのに冷ますのもまた必要なことであろう？」

「……ヴィズリル様」

「抜き身の心を晒《さら》し続ける必要はない。お前の心は刃にも似ているのだから鞘《さや》が必要であろう？ゆっくり休むが良い。お前の思いも、痛みも、我にとっては愛《う》いものよ。よく戦ったな、カテナ」

包み込むように抱き締めてくれるヴィズリル様の背に、おずおずと手を伸ばしてしまう。

とても温かい。心の澱《よど》みが解けていく。理解して貰えるということが、理解させてくれるということがこんなにも安心出来るなんて思わなかった。

戦うのは嫌いだ。出来るなら自分の好きなことだけして生きていたい。

誰かを傷つけるなんて嫌だし、傷をつけられるのもご免だった。だからこそ魔族が、魔神の存在が許せない。あれは誰かの大切なものを踏みにじることを躊躇《ためら》わない悪意ある災害そのものだ。

もっと早く決意すれば良かったと、自分に失望してしまいそうになる。あの魔族によって多くの人が傷つけられ、多くのものが失われた。もっと早く自分が戦うことを決意していたら、そう考えずにはいられない。ベリアス殿下は傷を負う必要はなかったかもしれないし、もっと多くのものを守れたかもしれない。

失ってから大切なんだと実感したって遅いんだ。目を閉じれば家族の顔も、友達の顔も浮かぶ。自分が望む未来の姿だって、私にとって守らなきゃいけない大切なものだ。

ヴィズリル様。私の価値を認めてくれた、私の女神。ようやく心の底から実感することが出来るよ。貴方が私に与えてくれた特別は、私にとって必要な特別だったんだ。

「……ヴィズリル様。私、自分が思ってたより貴方にとって相応しい人でありたいと思ってたみたいです」

「ほう。随分殊勝なことを言うようになったな」

「改めて神子が背負わなきゃいけないものを知って良かったんだと思います。魔族に魔神、あれはこの世界にあっちゃいけないものだ。あれの存在を私は許容出来ない」

混沌《こんとん》そのものにして破綻を齎し、生命を狂わせるもの。あの歪んだ在り方はどうあっても私とは相容《あいい》れない。

だから以前よりは神子の使命として受け入れることが出来る。戦わなければいけない理由が義務の他にも見つかったから。

もっと強い力が必要だ。自分の夢を叶えるためにも、神子としての使命を果たすためにも。今回の戦いで欠点も見えてきたしね。

そう考えると、イリディアム陛下からの提案は渡りに船だと思えてきた。王家の後ろ盾を得ながら刀の研究と研鑽《けんさん》を行えるならそれに越したことはない、と。

「よし、決めた！」

「うむ？　何をだ？」

「ヴィズリル様。——私の神器、打ち直しましょう！」

＊＊＊

謁見した次の日に謁見を願い出るというのもどうかとは思ったけれど、思い立ったら吉日だと思い、私はイリディアム陛下に謁見をお願いした。

イリディアム陛下はすぐに時間を空けてくれたので、連絡役兼案内役としてラッセル様が王城に連れてきてくれた。そうして通されたのはイリディアム陛下の執務室だ。

「昨日の今日で申し訳ありません、陛下」

「構わんよ。それで私に願い出たいことがあるという話であったな。カテナ嬢への協力は惜しまないつもりだ。まずは申してみてくれ」

「ありがとうございます、陛下。先日、お伺いさせて頂きました私の今後のことについてなのですが、少しばかり予定を早めて頂ければと思いまして」

「ふむ？　予定を早めるとは一体どういう意味であろうか？」

「今回、私は初めて魔族と相対しました。無事に倒せたものの、自分の力不足を痛感したのです。そのために私が出来ることと言えば、やはり神器の鍛造しかないと思い至りました」

「ふむ……つまり、カテナ嬢は更なる力ある神器を作り出したいと？」

「正確には、今の私の神器を打ち直そうかと考えています」

「……えっ？　う、打ち直し、ですか？」

私の伝えた言葉にラッセル様が狼狽えたような声を漏らした。声こそ出さなかったものの、イリディアム陛下も似たような表情を浮かべている。

「待て待て、カテナ嬢。君は今、神器を打ち直すと言ったのかね？」

「はい！」

「な、何故《なぜ》打ち直しなのだ……？」

「えっ？　だって、元々たまたま神器になっただけの処女作ですよ？　最初に作り上げた渾身《こんしん》の一作ではありますけど、満足の出来かと言われると……」

「いやいや、それでも神器ですよ？　わざわざ打ち直さなくても良いのではありませんか？」

「でも、今の神器が一番馴染《なじ》んでいますし。新しく作るよりは打ち直した方が私が使う分には良いと思うんですよね」

「……いや、しかし、神器なのだぞ？　カテナ嬢」

頭痛を堪《こら》えるように額に手を当てながらイリディアム陛下が言う。ラッセル様も無言で頷《うなず》いた。

「貴重な品とはわかっていますけど、別に量産しようと思えば私が出来ますし。あぁ、でも刀以外の武器も神器化させられるかと言われるとわからないですね……」

「……新しく打つのではダメなのか？」

「私が使うだけならそれでも良いかもしれませんけど……この神器はヴィズリル様の依代《よりしろ》でもありますから。今後、使い続けることを考えるならより良いものにしたいという気持ちがあります」

「……そうか、女神ヴィズリル様が宿っているという話であったか。それを失念していたな」

イリディアム陛下は深々と溜息を吐き出した。痛みを誤魔化すように眉間を揉《も》みほぐした後、改めて私と向き直る。

「神器の打ち直しはカテナ嬢にとってはどうしても必要なことなのだな？　新しい神器を打てば解決する話ではないと？」

「はい。ただ打ち直すだけなら実家に一度帰らせて頂ければ済む話ではあるのですが、今後のことを考えればご報告しない訳にもいかないかと思いまして、先にお伝えに上がった次第です」

「……カテナ嬢にとってはそれで済む話なのであろうが、この国の国王としてはそれで済ませて欲しくないのだがな。いや、事前にこうして報告してくれたことには感謝しているのだが……」

「正直に申し上げますと、私はあくまで刀を打つ刀鍛冶でいたいので他の武器まで打ってくれと言われるのは望ましくないのです。であれば！　私の手法を参考に私以外の人でも神器を研鑽出来るようになればそれに越したことはないと思いませんか!?」

私は強く拳を握り締めながらイリディアム陛下に訴えた。そう、あくまで私は刀匠でいたい！

私の手法が真似《まね》出来たり、何かの参考になったら私の希少価値そのものだって下がるかもしれない！　そうすれば私ばかり優遇する必要はなくなる！

私の力強い訴えにイリディアム陛下とラッセル様が遠くを見つめるようになってしまった。

「……ラッセル。神器というのは我々でも量産に頭を悩ませていた問題であったな」

「えぇ、その通りでございます。陛下」

「真に才あるものにとって、我々のような者の悩みなど些細《ささい》なことなのかもしれんな……」

ラッセル様は何も答えず、曖昧な笑みを浮かべるだけに留めた。その目が私に向けられたけれど、なんとなく目を合わせづらくて視線を逸らしてしまう。

イリディアム陛下は何度目かの溜息を吐いた後、ゆっくりと席を立ち上がった。

「神器の打ち直し。このような機会に恵まれるなど、なかなか考えられぬ。カテナ嬢の言う通り、今後のことを考えれば技術を受け継げるようにするのが大事だ。故にカテナ嬢、打ち直したいという君の要望は理解した。だが準備を整えるまで待って欲しい」

「準備ですか？」

「まず改めてカテナ嬢の手法を学ぶための者が必要となるだろう。王家からの見届け人としてラッセルにはそのまま付いて貰うが、教会にも話を通したい。準神器への祈禱《きとう》を行っているのは教会だからな。ラッセルと同じように見届け人として人員を選出して貰うのが良いだろう。それからカテナ嬢の工房を用意しよう。王命によって研究室を開設し、カテナ嬢をその研究室長として任命するつもりだ」

つまり刀の研究のための研究室、この世界だと私の名前が使われているからカテナ研究室ってことになるのかな？　まさか王家が私のために工房まで用意してくれるなんて話になるとは、ちょっと恐れ多い。

「カテナ嬢は自身で神器を打つことが出来るが、カテナ嬢以外にも再現性があるのか、或《ある》いは別の手法を試せないか調べる必要もあるだろう。設備の整備と維持も考えれば鍛冶職人を何名か招く必要があるだろう。この人員についてだが、アイアンウィル領の鍛冶師に声をかけるのはどうかと思うのだが」

「ウチの鍛冶職人にですか？　お世話になった工房の親方たちなら私の鍛造を見たこともありますし、何より話は通しやすそうですね……」

「うむ。まずは設備、それから人員を集めての研究室の結成。カテナ嬢の神器の打ち直しは研究室を開設してからにして貰いたいのだが、それは構わないか？」

「そうですね。そうして頂けると私も好都合です」

「うむ。では教会と工房に関しては私に任せて欲しい。カテナ嬢は実家の鍛冶師と連絡を取り、何名か協力者を募って欲しい。実家への連絡も必要であろう？」

「……あー、はい。そう、ですね」

実家、と言われて私は思わず引き攣《つ》った笑みを浮かべてしまった。マイアでの騒動も含め、神器の打ち直しをイリディアム陛下に提案で研究室が開設されることも報告しないといけない。

また泡を噴いて卒倒しそうな父様の顔が浮かんで、思わず心の中で合掌してしまう。父様、本当に申し訳ありません！　悪意があってのことじゃないんです！

＊＊＊

カテナ研究室が結成されることが決まり、その人員を集めるために領地にいる父様に連絡を入れないといけない。それと学院にいる兄様にも報告しないといけないよね、と思ったんだけど……。

「馬鹿、お馬鹿！　お前はさぁ！　何か騒ぎを起こさないと気が済まないのか!?」

「痛い痛い、痛いです兄様ぁ……！　頬が千切れちゃう……！」

報告したら一瞬にして目のハイライトを消して、奇妙な踊りを披露したかと思うと勢い良く私に摑《つか》みかかってきた兄様。流石に悪いとは思っているので、兄様からの頬抓《つね》りは甘んじて受け入れる。

良いだけ頬を抓った後、兄様はその場に崩れ落ちるように膝をついてしまった。私は頬をさすりながら涙目で兄様を見つめる。

「見学授業に向かったマイアで魔族の襲撃が起きて、そこでお前が戦っていたんじゃないかと噂は立っていた。あぁ、立っていたとも！　それだけでお腹《なか》いっぱいだと言うのに、王家御用達《ごようたし》の職人になって？　挙げ句に神器の研究をするための研究室が設立予定!?　お前は何故、大人しくしていられないんだ!?」

「いやぁ……ほら、でもこれで王家とは揉める心配もなくなりましたし？　前向きに展望が開けたとは思えませんか、兄様!?」

「心労の種が増えただけだわ！」

素早く起き上がって私の頭にチョップの連打を叩《たた》き込む兄様。痛いというよりは頭を揺らすような衝撃に目を回しそうになる。肩で息をしながら兄様が天を仰ぎ見た。

「神よ……！　何故、このような試練を与えたもうのか……！」

「それに関しては魔族と魔神が悪いとしか……」

「ちっ……とにかく王家がそう決めたのであればそうするしかないだろう。で？　ウチから職人を呼ぶとなるとダンカンの親方の工房から人を呼ぶつもりか？」

「そうだね。そうするのが一番良いかな、気心も知れてるし」

「王家の監視は引き続き、ラッセル様がやってくれるなら一安心か……ウチは教会との関係も悪い訳ではないし、言葉通りに受け止めるなら何も問題はないんだが……お前が室長であるということに不安しか覚えない。間違いなく何かが起きると言っているようなものじゃないか！」

「流石に失礼じゃない？」

「逆に聞くが、お前は自分が何も起こさないと思ってるのか？」

鋭い視線で兄様が睨《にら》んでくるけれど、私は目を逸らして口を閉ざした。ごめん、兄様。起こす前提なんだ、この研究室。神器の打ち直しが決まっちゃってるからね、私が言い出したことだけど。

「と、とにかく父様にも報告は送ったけど、兄様にも報告しておかないとなぁ、って思って……」

「必要なことなんだが、もう先行きに不安しか覚えない」

「でも、王家とは和解出来たし、兄様がこれで家を継いでも問題はないんじゃないかな？　ね？」

「逆に問題が発生しているだろうがぁ！　ウチを何だと思ってるんだ、しがない男爵家だぞ!?　これ以上どんな案件を持ち込もうっていうんだ！　その内、父上が倒れるぞ!?」

「私だって好きで問題起こしてる訳じゃないのにぃっ！」

兄様と互いに胸ぐらを掴み合って揺さぶり合ってしまう。そうしていると互いに気持ち悪くなってしまった。手を離して口元に手を添えて吐き気を堪える。

「……おい、カテナ」

「なにさ、兄様」

「初めて魔族と戦ったんだろ？　怪我はなかったのか？」

表情を真剣なものへと変えて兄様は私に問いかけてきた。私を見つめる目には心配そうな色が見えて、思わず肩の力を抜いてしまった。

「大丈夫。怪我したのはベリアス殿下の方だから」

「それはそれで頭の痛い話だが……とにかく何事もなかったなら良かった」

「うん」

「……お前、本当にこれで良いのか？」

兄様の問いかけには、きっと色んな意味が込められていたんだと思う。このまま神子としてあればどうあっても戦いからは逃れられないだろう。それに兄様は私が鍛冶が好きなだけで、別に戦うことが好きな訳じゃないことだって知っている。

だから良いのか、と聞いてきたんだろう。私のやることには眉を顰《ひそ》めることも多いし、面倒だと、大人しくしろと叱ってくる兄だけど、それは全部私を思ってのことなのは伝わっているから。

「大丈夫だよ、兄様。それに魔族と相対して思ったんだ。私は魔族とことん反りが合わないみたい。だから神子として戦うことは嫌じゃないんだ」

「反りが合わないって、お前な……」

「戦わなきゃいけない理由がちゃんとあるって思えたんだ」

兄様の目を真《ま》っ直《す》ぐ見つめて私は言った。兄様は暫《しばら》く私の目を見つめていたけれど、肩を落としながら溜息を吐いた。

それから兄様は私の頭に手を置いて、軽い手付きで頭を撫でる。

「お前がそれで良いって言うならそれで良いさ。ハッキリ言えば、俺はお前のやることに付き合う気はない。それでもお前は俺の妹だ。何か困って、これ以上進めないって思ったなら戻ってくれば良い。父上も母上もそう思ってくれるだろう。だからそれを忘れるな」

「……ありがと、兄様」

頭を撫でてくれる手の感触に、やっぱりこの人は私の兄なんだなと思った。

＊　＊　＊

「カテナさん！　話は聞かせて頂きました！」

「わぁ。……えっと、リルヒルテ様？」

兄様に報告が終わって寮に戻ってくると、目をキラキラとさせたリルヒルテ様が素早く歩み寄ってきて私の手を取った。寮にいた他の生徒が何事かと私たちを見ていたので、私は駆け寄ってきたレノアと一緒にリルヒルテ様を引っ張って人気のない場所へと移動する。

「リルヒルテ様……えっと、何事ですか？」

「先日、お話を聞いたのです。カテナさんが研究室を立ち上げると！　おめでとうございます！」

「そ、それはどうも……」

「こほん。失礼、少し興奮してしまいましたね」

最初は興奮したように早口で捲《まく》し立てていたリルヒルテ様だけど、少し深呼吸してから、いつもの落ち着きを取り戻した。

「実は私たちにもその話が来たのには理由がありまして。私とレノアはカテナさんの研究室の一員となり、同時に護衛も務めることとなりました」

「護衛？　リルヒルテ様とレノアが？」

思わぬ話を聞いてしまい、私は目を丸くしてしまった。するとリルヒルテ様が一つ頷いた後、表情を引き締めてから話を続けた。

「護衛といっても所詮はまだ学生の身です。あくまで学院内での護衛であり、カテナの性能実証のための研究員であると言うべきでしょうか」

「あぁ、なるほど。……えっと、一応、聞いておきますけれど良いんですよね？」

「勿論《もちろん》です！　私としては願ったり叶ったりですし、栄誉なことでございますから！」

ニコニコと笑みを浮かべながらリルヒルテ様は言った。けれど、すぐに表情を切り替えてから深々と一礼をしてみせた。

「改めまして、今後ともどうかよろしくお願い致します、カテナ様。誠心誠意、お仕え致します」

「……様付けは止《や》めて欲しいんですが？」

「立場としては私よりも神子であるカテナ様が上だということをどうか心に置いてくださいね？」

リルヒルテ様が顔を上げながらそう言うけれど、私は釈然としない表情を浮かべてしまった。そんなことを言われても、私自身はしがない男爵令嬢でしかないと思ってるんですけど……。

「気にならないんですか？　その、いきなり立場が逆転していたこととか……」

「元から私が上だと思っていませんよ？」

何を言ってるんです？　みたいな不思議そうな顔をしてリルヒルテ様は首を傾げる。同意するかのようにレノアもうんうんと頷いている。

「元より国王陛下に捧《ささ》げられた新型の武器の開発者ですし、実力も私たちよりも上です。身分としてはお嬢様の方が上でしたが、カテナ様が神子だというのであればそれすらも覆ります」

「そういうことです。なので、これはあくまで線引きとして捉えてください」

「線引き？」

「貴方は守られるべき価値のある方です。ですので、ご自分の立場をご理解ください」

真剣な表情を浮かべて、念押しするように言われる。そして今度はリルヒルテ様とレノアは跪《ひざまず》いて私に頭を垂れる。突然、二人に頭を下げられても私は反応に困ってしまう。

「ちょ、ちょっと、二人とも突然何をっ？」

「……理解していても、悔しくは思っているのですよ」

「え？」

「見学授業の時の話です。魔族に立ち向かった貴方にも、ベリアス殿下にも。ベリアス殿下は大怪我をしましたし、貴方も傷を負わないという保証もなかった筈です。将来は近衛《このえ》騎士となり、王女殿下の護衛となりたいと望んでも私には力が足りません」

「リルヒルテ様……」

「どうしようもないことを悔いても仕方ありません。しかし、今の未熟をこれから先も言い訳にしたくはないのです。だから私にとってこの機会は幸運以外の何ものでもありません。それを齎《もたら》してくれたカテナ様には感謝しかないのです」

跪いた姿勢のまま、顔だけ上げて私を見つめるリルヒルテ様。その目に宿る意志の強さに私は何も言えなくなってしまう。騎士になりたいと志しているリルヒルテ様にとって、あの時のことをどう思っているのか。それに触れてしまった私は何とも言えなくなってしまう。

はっきり言ってリルヒルテ様は私より弱い。特別でないということは、そういうことなんだ。特別じゃない人が私のように責務を背負うことなんて出来ない。

それは私に言われるまでもなくリルヒルテ様だってわかっているだろう。だからこそ彼女は悔いても仕方ないとは口にする。それでも悔しさが拭いきれる訳でもない。私の研究室の人員として選ばれたのも様々な事情があり、純粋に実力で選ばれた訳ではないことも理解している。

でも、リルヒルテ様には関係ないんだ。未《いま》だに頭を下げ続けているレノアだって似たような思いを抱いていてもおかしくない。強くなりたい、と。守るべきものが彼女たちにはあるのだから。

「貴方様の力になりたいという思いも、今よりももっと力をつけたいという思いも全て本物です。どうか、その証明のために貴方様の傍で学ばせてください」

「……わかりました」

これが私の受け止めなきゃいけないことなのだろう。その上で私がリルヒルテ様たちにしてあげられることと言えば、満足のいく日本刀を作り上げて、その使い手として彼女たちを育てることだ。

色んな人に言われているけど、私は自分の立場というのがどんな影響をもたらすのか考えていかないといけない。面倒臭いと思っても、蔑《ないがし》ろにすれば自分に返ってくるのなら向き合わないと。

「安心してください。立場やしがらみのない所でしたら、今後も友人としてありたいと思っていますから」

立ち上がってからリルヒルテ様は笑みを浮かべてそう言った。レノアも並んで私に優しい目線を向けてくれる。友人、か。そうだね、そう言っても良いんだよね。

「……じゃあ、改めてよろしく？」

どう反応すれば良いのか迷った末に私は二人に手を差し出した。その手をリルヒルテ様が取り、その上にレノアが手を重ねてくれた。

＊　＊　＊

そして、それから数日後。私の研究室のために用意されたのは王都の鍛冶工房だった。

元々経営が傾いたということで売りに出されていたところを王家が買い取り、解体して新しい施設でも作ろうかと一考されていたのを丁度良いということで私に与えられることとなった。

私の研究は機密に関わるものが多いので、防音をはじめとした機密を守るための設備が突貫工事で設置されたのだとか。しかもたった数日での決定である。あまりにも展開が早すぎる。

「うっかり自分がひっかからないように注意してくださいね？　カテナ様」

「……いつの間にかラッセル様も様付けになってる」

研究室になる予定の工房を案内してくれたのはラッセル様だった。そのラッセル様も私に対して敬うような態度を取ってくるので、なんだか寂しい。

そんな態度の私に対してラッセル様は困ったように眉を下げて苦笑する。

「お気に召しませんでしたか？　貴方様と以前のように接するのは畏れ多い程なのですが……」

「いや、ラッセル様は私のこと知ってても様付けまではしてなかったじゃないですか」

「カテナ様にはベリアス殿下を救って頂いた大恩があります」

「……私は自分の敵を斬りに行っただけで、猪突猛進《ちょとつもうしん》馬鹿殿下なんて助けてません」

「……そういうことにしておきましょうか」

色々と受け入れていこうと思ったけれど、やっぱり敬われるというのが落ち着かない。正直、そこまで凄いことをしているというような実感が私にはまだないからだ。

かといって他の人に同じことが出来るとも思っていないけど。だから自分が凄いだとか、偉そうに出来るかっていうと出来ないんだけど。

やっぱり堂々と出来る人はそれだけで才能があるよね。私には無理だ。

「……あっ、そうだ。それなら様付けじゃなくて室長って呼んでくださいよ」

「室長？」

「それなら役職名って感じがして敬われてる感が減りますし……」

「相変わらず変わっておられますね。わかりました。今後はカテナ室長と呼ばせて頂きます」

「それでお願いします」

よしよし、それなら様付けされるよりなんかやりやすい。日本刀の研究なら私が第一人者だって自覚はあるしね。それなら私も室長って呼ばれても違和感がない。

「研究室の直属となるのはカテナ室長をはじめとして、監督に私、研究員にリルヒルテとレノア。そして外部顧問の教会の方を招きまして、この四人が中心で動かしていくことになります。後は工房付きとなる護衛や手伝いの鍛冶師を雇う予定ですが、そんなに数は多くならないでしょう」

「結局、ラッセル様の仕事は変わりませんでしたね」

私のお目付役の任からラッセル様はまだまだ解放されないようだった。私としては構わないのだけど、ラッセル様の出世コースを外してしまっているんじゃないかと心配になってしまう。

「以前と変わらないと言えばそうかもしれませんが、追加のお仕事が増えるかもしれません」

「追加？」

「ベリアス殿下がイリディアム陛下に掛け合ってるのですが、カテナ室長に既存の準神器級の武具改良のための助言役になって貰えないかという話になっていまして」

「は？　ベリアス殿下が？」

「あくまで助言役であって、改良そのものは別の者たちが行います。そちらはベリアス殿下が主導で行いたいと。なので私は相互に行き来して情報交換をする役割も担うことになるかもしれません。勿論、カテナ室長に同意頂ければですが」

「……あくまで助言役ってことでなら。ただ私が口を出しても上手くいくかはわかりませんよ？」

「それでも最初から諦めるよりは良いかと。それにカテナ室長がこの話を受けなかったとしても、私には嬉《うれ》しいことでしたので」

本人も言う通り、ラッセル様は本当に嬉しそうに言った。その表情に私は思わず兄様を思い出してしまい、思い至った。

きっとベリアス殿下の変化が嬉しいんだろう。以前のベリアス殿下ならきっと誰かを頼ったりなんてしなかっただろうから。

「……怪我で動けないから大人しくしてるだけじゃないですか？」

「大人しくしてたらこんな提案もしてきませんよ。それに良薬は口に苦しとも言います。ベリアス殿下にとって嚙《か》み締める程のことだったんでしょう。だからこそ、ただ大人しくしてられないんでしょうね」

困ったように、だけどそれでも嬉しさを隠すことが出来ないようにラッセル様は呟く。

「まったくもって元気が良くて困ります」

「ラッセル様、せめて表情と一致させてから言ってください」

「ふふ、では……改めて本当にありがとうございました、カテナ室長」

「お礼を言えとも言ってませんが？」

まったくもってやりづらい。微笑《ほほえ》ましい目で見守られるのは肌がぞわぞわして落ち着かない。

ベリアス殿下が変わったとしても、私から言うことなんて何もないんだから。どうせ顔を合わせたら互いに睚み合うことには変わらないんだろうし。

それでもお互いに譲歩し合えるなら憎み合うこともないし。面倒にならないなら何でもいい。

学生生活に、日本刀の研究と性能証明、それから準神器級の武器の改良の助言役。

こうして指で数えてみるとやることと肩書きの重さに拳を握り締めてしまう。それも悪くない、だなんて思ってしまう。

これからどんどん忙しくなりそうだ。そんな予感に私は笑みを浮かべずにはいられなかった。

＊　＊　＊

それから更に数日後、学校の授業を終えた私はリルヒルテ様たちと一緒に研究室予定の工房に向かっていた。

今日は研究室の手伝いをしてくれる鍛冶師たちと教会の人と顔合わせの日だからだ。

「そういえば、教会から来る方は新たに司祭となった方だそうですね」

「そうなんですか？」

「えぇ、まだお若くて有望な方だとか」

道中、リルヒルテ様がそうして話題を振ってくれた。

教会は一番偉い人が大司教、その下に大司教の補佐や各教会を束ねる司教、その下に司祭、助祭という階級から成り立っている。

この世界における教会というのは一つの神を信仰している訳ではなく、天に御座《おわ》して地上を見守っている神々そのものを信仰している。

教会は神々の歴史や魔法の教育を引き受ける組織だ。魔法使いの連盟でもあるのと同時に神の教えを伝える神官の役割が合体したような印象だ。

同時に生活に貧窮した人や孤児たちを手厚く支援をしている救済組織として私は認識していた。

その理由となる裏話、つまりは準神器級の武器を製造する際に祈りを捧げる人員として確保しているという事実を知って印象が変わってしまったけど。

生きていくのが困難な貧しさを抱えている人でも、信仰心があれば教会で最低限の生活は保障されている。それも全ては魔族の戦いに備えるため、と言われれば何とも言えない。

必要なことだとはわかってるし、どんな人でも食べて生きていけるから悪いことではないんだけど。そんなことを考えている研究室予定地の工房へと辿り着いた。中に入ると、真っ先に私を出迎えてくれたのは実家にいた頃には親の顔程も見慣れたダンカン親方だった。

「おう！　来たか、お嬢！」

「親方！　親方がわざわざ来てくれたの!?」

「でかい仕事があるって聞いてな、お嬢が関わってると聞いたら黙ってられなくなっちまった！」

「俺たちもだ！　工房は若いもんに任せてきたぞ！」

ガッハッハッハッ、と陽気に笑いながら親方が私の肩をバシバシと叩いてくる。

親方の他にも年配の鍛冶師たちが同じような笑みを浮かべていた。どの人も工房では屈指の腕前を持つ人ばかりだ。

「親方たちが来てくれたら百人力だよ、ありがとうね」

「いいってことよ！　あぁ、そうだ。お嬢にはもう一人、懐かしい顔がいるぞ？」

「え？」

「……そろそろご挨拶させて頂いてもよろしいですか？」

親方の言葉に首を傾げていると聞き覚えのある声が聞こえてきた。私は思わず声の方へと視線を向けた。そこには司祭の装束を纏《まと》い、穏やかな印象を与える人が立っている。

「教会からカテナ研究室外部顧問として招かれました。……お久しぶりですね、カテナお嬢様」

「ヘンリー先生!?　ヘンリー先生、司祭だったんですか!?」

「いいえ、数年前に助祭になったばかりですよ。助祭から司祭になるとしても、本来はもう少し実績を積む必要があったのですが……これもカテナお嬢様のお陰ですね」

「私？」

「カテナお嬢様の下に派遣するための異例の昇進ということですよ、教会の都合が良かったので。ある意味、貴方を育てた功績という形で昇進させて貰ったと言っても過言ではありません」

「は、はぁ……その、おめでとうございますと言った方が良いですか？」

私が曖昧な表情で祝福すると、ヘンリー先生は呆《あき》れたように溜息を吐いて苦笑を浮かべた。

「何かをやらかす子だと思っていましたが……本当、驚きましたよ」

「えっと、神器については秘密にしててすみませんでした……」

「それとなくクレイから事情があることは聞いてましたし、疎遠になったのもカテナお嬢様が研究していた剣を完成させた前後でしたからね。それに下手に言える秘密でもないでしょう、気にしてませんよ。私はカテナお嬢様と共に研究して、その成果を教会の準神器級の武具に転用出来ないかどうか調査するのが目的となります。改めてよろしくお願いしますね」

「ヘンリー先生が一緒なら心強いです。よろしくお願いします」

ヘンリー先生が握手を求めたので自分も手を差し出す。軽く握手をして二人で微笑み合う。

握手を終えたところで、神妙な表情を浮かべたリルヒルテ様がヘンリー先生を見つめながらぽつりと呟いた。

「ヘンリー・アップライト……かつては凄腕《すごうで》の傭兵《ようへい》として名を轟《とどろ》かせていた魔法使いですね。教会に入ったとはお聞きしておりましたが、お会い出来て光栄です」

「そんな大層なものではありませんよ。少々、血の気と若気の至りが過ぎただけです」

えっ、なにそれ。そういえば傭兵時代の父様やヘンリー先生の話は聞いたことがなかった。今度、聞いてみようかな。

「今後はカテナお嬢様の神器の研究に力添えさせて頂きたいと思います。どうかよろしくお願いしますね」

「はい、こちらこそ！」

人を集めるというからちょっとドキドキしてたけど、改めて集まってみると知り合いばかりだ。これも陛下の采配のお陰なのかと思うと安堵《あんど》の気持ちでいっぱいになってきた。

改めて私は色んな人に助けられているんだな、と実感が湧いてくる。今までは自分のためだけだったけど、私の力で恩返しすることが出来るならこんなに嬉しいことはない。

満ちてくるやる気に拳を握り締め、私は決意を新たにするのだった。

第十三章　日は沈めど、再び昇る

「それでお嬢、何から始めれば良いんだ？」

「まずは設備の把握と整備かな。それが終わったら、最初にやるのは私の神器の打ち直しだね」

「なるほど、設備の把握と整備、それからお嬢の神器の打ち直しだな！……打ち直しだァッ!?」

ダンカン親方の驚きの声に他の皆の声も重なって、鼓膜に甚大な被害が与えられた。涙目になって耳を押さえながら皆を見渡す。

「う、打ち直しってどういうことですか？」

「いや、私の神器って偶然神器になっただけで、出来そのものには納得いってなかったので……」

「おいおい……お嬢……お前よぉ……」

ヘンリー先生と親方が何とも言えない表情で私を見てくる。他の皆も似たような反応だった。先に聞いていたラッセル様は皆の反応がわかると言わんばかりに頷《うなず》いていた。

仕方ないので私はイリディアム陛下にした説明を皆にしたけど、呆《あき》れたような視線を向けられるだけだった。解せぬ……。

「……まぁ、良い。お嬢のやることが突飛なのはいつものことだからな」

「勿論《もちろん》、いきなりぶっつけ本番にはやれないから試し打ちはするけれどね」

「試し打ちですか」

試し打ち、と聞いて何故《なぜ》か身を乗り出してきたのはリルヒルテ様だった。何故か期待に目を輝かせて私を見つめている。まるで子犬が尻尾を振っているかのような愛くるしさがある。

「……あの、試し打ちですよ？」

「それでもカテナを打つのですよね？」

「……欲しいんですか？」

「欲しいです！」

やや食い気味にリルヒルテ様が更に身を乗り出して、私の手を掴《つか》む。リルヒルテ様の後ろでレノアが額に手を当てて頭痛を堪《こら》えるような仕草をしている。

リルヒルテ様の勢いに引きつつも、どうしようかと考える。リルヒルテ様とレノアはカテナ研究室の一員になる訳だし、以前から求められていたから渡すのは問題ない。

「んー、だけど試し打ちのものを渡すのはちょっと……」

「……ダメなのですか？」

「折角だったら専用に誂《あつら》えたものを作った方が良いんじゃないかと思ったんですけど」

「私たちの専用のカテナですか？」

リルヒルテ様だけじゃなくてレノアまで食いついてきた。二人揃《そろ》って詰め寄らないで！

「ただ刀を作るだけじゃなくて、神器を作ることが私たちの目的だし。私の製法をそのまま真似《まね》られないなら色々と試行錯誤しなきゃいけないでしょ？　例えば、私がやっている工程の一部を二人で代役して貰《もら》うとか」

「……一部だけでもアレの真似させられるのか、このお嬢ちゃんたちは」

親方が気の毒そうな視線をリルヒルテ様とレノアに向ける。私の作業工程を知っている他の皆も親方と同じように二人に視線を注いでいた。

そんな皆の視線を受けてリルヒルテ様とレノアがやや怯《ひる》んだように身を竦《すく》めたけれど、意欲ある瞳を向けてきた。

「専用品が頂けるなら、私はその方が良いです」

「私もお嬢様と同じくです」

「わかった。まぁ、まずは試し打ちをしてから私の神器の打ち直しだね。それで問題なさそうだったら色々と研究していくことにしよう」

まずはこの工房で神器が生み出せるかどうか、それを確認しなきゃいけない。出来ないなんて話にならないとは思うけど、やっぱり実際にやってみて結果を出さないとね。

「試し打ちってどこまでお嬢一人でやるんだ？」

「設備の確認と整備については親方たちに任せた方が良いし……それなら素材や炉の調整、環境の調整は私が担当するよ」

「わかった、作業だけ俺たちが代役をするってことだな」

以前、神器化するかどうかの実験を親方たちに手伝ってもらった時の手順の一つだ。実際、神器化することはなかったんだけど。それなら、と私はヘンリー先生へと視線を向けた。

「この試し打ちは教会に渡して祈禱《きとう》してもらったらどうでしょうか？　通常の製法で作られた武器との差があれば一つの指針になりますし」

「そうして頂ければ助かります。……いやはや、改めて聞いていると相変わらず常識を常識と思わぬ発言がぽんぽんと飛び出してきますね」

「……そ、そんなことないですよ？」

思わず視線を逸《そ》らしながら言ってしまったけれど、全員からそれはないと言わんばかりに首を左右に振られることになった私であった。

＊　＊　＊

――その光景は、正に神業と例える以外に言葉が見つからなかった。

リルヒルテはその光景にただ見惚《みと》れ、畏怖を隠せずにいた。

魔法によって燃え上がる炎。魔法によって発生した風を受け、炎は幻想的な色で揺らめいている。

その炉の中へ素材となる砂鉄が吸い込まれていくように焼《く》べられていく。

作業は全て魔法によって行われている。最早《もはや》、精密という言葉で片付けて良いのかわからない。

一人で作業を行っているカテナは意識を集中させ、周囲の雑音も耳に入らないといった様子だ。時折魔法を制御する際の癖なのか、まるで楽団の指揮者のように手が揺れる。

作業が始まって既に何時間が経過したのか。珠《たま》のような汗を流しているカテナはそれすらも己の魔法で拭い去っている。思い出したように魔法で涼を取り、それでも作業が止まることは一切ない。

（……凄《すさ》まじい、ですね）

複数の魔法の展開、持続、制御。どれ一つを取っても真似をしろと言われても困難なものばかりだ。それにカテナの技術は本来、魔法に求められるものとして評価されるようなものではない。けれど、この光景を見せられては無価値だとも言えない。それ程までにリルヒルテはこの光景に圧倒されていた。

カテナ・アイアンウィルは不思議な少女だった。

最初は彼女が生み出した新型の武器に興味を持ったことから繋《つな》がった縁だが、知れば知る程に彼女の底知れなさを味わうことになった。

リルヒルテは騎士になることを志している身であり、実家も武門の名家として知られている。人よりも恵まれた環境で薫陶を受けてきたリルヒルテは自分の実力に多少の自負があった。

その自負を文字通り木《こ》っ端微塵《ぱみじん》にしてくれたのがカテナだった。カテナとの間には天地程の差があることをリルヒルテは突きつけられた。

悲観してもおかしくない実力差だったが、逆にリルヒルテは期待と興奮を覚えた。

一体どうすればそれだけの実力を身につけることが出来たのか、純粋に興味が出てきた。その一端を知ることが出来れば、自分ももっと高みに上れるかもしれないと。

しかし、カテナの正体はそんな思いすら思い上がりだという程に強烈なものだった。

神に直接認められた最新の神子《みこ》。しかし、それは剣士としてではなく鍛冶師としてだった。なのに自分よりも遥《はる》かに強い存在、はっきり言って意味がわからない。

けれど、この光景を見せ付けられては嫌でも理解させられる。カテナの本分は確かに剣士ではなく、鍛冶師なのだと。その努力が転じた結果が彼女の異次元めいた強さに繋がっていただけだった。

それは騎士を目指していたリルヒルテからすれば、少しだけ憤りにも似た感情を覚えてしまうけれど。それでもやはり、何故と問い、知りたいという思いの方が上回った。

物事には理由や原因が必ずある。理解することは己の視野を広めること。世界を広げることは自分の器も広げることだとリルヒルテは信じている。

だからこそリルヒルテは素直にカテナの凄《すご》さを我が身で体感していた。その上で、彼女の真摯さに胸を打たれてしまうのだ。

ちらり、とリルヒルテは隣に立つ自分の従者であり、夢を同じくする同志であるレノアを見る。彼女もまた食い入るように作業を続けるカテナの姿を見つめている。

恐らく、彼女に対して抱く思いも似たものなのだと思う。改めて、カテナの凄さを間近で感じることが許された幸運を神に感謝したくなる程だ。

カテナの神業を見届けているのは自分だけではない。カテナの魔法の先生であり、教会から外部顧問として招かれたヘンリーも、彼女の手足となるためにやってきた鍛冶師たちも真剣な眼差《まなざ》しでカテナを見つめていた。

「……アップライト司祭、貴方《あなた》はカテナさんの魔法の先生と仰《おつしや》っていましたよね？」

「えぇ、そうですが。それが何か？」

リルヒルテはカテナに視線を向けたまま、ヘンリーへと声をかける。ヘンリーもまたカテナから視線を逸らさずに会話に応じる。

「この手法はアップライト司祭が提案した訳ではないのですよね？」

「えぇ。私だってこんな方法、わざわざ教えません。……当時、私はカテナお嬢様には魔法の才能はないと思っていましたから」

「……カテナさんも魔法は不得手と言ってましたが、これで言ってたんですか？」

「本当に不得手だったんですよ。戦闘に応用出来る魔法なんて使えないですし、生活に役立つささやかな魔法を扱うので精一杯でした。今だって華々しい魔法を使える訳ではありません。だからこそカテナお嬢様はこの道に進んだとも言えるかもしれませんが……」

「……なるべくして神子になったということでしょうか？」

「そうとも言えますし、そうじゃないとも言えるかもしれません」

「……どっちですか？」

ヘンリーのどっちつかずの返答にレノアが眉を寄せながら問いかける。ヘンリーはカテナへと視線を戻して言葉を続けた。

「才能がない、そう言われて諦める人は多いでしょう。頑張っても実を結ぶとは限らないですし、その可能性は低いと言われてるのですから。カテナお嬢様だって同じ状況でした。だけど、それでも彼女は自分に出来ることを諦めなかった。それを才能と言ってしまうのは簡単なことですが、これは才能という言葉で片付けることが出来ないと私は思います」

「……そうですね、わかります」

カテナは神子だから、なるべくしてなったと言うのは簡単だ。だけど、カテナの始まりは非才の身と言われたところからだった。

それからカテナは愚直なまでに理想を追い求めて研鑽《けんさん》を続けた。その結果が目の前の光景なのだとリルヒルテは思った。

「私は幸運なのですね。あの方の傍《そば》で、真っ先に薫陶を受けることが出来るのですから」

リルヒルテの言葉にレノアも、ヘンリーも言葉を返さなかった。作業に向き合うカテナの姿を目に焼き付けるかのように。その姿を見つめながらリルヒルテは静かに誓いを立てる。

目指すべき目標が変わった訳じゃない、増えたのは強くなりたいと思う理由だ。

この人と共に歩むのを恥じないように強くなろう、と。尊敬の対象として、そして友として。

カテナに胸を張っていられるような強さを身につけたいと、リルヒルテは願いを抱くのだった。

＊＊＊

数日かけての作業を終えて、無事に試し打ちの日本刀が完成した。出来上がった日本刀を皆で囲みながら、私たちは顔を見合わせる。

「なんとか無事に仕上がったね。これなら実家にいた時と同じように神器の製作も大丈夫そう」

「それは何よりだ。しかし、改めて通しでやってみたが……口は悪くなるが、お嬢様のやってることは頭がおかしいな？」

「この工程をなんで一人で、しかも全部魔法でやろうと思ったんだ？　悪いモノでも食べたのか？」

「アイアンウィル家の血が暴走した結果がコレだよ」

「突然、散々な言いようだね!?」

鍛冶師たちからのあんまりなお言葉に私は憤慨した。それでも誰も撤回しようとしないけれど。

「実際やってみれば何を目的にしてやってるのかわかるんだがなぁ……」

「あれだ、今まで手がけてきた大剣を野郎とするなら、このカテナはお嬢様なんだよなぁ」

「あぁ、それも大人しいお嬢様じゃなくてとんでもない跳ねっ返りだ」

「文字通り、カテナお嬢そのまんまのような……」

「ちょっと」

私がドスを利かせた声で言うと鍛冶師の皆が一斉に目を逸らした。その横でリルヒルテ様たちが苦笑を浮かべていた。ちょっとは私を擁護しようって人はいない訳!?

「話は戻すが、とりあえず試作品が出来上がった訳だが……流石《さすが》にお嬢のアドバイスがあったとはいえ、俺たちが作業を担当するとまだまだ満足のいく出来じゃねぇな」

「うーん……私もまだ良《よ》し悪《あ》しを比較出来る程、本数を打ってる訳じゃないからなぁ」

「品として評価するならお嬢の作ったものに比べれば、俺たちが打ったカテナは二段程評価が下がるぜ。まだ火の入れ方も、鍛え方も何もかもが手探りだ。なんとか形にはなったが、形に出来ただけってのが良いところだな。それでも実用には耐えられるのは幸いだが。まったく、まるで駆け出しに戻ったみたいだぜ」

「それを言ったら私だって、私の持ってるのも処女作なんだけど……」

「お嬢の工程は参考にはなるが、手法は参考にならん」

親方がバッサリと切り捨てるように言った。確かに純粋な鍛冶師としての技法ではないけどさ。

「これより良いものを作るのなら、もっと研鑽させてぇな。流石にこの出来で満足は出来ねぇ」

「それは今後の研究室での課題ということにしようか。……そのためにも私も見本となるような渾《こん》身《しん》の一品を打ち直さなきゃね」

設備の整備と調整は問題なく終わった。なら、ここからは私の仕事になる。神器を打ち直すとなれば、今度こそ私が全部一人でやらなきゃいけない。

「という訳で親方たちは暫《しばら》く休んでくれててもいいけど……」

「作業場には入らないけどよ、外に控えるぐらいならいいだろ？」

「別にいいけど」

「——それなら俺の見学も許して貰えるのだろうな？」

突然、聞こえてきた声に私は振り返ってしまう。そこにはラッセル様を伴ったベリアス殿下の姿があった。ベリアス殿下の登場に親方たちはギョッとしたような表情を浮かべた後、慌てて跪《ひざまず》く。

ちなみに皆が跪く中でも私は立ったままだ。

「跪く必要はない、楽にしてくれ」

「ちょっと、何しに来たのよ？　怪我《けが》はもう良いの？」

「見学をしに来たと言っただろう。怪我は問題ない。お前がいよいよ神器を打ち直すと聞いて、俺が陛下に代わって見届ける。別に何も困らんだろう？」

「別に困んないけどさ……」

なんか調子狂うんだよ、ベリアス殿下と喋《しゃべ》ってると。親方たちは立ち上がりながらも私とベリアス殿下のやり取りを見て溜息《ためいき》を吐《つ》いている。

「王子にため口だぜ……若旦那が見たら卒倒するな」

「流石お嬢だぜ……怖いものなしだな」

「はいはい、そこ！　うるさいよ！」

私がぱんぱんと手を鳴らしながら言うと親方たちは口を噤《つぐ》んだ。その様子を見ていたベリアス殿下は肩を竦《すく》めながら、親方たちへと視線を向けながら言った。

「こいつの不敬は気にするな、俺が特別に許している。不敬に問うことはない」

「はぁ……」

「それに、まさか俺の見学を拒むとは言わんだろう？」

「見るだけならお好きにどうぞ。邪魔しなければ文句ないわよ」

どこかハラハラするように皆が私とベリアス殿下のやり取りを気にしている。その中で一人だけ、穏やかな笑みを浮かべているラッセル様が実に印象的だった。

「それじゃあ、打ち直しを始めるから。何かあったと思わない限り、中に入ってこないでね」

私は手をヒラヒラと振ってから作業場へと足を踏み入れた。扉を閉めて、改めて作業場を見渡す。部屋の隅には水や食料が運び込まれている。今日から暫く誰も入れずに引き籠もる予定だから必要になったものだ。

これから行うのは私が最初に作り上げ、ヴィズリル様によって神器へと昇華された日本刀の打ち直しだ。私の原点にして、未熟の象徴とも言えるこの日本刀を打ち直す。

「……準備は整ったか？」

私に声をかけたのはミニリル様だ。彼女は実体化した後、部屋の一角に設置された台座にお行儀良く座る。これもまた、私が行う打ち直しに必要な処置だった。

「はい、始めたいと思います」

「うむ。では、本体に代わって我が見届けよう」

ミニリル様はヴィズリル様の端末だ。彼女は私の日本刀を依代《よりしろ》に現世へと留《とど》まっていたけれど、この日本刀を打ち直すとなると一時的に依代を失う。

だからこそ、この部屋を神が降臨するに相応《ふさわ》しい儀式の場として整えた。私以外の人がいないのはこの環境を乱さないためだった。

ミニリル様が留まれるだけの環境を維持しながら、同時に並行して日本刀を打ち直す。一人で神と向き合い、神に認められるだけの一刀を練り上げる。今更だけど、凄いことをやろうとしているなと思う。

「——じゃあ、始めようか」

そして私は鎚《つち》を手に取った。

ここから一人、刀と向き合うだけの時間が始まる——。

＊　＊　＊

「……本当に出て来ないんですね」

「そうですね……」

リルヒルテはカテナが引き籠もっている部屋の扉を見つめながら、不安そうに呟《つぶや》きを零《こぼ》す。リルヒルテの呟きを聞いたレノアも同じように呟く。

そんな二人の不安を紛らわすためか、腕を組んで部屋の扉を見つめていたダンカンが口を開いた。

「本来だったら人が交代しながら作業するが、お嬢の場合は全部一人でやってるからな。それも不眠不休でだ」

「……本当に大丈夫なんでしょうか？」

「何かあった時のために俺たちがこうして交代して見張ってるって訳だ」

「……しかし、この壁一枚向こうにかのヴィズリル様が降臨しているとはな。嫌でもその存在を感じ取れてしまうが、それが今でも信じられん」

呟いたのはベリアスだ。彼の視線は鋭く扉の奥を見つめている。中から感じられる存在感に昂揚《こうよう》しきっているようだ。その昂揚を隠さないまま、ベリアスはラッセルへと問いかけた。

「ラッセル、お前はヴィズリル様と直接相見《あいまみ》えたことはないのか？」

「流石にありませんよ。ただ、遠目で見かけたことはあります。ヴィズリル様はカテナ室長の剣の師でしたからね。それに降臨されておられるのは本体ではなくて端末だという話です」

「端末であろうと神は神だ。その神が直々にカテナの手際を見届けるために居座っているというのだから、末恐ろしい奴《やつ》だ」

感嘆か、それとも呆れか。ベリアスがどちらとも取れる態度で告げる。

耳を澄ませば中から鎚を振るう音が聞こえてくる。その音こそが未《いま》だ作業の途中であり、彼女が無事であることの証明だった。

「……改めて思い知らされるが、カテナの製法をそのまま真似ろと言うのは厳しいものがあるな。この中での作業は全て魔法によって行われているのだろう？」

ベリアスの問いかけに頬をぼりぼりと掻《か》きながらダンカンが答えた。

「そうですな、専門家の俺から言わせてもらえればお嬢の真似しろなんて言われるのはご免ですさ。本来は鍛冶ってのは一人でやるもんじゃねぇですよ。お嬢は些《いささ》か情熱が行きすぎてるところが難点で、一人で成し遂げられるからこそなんでしょうがね……」

「あぁ、わかっている。それにこの製法は量産には不向きだ。武器としてのカテナを求めるならば通常の製法も確立させておくべきだろう。後はカテナの手法をどこまで真似れば最も効果があって、どこで折り合いをつけるのか探るのは研究室の者たちの役目だ。それは俺も期待している」

「恐縮でさぁ」

ダンカンはベリアスからの言葉に萎縮しながらも肩を竦めて返答する。

そんなベリアスの態度を見て、以前のベリアスを知る者たちは感心したように息を吐いていた。変われば変わるものだ、と。

かつてはプライドが高く、他者の忠言にもなかなか耳を貸さない頑固者として認識されていたベリアスだったが、その欠点とも言うべき面は鳴りを潜めていた。

これもカテナが齎《もたら》した変化だと思えば、あの人は何かを変革させずにはいられない人なのだな、と思う者は多かった。

「後は無事に完成させてくれることを祈るしかないのですが……」

ぽつりと誰かが呟く。固く閉ざされた扉は、未だ開く気配を見せていなかった。

＊＊＊

――一心不乱に鉄を打つ音が響いている。

炎に照らされ、汗を流しながら鎚を振るうカテナの姿をミニリルは静かに見つめている。

合間に食事と水分を補給することはあっても、カテナの手は止まらない。その食事とて流し込むようなもので、あっという間に済ませてしまう。

言葉はない。言葉の代わりに鎚を打つ音が返ってくる。最早、カテナは自分の存在を覚えているのかどうかも疑わしいとミニリルは思っていた。

本体が神子として選んだ摩訶不思議《まかふしぎ》な子供。カテナは我も強く、欲深いが俗世に無関心という変わった人間だった。

望むのは、刀と呼んだ武器をこの世で作り出すこと。ただそれだけ。

それを神から認められてもただ恐縮し、栄誉を与えると言っても面倒臭いと言わんばかりに眉を顰《ひそ》める。神への敬意と信仰も足りず、やはり変人としか言いようがなかった。

善良ではあるが、無関心であるためにカテナの善良さが世界全体に向けられることは稀《まれ》とも言えた。カテナの芯として中心にあるものは、飽くなき刀への情熱だ。

彼女の人間性の発露など、その中心に燃ゆる焔《ほのお》に触れれば焼《く》べられてしまうようなものだ。それ程までに深く、危うい情熱を宿している。表層に浮かぶものを剝がした先に残るのは、刀匠としてのカテナだ。

だが、刀は人の手によって振るわれる道具である。道具を活《い》かすのは人の意志があってこそ、それがカテナの善良さを補強しているのだから皮肉なものだ。

本質は焔であり、焔が象《かたど》るのは刃であり、刃を統べるのは意志である。

それがカテナ・アイアンウィルだ。そして、彼女は今、意志を焔に焼べる薪として刃を形にしようとしている。その手段として魔法が使われている。魔法は神々が人に与えた恩恵であり、世界の在り方に沿わせた力の法則だ。

剝《む》き出しの本質を神の与えた魔法で形とする。そこに象られるのは一つの世界そのものと言っても過言ではない。カテナの刀は武器であるのと同時に本質を映し出す鏡であり、彼女を通して形成される小さな世界そのものだ。

(だからこそカテナの刀は神器となりえる。神器とは、神の持つ個性を概念化し、それを武器として転じさせたものである故に)

神の視点から見れば、人が神器を真似て作った準神器級の武器はあくまで神器の形と力を真似た模造品でしかない。そこにどれだけ人の意志や祈りを満たしても神器そのものには至れない。

故に、カテナが全身全霊で作り出す刀は、やはり一線を画するものなのだ。人に与えた神の力によって練り上げ、無心で鍛え上げる。

そこに神の力はあっても神への祈りはなく、純粋なる個人の意志で形となっていく。そうして生まれるのは無垢《むく》にして空の器。空であるからこそ、あらゆる神の依代になり得る逸品。

(――それ故に、その刃は神に届く)

ヴィズリルが恩恵を与える前から、カテナは頼りないとさえ言えた魔力で神に届き得る逸品を生み出した。それは最早、才能という言葉だけで片付けられるものではない。執念とすら言える熱い情熱がなければ成立しないものだ。

そのカテナが今、ヴィズリルが恩恵を与えたことによって扱えるようになった潤沢な魔力を以《もっ》て、奇跡の逸品を打ち直している。

この果てに一体どのようなものが出来上がるのか、それを想像すればミニリルは、そしてミニリルを通して彼女を見つめる本体であるヴィズリルは思う。

(お前なら、きっと叶《かな》うとも)

神を招き、魔を祓《はら》う。それこそがカテナの在り方であり、力となる。純粋であるからこそ、許容と否定の意志によってその性質を大きく変える。

まるで裏と表のように、それもまたカテナらしいとミニリルは笑みを浮かべてしまう。

善良で情はあるものの世界には無関心で、その内にある情熱は胸に秘めたる願いのために。

内に取り込めばよく馴染《なじ》み、内に望まねば弾《はじ》き出してしまう。そんなカテナの映し鏡であり、神器として成る日本刀であれば。

（あぁ、そうだ。お前なら、きっと――）

期待を込めながらミニリルはカテナを見つめる。カテナはミニリルの視線を意に介せず、強く鎚を振り下ろして鍛造の音を奏でた。

＊　＊　＊

途中から思考と呼べるものがあったのか、もう定かではない。

終わりが見えない。時間が過ぎていく。体力と魔力が削られるようになくなっていく。

喉の渇きも、空腹感も、ただ煩わしいだけ。水も保存食も足りないから取り入れるだけの作業だ。

ただ鉄を打つ。無駄を削《そ》ぎ落とし、研ぎ澄ませていく。その音が心地良い。いっそ、それに加えて汗が浮く程の炎の熱すらも心地良いとさえ思いそうになる。

そうしていると、まるで自分が炎になったように錯覚してしまいそうになる。けれど、暫くすればその思考すらも無駄だと言わんばかりに切り捨てる。

鉄を研ぎ澄ます。今、私はただそれだけのために息をしている。そんな自分になっていくのが、思わず笑ってしまいそうになる程楽しかった。

楽しいから飽きない。楽しいから止まらない。止まらないからずっと続く。どれだけ苦しくても、この心の奥底から湧き上がる喜びに勝ることはない。


——だけど終わりは来る。この喜びは、完成させなければ全てが無為に帰してしまうものであるからこそ。


「——カテナ」

「……ぁ」

一体どれだけ呆《ほう》けていたのだろう。ミニリル様の声が聞こえてきて、ようやくそこで意識がはっきりと戻った。

まるで夢から覚めたようだ。私は見上げるようにミニリル様の顔を見つめている。ミニリル様の後ろには天井が見えて、自分がミニリル様に膝枕をしてもらっていることに気付いた。

「……ミニリル様、私……？」

「完成と共に意識を失ったのだ。まったく、呆れる程の熱意と執念だ」

口では呆れたように言いながらも、ミニリル様の口調はとても穏やかだった。

ミニリル様の手が私の額を撫《な》でて、そのまま視界を隠すように触れてくる。暫《しば》し、ミニリル様の手の感触に浸ってしまう。

けれどすぐに私は起き上がった。確かに完成させたという記憶は朧気《おぼろげ》ながらあるが、しっかりと確認する前に力尽きてしまったのだろう。

「そうだ……！　刀は！」

慌てて打ち直した刀を探すと、布が敷かれた台座の上に置かれていることに気付いた。まだ柄《つか》も鍔《つば》もつけていない剝き出しの状態だ。改めてじっくりと検分して、私は大きな息を吐いてしまった。

その息には様々な思いを詰め込んでいた。まず浮かんだのは安堵《あんど》、そして打ち震えるような感動が湧き上がってくる。

刃文が浮かんだ刀身は光を浴びてうっすらと鈍く輝いている。艶すら感じさせる刃は触れるのも躊躇《ためら》う程に美しく見えた。

なるべく打ち直す前と遜色ない出来にしようとは思っていたため、長さなどは大きく変わってはいない。

けれど、存在感と言うべきものが違う。加えて自分の中にある何かと響き合うような感覚が染み渡ってくる。

これは私のための日本刀だ。他の誰のものにもならない私だけの逸品だ。そんな実感がゆっくりと胸を満たしていく。

「……ミニリル様、どうですか？」

「うむ、打ち直す前よりも研ぎ澄まされたな。武器としての技術の向上も勿論、器としての格の位が上がっている。神々が地上にいた頃の神器と比べても見劣りはしないと言えるだろうな」

「じゃあ、ミニリル様の触媒としてもいけますか？」

「うむ？　あぁ、それは問題はなかろう。その点はカテナが作るものに不安はない」

ミニリル様の返答を聞いて、私はそっと息を吐いた。

そこだけはちょっと心配に思っていたけど、ミニリル様は私が作るものに不安はないと思ってくれていたことに少し照れてしまう。

「良かった。これでダメとか言われたらどうしようかと」

「……お前は少し勘違いをしているな。カテナ」

「はい？」

「お前の力は十分に足りている。もしも、足りていないとするならば覚悟だ」

「覚悟……？」

「お前は刀を打つ者であり、刀を知る者だ。そこから派生させて戦う術《すべ》も得ているが、お前は戦いの中に活路を見出《みいだ》すものではない。己の内に活路を見出すものだ」

ミニリル様は私を真《ま》っ直《す》ぐに見上げながら言う。私はただ静かにその言葉に聞き入るしかない。

「前にも教えたと思うが、人がその本領を発揮するには適切な形がある。お前にとってそれは刀鍛治であるというだけだ。そこにどれだけ力を注ぎ、己を信じることが出来るかだ」

「……自分を信じる」

「かつてお前は夢を叶えるために刀を作り上げた。しかし、その夢の先を更に見た。そして新たな刀を作り上げた。届くか？　という問いに意味はない。届かせるためにお前はこの刀と向き合ったのではないのか？　そして届かないからと、お前はそこでこの刀を捨てるのか？」

「――いいえ、捨てません」

絶対に捨てない。今回がダメでも、次があるならもう一回試す。理想に届くまで何度だって私は繰り返す。でなければ夢は叶わない。

私の理想を知るのは私しかいない。私が折れてしまえば夢はそこで潰《つい》えてしまう。だから、何度でも折れたって良い。擦り切れたって構わない。その度に打ち直してでも理想にしがみついて叶えてみせる。

私が刀を捨てるということは、魔神や魔族の暴虐を見逃すということだから。大切なものを守るために刀は捨てられない、捨てるだなんて選べない。

死んでも追いかけたい夢があった。夢を追うのに力を貸してくれる人が、夢を認めてくれる人がいた。私の夢はもう私一人の夢じゃない。だからこそ私は大事な人もまとめて守りたいんだ。

だから不安に思うことなんて何もない。私はただ胸を張れば良い。自分の信じて作り上げたもので示せば良い。

それで届かないからって諦める理由なんてない。チャンスがあるなら何度だってぶつかっていけば良い。

「私は、私が望む理想に届くまでは絶対に折れない」

「それで良い。それがお前だ、カテナ。時には揺らぐこともあるだろう。しかし、お前はその揺らぎすら飲み込むことが出来る。お前に並ぶ偉業がそう簡単に成し遂げられると思うな。誇るが良い。その誇りがお前に更なる力を与えるだろう」

不敵に笑ってミニリル様はそう言った。その言葉を確かに胸に刻む。

自分を誇って、私が信じた理想を今度こそ叶えてみせる。その想《おも》いを胸に深く刻む。決して忘れてしまわないように。

「……それで、この刀に銘をつけるのではなかったのか？」

「あぁ、そうでしたね。もう決めてる名前はあるんですよ」

「ほう？」

私はそっと刀を手に取って、作業台へと移した。そして、この刀の銘にしようと決めていた名前を彫っていく。

その名前をつけるかどうかは、実際の出来を見てから決めようと思っていた。自分の目で確かめて、この名前はこの刀に合うと確信を持てたからこそ、私はこの名を贈る。

元の名前である天照《あまてらす》、そこに字を更に加えて綴《つづ》る名は――。

「――〝天輪天照《てんりんあまてらす》〟」

太陽神として信仰されている天照大神《あまてらすおおみかみ》、そこに天の輪と書いて太陽を添えて。

日は沈めども何度でも昇る。それは第二の人生を歩んでいる私の姿でもあると言える。そして太陽を司《つかさど》る天照大神の名から肖《あやか》って、この刀の銘とする。

銘を彫った刀を見つめて思う。私はかつて夢見た理想を二度目の人生で形にすることを選んだ。それを神が認め、力が宿った。そうして生まれたこの刀は、私の道標そのものだ。

だからこそ、恥じないように強くありたい、と願う。改めて強く思ったのだった。

「良い名だな」

「ありがとうございます」

私が礼を返すと、ミニリル様は一度目を閉じて黙り込んでしまった。それからゆっくり目を開き、私を見つめながら言った。

「……カテナよ。お前は神子になるのが運命であった。それはどうあっても避けられないものだ。我が関わる、関わらずともそこは変わらない。魔神はお前を放ってはおかない」

「……ミニリル様？」

「心せよ。魔族の在り方は目にしただろう？　あれは……歪《ゆが》んでいるのだ」

そう語るミニリル様はどこか遠くを見つめるように、それでいてとても寂しそうで、やるせなさすらを感じてしまった。

……そう言えば、今思い返すと色々と気付けることがあった。

魔神はかつて神々によって追放された存在で、人に仇為《あだな》す魔族や魔物を生み出した。そう言われている。そしてミニリル様は歪んでいる、と口にした。

そう言ったミニリル様の表情から、もしかして、という思いが生まれた。

「――……ミニリル様は、魔神と親しかったんですか？」

そう問いかけた時にミニリル様が浮かべた表情は、一瞬にしてどれだけの感情を浮かび上がらせただろう。あまりにも複雑すぎて絞りきれない感情の荒波、確実に言えるのは、それは負の感情だけではなかった。

「……何故、そう思う？」

「ミニリル様……いえ、ヴィズリル様は魔神を追放された神だと言っていました。追放という言葉を選んだのは、元々魔神が神々の同胞だったからではないんでしょうか？　歪んでいる、とも言いましたけど、それはもしかしたら歪む前の姿を知っているようで――」

「――カテナ」

ミニリル様が私の名前を呼ぶ。先程まで様々な感情で荒れ狂っていた表情は、綺麗《きれい》に透明になってしまったかのような笑みに変わっていた。

穏やかな笑みなんだろうと思う。でも、先程の表情を見てしまえば、その表情がただ穏やかなものだけではないことを感じ取ってしまう。

その表情の裏で一体、何を抱え込んでいるのかと、どうしてもそう思ってしまう。

「……禁則事項、だ」

「……禁則事項？」

「我は本体の分身、端末だ。よって喋る内容が縛られていることがある。神々の知る真実の中には人が知るべきではないものもある故な」

「それは……」

「……それは神々だけが知っていれば良い。人が知る必要はないのだ」

「……ミニリル様は人のためを思ってそう言っているのかもしれませんけど、その理由の中に魔神に関しての内容だって含まれているんじゃないですか？　もし、そうだとしたら神々を本当に信用していいのか私にはわからなくなります」

「ほう？　我ら、神が人を欺いているとでも？」

「都合の悪いことだけ黙ってるなら、そう取られても不思議じゃないんじゃないですか？　追放の件に関してだって、何かあったと気付いてしまえば疑いたくもなりますよ」

「魔族や魔神の所業を目にしても、お前はそう言えるのか？　あれは人にとって討ち滅ぼさなければならない存在であろう。その脅威に抗《あらが》うために力を授けた神が、一体何を企《たくら》むという？」

「別に何か企んでるとか、そういう話をしてないじゃないですか。ただ、知られたくないことがあるってだけなんでしょう。それを人にも伝えていない。私にも伝えない。余程言いたくないのはわかりました。……でも、なんか嫌じゃないですか。隠し事されると」

「……確かに、お前は我に隠し事が出来ないからな。起きて寝るまで共にいるからな」

「そういうこと、今言います!?　改めて言われると本当に私のプライベートが存在しないなぁ！」

ちょっとだけ理不尽さを感じてしまった。そりゃ人を見守ってる高位の存在が神なんだから当然の話なのかもしれないけれど、意思疎通が出来る分には悩ましい話になるからね？

「お前は本当に規格外の存在だな、カテナよ。神から連なる神子と言えど、神に隠し事が出来ないからと憤慨することはないぞ？」

「だって、私はこうして話が出来るじゃないですか？　勿論、神様って凄いんだろうな、って思いますけど。それとこれとは話が別ですよ」

「……話は別、か。しかし、だから何だ？　知ってどうするという？　知らねば良かったと後悔しても遅いのだぞ？　お前とて自分が神子であることを隠していたではないか。それと同じことだとは思わないか？」

「思うからこそ、それが重荷になってるんじゃないですか？」

「……は？」

ミニリル様は何を言っている、と言わんばかりに目を見開いて私を見た。

「……重荷、だと？」

「聞いてる限り、神様たちってのは人間を守ろうとしているんでしょう。それだけ大事にしてくれてるってことだと思います。そんな人に隠しておきたい秘密があるなんて、それは抱え込むような思いがあるってことの表れじゃないですか。そんな人みたいな姿を見せられたら私だって気にしますよ」

「……気にしても何の良いこともないだろう？」

「一方的に思われてるだけなんて、ミニリル様だったら耐えられるんですか？」

ミニリル様は口までぽかんと開けて私を見つめた。あり得ない言葉を耳にした、と言わんばかりの反応をしていたミニリル様は、今度は体を震わせ始めた。

「──あっはっはっはっはっ！　はーっ、くふふっ、ダメだ、ふふっ！　笑いが止まらぬ！」

「……笑うところありました？」

「これを笑わずにはいられるか！　確かにお前は我と言葉を交わせよう。しかし、それでまさか我を隣人のように扱う奴がいるとはな！　神を人のように扱うのは世界広しと言えどもお前くらいのものではないか！」

ミニリル様はそのまま爆笑し始めた。ひぃ、ひぃ、と腹を抱えて息を整えている。

その際に浮かんだ目尻の涙を指で拭いながら、ゆっくりと息を吐き出した。

「……流石、我が見込んだだけのことはあるな、カテナよ」

「お褒めに預かり光栄です？」

「そう拗《す》ねるな。本心から、あぁ、心の底からそう思ったよ。お前を神子として選ぶことが出来たことは女神ヴィズリルとして、唯一無二の幸運であったとな」

「……そんな大袈裟《おおげさ》な」

「まぁ、聞け」

くすくすと笑うミニリル様。けれど、すぐにその雰囲気が一転した。


「――そうだ。我は……〝私〟は魔神のことを知っているよ」


わざわざ一人称を変えてまで告げた、その事実に。

……私は、一体どんな反応をするのが正解だったんだろう。

見ているだけで胸が切なくなってしまう、そんな顔で語るミニリル様に。

「神々は皆、知っているよ。知っているからこそ、魔神の好きにさせる訳にはいかんのだ。あれは打ち破らなければならない。否定されなければならない。人が人として生きていくためには魔神は取り除かれなければならない存在だ」

「ミニリル様……」

「あれは歪んでいる。歪んでしまったのだ。……その訳を我が語ることは出来ない。だが、いつかお前なら知ってしまうのかもしれないな」

「……教えてはくれないんですか？」

「知るべきではないと我は思っている。それはお前の言う通り、神の都合だ。だが、それでも我は語らぬ。お前がそれで神々を不信に思おうとも魔神は人を付け狙い、破滅と混沌《こんとん》を撒《ま》き散らそうとするだろう。人は魔神を討たなければならない。その事実は変わることはない」

淡々とミニリル様は告げる。それはそうだ。神々が魔神に関する事実を隠そうとも、私のようにでもならなければ神と直接対話するようなことはない。つまりは知る由はないのだ。

なんてことだ。つまり、こんな悩みを抱えるのは私一人だってことだ。あまりの事実にちょっとだけ憤りを感じてしまう。まるで貧乏くじを引かされたような気分だ。

「……だったら、ずっと神らしくして欲しかったですけどね」

人と違う存在だと、そう思えたなら。もっと私たちの距離が隔てられたものであったのなら。もし、そうだったなら私だってもっと割り切れたかもしれない。でも、無理だ。あぁ、だって私はこの人を、女神ヴィズリルがどんな人なのか知ってしまったのだから。

我が強くて、自信家で、美しいものが大好きで。少しサドの気もあるいじめっ子で、気に入らないことがあればすぐに拗ねる。自由奔放でワガママな人だ。

でも、彼女はそれ故に誇り高い。自分が果たすべき役割を果たそうとしている。それを誰にどう思われようとも受け止めようとしている。それはあまりにも神様らしい。

彼女は、ずっと願っている。人が果たすべきことを果たせるように。私たちを見守ってくれている。守るべき者として、導く者として。

そして、自分の中にある痛みを押し隠してでも、この人はそれを貫いてしまうのだろう。

「結局、神から見て人は胸の内を明かせる程強いって訳じゃないんでしょう？」

「否定はしない」

「良いですよ。ちょっと気に入らないですし、少しぐらい貴方の鼻を明かすのは面白そう。いつか秘密を黙ってたことを後悔させてやります」

「出来ると思うのか？」

「私は、これで貴方を認めさせた人ですよ」

天照をミニリル様に見せるように軽く掲げながら、不敵な笑みを浮かべて言ってやる。

この世には存在しなかった刀の価値を証明することにも繋がるなら、ついでに神々を認めさせてやるような強さを身につけるのも悪くはない。

私は日本刀の価値を示したい。そのために寄り道ついでで世界を救ってやれるなら、なんてドラマチックだろう。将来、神話とか伝説として語り継がれるのも悪くはない。そして永遠に日本刀の価値が世界に刻まれるのなら、夢を追う理由としては破格すぎるだろう。

それぐらい強気で生きていこうか。折角、二度目の人生を送ることが出来ているんだから。一度目の人生のように半端に夢を抱えたまま死ぬぐらいなら、それぐらい果たす気でいよう。

「ミニリル様、いえ、女神ヴィズリル様。貴方は私の価値を認めてくれた。この世界で私が果たせることはもの凄いことなんでしょう。それを示してくれたのは他でもない貴方ですから。私を見出してくれた貴方にこそ、私という存在を喜んで欲しいんですよ」

私と出会えて良かったと言ってくれた。それは素直に嬉《うれ》しい。もし、ヴィズリル様に見つけられなかったらうっかり酷《ひど》い目にあっていたかもしれない。

そう考えれば恩があるし、ミニリル様の人らしい部分にも触れてしまった。人と神という隔てられた関係であろうとするのは無理だ。

「私が辛《つら》い時、苦しい時、貴方は支えてくれた。困難を乗り越える方法も、未来に向かって進む力を与えてくれた。だから、私だって貴方の重荷を背負うぐらいにはなってみせますよ。だって、私は貴方が選んだ神子なんですからね」

「……はっ、大口を叩《たた》くにはまだまだ子供だよ、お前は」

「えぇ、夢を見るのは子供の特権なんで。精々、高みの見物しててくださいよ。すぐに並んでやりますから」

「……我に並ぶか。お前は神にでもなるつもりか？」

ミニリル様の問いかけに私は肩を竦めてしまった。そして溜息を吐くように言葉を返す。

「私は私ですよ。神だとか、人だとか、それ以上でも、それ以下でもないですよ。ただ刀が好きなだけの刀匠ですから」

だから好きに生きるんだ。人の都合だとか、神の都合だってそんなの煩わしくて面倒だ。

その降りかかる面倒が私の心を曇らせるなら、斬り払ってでも晴らすだけだ。そう振る舞えるように導いてくれたのはヴィズリル様なんだから。

私の返答を聞いたミニリル様もまた、深く息を吐き出した。そして穏やかな笑みを浮かべる。

「……あぁ、そうか。なら気長に待っていよう。今のお前ではまだ届かないだろうからな」

「私もこれで届いてしまったら拍子抜けかな……いや、面倒には面倒なんですけどね。魔神なんてはた迷惑な存在ですし、あっさり終わるならそれはそれで？」

「はっはっはっ！　愉快な奴だよ、お前は本当に！　だが、それでいい。それがいいんだろうな。あぁ、期待してしまいそうになるな。お前がいるなら或《ある》いは、なんてな」

「はいはい」

「まったく、神を粗雑に扱うな。心からの言葉だぞ？」

「私はミニリル様を粗雑に扱ってるだけです」

「言ったな？　今度の稽古でボコボコにしてやろうか？　また地を這《は》い蹲《つくば》る屈辱を味わわせてやるぞ？　お前なんぞまだまだひよっこなのだからな」

「いつまでも自分が優位にいると勘違いしてたら足下を掬《すく》われますよ？」

「是非ともやってみせて欲しいものだな。それぐらい出来なければ、お前の語る夢など先の話すぎるからな」

「どれだけ先だって良いんですよ、生きていれば何度だってやり直せるんですから」

人生が続くなら諦める理由なんてない。届かなかった人生を知っているからこそ、私は強くそう思うことが出来る。

折れて、砕けて、夢に心が焼かれてしまっても、それを再生の炎に変えてでも這い上がってみせよう。そんな決意が胸に灯《とも》る。

だって、楽しいんだ。刀を作ることが出来る今が。夢を追うことが出来るこれからが。そんな私の楽しみを理不尽な存在に邪魔されるなんて耐えられない。だったら、やってやる。神が私の邪魔をするって言うなら、神さえも退けられるような逸品を打ち出してみせる。

「夢だな」

「……何ですか、急に」

「夢見ることは素晴らしいと思っただけだ。案外、人が立ち上がるのにはそれで十分なのかもしれんとな。大義でもない。野望でもない。ただ、自分が自分らしくあるための夢。魔神という悪夢を祓うための力、か」

「ミニリル様は夢を見ないんですか？」

思わず問いかけてしまうと、ミニリル様はハッとして、それからすぐに苦笑を浮かべた。

「……どうだろうな。いや、そうか。そうだな……確かに神は夢を見ないかもしれない。それこそ端末で動いている今も夢を見ているようなものだ。人を見守ることが夢のようなものだ」

「それが夢だって言うなら、夢ぐらいハッピーエンドで終わらせましょうよ。悪夢なんてごめんですよ、私は」

前世の記憶は途切れているから自分がどう死んだのかとか覚えてないし。死因が交通事故とかだったらどうしよう。本当に悔やんでも悔やみきれないんだけど。思い出して悪夢を見るぐらいならもう思い出さなくてもいいや。

「ほら、夢は前を向くためのものであって欲しいじゃないですか。見るなら楽しい夢を見ましょうよ。なんで夢の中まで辛い思いしなきゃいけないんですか」

「……あぁ、そうだな。なら、是非とも我を楽しませてくれ、カテナ。我が夢見る神子よ」

ミニリル様が微笑《ほほえ》んで言った。子供には似合わないような笑顔に、思わず本体のヴィズリル様の面影を見出してしまう。

あぁ、現実はままならないことだらけだ。神子として知られたことで面倒事だってやってくるだろうし、魔神や魔族の脅威だってなくなった訳じゃない。簡単に解決出来るような問題じゃないから、気長に付き合っていくしかない。

それでも私は戦い続ける。もう二度と夢を抱えたまま終わるのはごめんだ。目指すのは、願いを叶えてのハッピーエンド。今度こそ、この二度目の生で刀匠としての人生を満喫するんだから！

あとがき

初めまして、鴉《からす》ぴえろと申します。この度は「転生令嬢カテナは異世界で憧れの刀匠を目指します！　〜私の日本刀、女神に祝福されて大変なことになってませんか!?〜」を手に取って頂き、誠にありがとうございます。

カテナの物語はお楽しみ頂けたでしょうか？　カテナは刀に憧れを抱いている転生者の少女です。日本刀というのは本当に奥が深く、調べていく内に実物を見に行きたくなったり、刀鍛冶の見学に行きたいと思わせる魅力が詰まっていたりすると強く思いました。

本作で日本刀の素晴らしさが少しでも皆様に伝われば幸いです。そして日本刀について、もっと調べてみようというキッカケになってくれたなら、とても嬉《うれ》しく思います。

物語についてですが、カテナも本編でも言っている通り、刀匠を目指せればそれで良かったのですが、世界は彼女を放っておきません。これからもカテナを巡る騒動は起きるのでしょう。

そんな彼女の物語の続きで、また皆様とお会い出来たらと心より願っております。

本作の製作に関わって頂いた編集様や推敲《すいこう》担当の方々、イラストレーターのＪＵＮＡ先生、そして本を手に取って頂いた皆様に心よりの感謝を込めて、あとがきの筆をおかせて頂きます。

鴉ぴえろ

転生令嬢カテナは異世界で憧れの刀匠を目指します！

～私の日本刀、女神に祝福されて大変なことになってませんか!?～

発行　2021年8月25日　初版第一刷発行

著者　鴉ぴえろ

イラスト　JUNA

発行者　永田勝治

発行所　株式会社オーバーラップ
〒141-0031
東京都品川区西五反田8-1-5

校正・DTP　株式会社鷗来堂

印刷・製本　大日本印刷株式会社

ISBN　978-4-86554-981-2 C0093

【オーバーラップ　カスタマーサポート】
電話　03-6219-0850
受付時間　10時～18時（土日祝日をのぞく）

作品のご感想、ファンレターをお待ちしています

あて先：〒141-0031　東京都品川区西五反田8-1-5 五反田光和ビル4階　オーバーラップ編集部
「鴉ぴえろ」先生係／「JUNA」先生係

スマホ、PCからWEBアンケートにご協力ください

アンケートにご協力いただいた方には、下記スペシャルコンテンツをプレゼントします。
★本書イラストの「無料壁紙」　★毎月10名様に抽選で「図書カード（1000円分）」

公式HPもしくは左記の二次元バーコードまたはURLよりアクセスしてください。
▶ https://over-lap.co.jp/865549812
※スマートフォンとPCからのアクセスにのみ対応しております。
※サイトへのアクセスや登録時に発生する通信費等はご負担ください。

オーバーラップノベルス公式HP ▶ https://over-lap.co.jp/lnv/